the
ANGRY YOUNG
men

马笑泉　著

愤怒青年

北京出版集团公司
北京十月文艺出版社

修订版自序

这是一部郁怒之书,焦灼之书,热血与寒冰激荡之书,盲目与清醒抵牾之书。书中人物大多具有强悍的生命力,却沉沦于命运的黑洞不能自拔。他们叫喊、哭泣、疯狂地交媾或冷静地杀戮,唯求突破压抑,释放悲愤,在短暂的快意后却被更重的压抑和更深的悲愤所围困。他们无从逃避,不甘顺从,在怒火烧心中再次出击,甚至已不计结果,只图宣泄。这压抑和悲愤既是他们竭力反抗的对象,又成为了他们行动的内驱力。在这难以破解的困境中,他们迸发出让自我都感到震惊的残酷和疯狂,最后似乎只有毁灭才能结束这一切。

我看清了他们的困境,却无法伸过手去,把他们从中拽出,唯有怀着同情之理解,从他们的行为和命运进入他们的内心:强烈的孤独感、扭曲的欲望、深藏的自卑和变态的自尊,以及压制不住的自毁冲动。那个深陷于仇恨和杀戮的纠缠中仍不肯放弃向上一途的楚小龙,那个手持铁锤在街头狂飙盯着酒杯在夜店伤神的虎头,那个一边打铁一边锻压内心的龚建章，那个半是被动半是主动养成毒蛇之性戕人而又自戕的王一川，都让我心神激荡，笔锋与血脉同张。有时我感觉是他们在借我的手写出各自的命运和心声，有时我感觉他们即我，我即他们。

其实每个人心中都有一个"愤怒青年"，只是因为秉性和境遇的不同，有些人主动或被动地"阉割"了这个"愤怒青年"，有些人任由"愤怒青年"主宰了自己，而有些人则通过不懈努力，凭借先天的仁心和后天的理性思维训练将"愤怒青年"转化成一股纯正强大的能量，走出了以恶报恶、恶恶相激、人我俱毁的"地狱道"，在参与民主法治社会建构的过程中成为一个真正意义上的现代文明人，在追求个人幸福的同时也维护了整个人类社会的幸福。如果给予楚小龙、虎头、龚建章、王一川等人更多的机会，在三条路径中他们将如何选择？此问似不答可知，然不能确知。因为即便境遇能够确定，人性却依然存在诸多难以捉摸之处。

2017年5月1日完稿于长沙

目录
Contents

愤怒青年 / 1

猛虎迷途 / 113

打铁打铁 / 165

江湖传说 / 216

愤怒青年

我叫楚小龙,吃了难饭的。在道上我很有名;年轻一辈中,讲狠,没有人比得赢我。如果你跟一个人有仇,或者干脆是看不惯,你可以请我去修理修理。我会严格按照你的要求,弄瞎他一只眼睛,或者剁下他左手的五根指头丢到臭气熏天的穿城河中。如果价钱合适的话,也可以让他永远消失,就像一滴水那样蒸发得干干净净。

人干什么都有原则。没有原则的人永远叫人瞧不起。就算那些干得最贱的人,也有。比如说,阿红,小有姿色的一只流莺,她的原则就是:给的钱再多,也不玩吹箫。有个客人出一千,涎着脸要她去底下,结果钞票挡落了一地,还被猛喷一顿,狂没面子。我晓得在她心里,做事,不算贱,"吃",才是最犯贱的。其实贱与不贱,都是相对的。阿红,她只不过在从事一种交易。你可以跟她讨价还价，只要谈妥，得到的就是实实在在的安慰，而绝不会是一种伪劣产品。她比那些奸商诚实得多，甚至比那些满脸高贵却一心想要傍个大款的所谓淑女可爱得多。她完全靠自己，坚持原则，并且按时给乡下的老娘汇款，所以我觉得她可爱。我也有原则：我要修理的对象必须是罪有应得。这样的话，生意就不算太好。不过没关系，我可以做点别的，比如说，去收账，反正饿不死。

外面一定在落雪，满世界沙沙地响。牢房里黑暗、冰冷，被子硬邦邦的，里面的棉絮一定有好几年没见太阳了。不过我不怕冷。冬天我常光着膀子，用雪擦身。十五岁时我就这么干，十五岁时我的身体里面有把火。没人管我。奶奶在屋子里睡觉。除了她我就再没有什么亲人了。我其他的亲人呢？我的爸爸和妈妈呢？他们都到哪去了？奶奶从没跟我提起过，我也就从不问。反正从记事起，我就跟着奶奶。她是个捡破烂的，夏天常穿着件补丁叠补丁的老头衫在日头下四处晃动。她是我们那个小城里最尽职的义务清洁工，在各种大小垃圾堆边你都可以看见她弯着腰，费力地寻找着什么。但在下雪的冬天里你就再也见不到她的踪影。奶奶最怕冷，一到冬天就躲进那张摇摇晃晃的床，把麻纱帐放下，就连我也难得见她露面，只听见从帐中不断地传出咳嗽声。整个冬天奶奶就躲在帐子里咳嗽，几乎不吃什么东西。每次放学回来，我就会看到乌黑的小饭桌上扣着个罩子，提起来就露出一个人的菜。菜很少，有时就是一碟腌萝卜条。我就只好拼命吃饭。奶奶晓得我吃长饭，所以煮得不少。其实菜她也尽量了，没办法弄得更多一点。家里很穷的。本来我不想读书，也去捡破烂，等大一点再去干苦力。这个想法讲出来后，立刻就挨了一顿痛骂。

"没出息的货！"奶奶骂着骂着眼泪就出来了，然后就叹自己命苦。

没办法啦，我只好再次拿起帆布书包。这是奶奶从垃圾堆里翻出来的，洗了补了就挂在我肩上，一直从小学挂到初中。我晓得它替我招来不少耻笑。但他们从不敢当面议论的。如果是那样，他们当中至少有一个人要头破血流。我性格很烈的，远近闻名，而且很会打架。街上那些小流氓一般也不敢来招惹我，甚至还想拉我入伙。但我不肯，我晓得那样子奶奶会很伤心，所以只好硬着头皮去上学。在教室门口也许会碰见班主任，也是我的数学老师，一个干瘦的穿中山装的眼镜货。他没准会黑着脸说："楚小龙，你昨天的数学又只考了三十分。"那样我会很丢脸，站在门口，进退不得。他是老师，我没办法揍他。他拿我也没办法——本来他可以把我甩到差生班去的，就像扔一袋垃圾那样简单，但他有点舍不得——我走了谁去拿初中部作文竞赛的头名呢？我已经拿了一次。今年的作文竞赛就要来了，他怎么舍得放我走呢？不过他很阴险，也许心里盘算着在最后一期把我踢出去。我晓得他会这么想的。我很聪明。这是教语文的霍老师讲的。他说有的人聪明在数学，有的人聪明在语文，有的人样样都还行，但没一样显得特别聪明。我就是那个写作文特显聪明的人，而且记忆力惊人，几十篇古文哗啦哗啦倒背如流，但一考数学就惨不忍睹。霍老师见了我总是叹气连连，他是在替我难过。

"你呀，将来最适合进大学中文系，出来后再当作家。"

这话，霍老师当面跟我讲过不下十次。但事实上我连高中都考不上。霍老师对这看得很清楚，所以他替我难过。他妈的我就不明白数学要搞那么高深干什么？一般人学到四则运算这辈子就够用了。你硬是对代数几何情有独钟上了大学再去深造不就得了吗？数学能锻炼逻辑思维这我明白，但有些人天生形象思维好逻辑思维一塌糊涂，这是改不过来的事，你就让他全力发展形象思维好了。又何必打着全面发展的招牌把人弄得痛苦不堪，结果连本来的优势都不能发挥出来呢？一只老鹰再怎么整也学不会蝶泳，可它飞得很有劲啊！但我晓得自己飞不起来的。我很会飞但他们要考我蝶泳。现实如此我只有认了。现实是很荒唐的，但你又无力去改变它，这大概就是人生的悲哀所在。困在教室里我看着升学考试的狰狞面孔一天天逼近。我本来可以不理它，甚至可以一拳打它个稀巴烂，但想起奶奶伤心的样子我就动弹不得。我无比害怕那一天的到来。这已是一九九二年十一月的中旬，我刚拿了本年度初中部作文竞赛的头名，心里却没有一点高兴的意思。它也许是我人生中拿的最后一次奖啦。这种预感如此强烈，像鹰爪一样牢牢抓住了我。走在冷风呼啸的路上，我没有觉察到书包的底部正在一点一点地裂开，而沉重如铅的书本正探出坚硬的棱角。肚子很饿，我只想快点回家。拐进终年潮湿的巷子，推开吱呀作响的木门，我看到桌上是空的。这时哗的一声，书包底全撕开了，书本肆无忌惮地往地上冲，摔得满地都是。把书包往地上一甩，我冲到床前掀开帐子。奶奶已经硬了，被子上咳了许多血痰。冷风从外面闯进来，门左右摇摆。我愣了几分钟，然后大哭起来。

老人家临终前把手探到垫被底下，在那里我找到了三千块钱，都是些十块的，用橡皮筋扎着。奶奶一辈子省吃俭用，从垃圾堆里刨食，毛票换成块票，块票换成十块，整整齐齐地扎着。我晓得她还想看我读高中上大学的。但一切都不可能啦。给她办了丧事，在墓前磕了三个头，我怀揣着剩下的一百来块钱，离开生活了十六年的小县城。路上大雪纷飞。那场雪早得令人吃惊，而且丰富异常。

现在要是放我出去，就在这院子里，我还敢光着身子用雪擦身。不冷是不可能的，但我很受用。我喜欢追求刺激的感觉，那味道很爽你晓不晓得？但有一条，对身体不利的事坚决不做。吸毒，无疑是件非常刺激的事，但谁要把白粉递到面前来我保证跟他翻脸。虎头，我最好的兄弟，就是毁在这上头的，所以我格外见不得这玩意。烟也不抽的。酒，开始只很节制地喝药酒，因为能补气，后来听说红酒对身体好，有时也喝上一点。就是在色上面有点收不住，但绝不会蠢到自伤身体的地步。像有个家伙，一次叫上三个女人猛搞，结果被送进医院吊盐水，好了也是元气大伤，再也补不回来的，真的是宝里宝气。讲到吃，我是出名的讲究。从小没吃到什么，现在挣钱又是拿命在换，不吃好一点，怎么对得起自己？不过光有钱没用，还要懂得吃，否则伤胃。那些光晓得胡吃海喝不晓得搭配不讲究时令的人，我向来是看不起的。吃这玩意，色香味当然很重要，但排在第一位的还是个补字。药补不如食补，但也不能乱补，还要看时令看气候。现在满街都是夏天吃狗肉冬天喝蛇胆酒的爷们。这些人都补倒了。狗肉性燥，夏天去吃，不火气急蹿才怪；蛇胆性凉，也不太适宜在冬天泡酒喝。有一次没忍住，把这道理抡出来讲了一通，却招来哈哈大笑。道上的一个大哥拍着我的肩头说："现在有空调，冬天夏天可以倒过来，怕个鸟！"他也不想想出了门太阳还是太阳，北风还是北风。算了，跟他们没什么好说的，埋头自己吃自己的得了。我吃起东西来特慢，苏丽说我跟狼一样，恨不得要把每一点肉每一块软骨嚼到快没有才肯咽下去。不过后来她也学了我的样。两个人经常点一条蛇，再配两个小菜，一道汤，细细地吃上两个钟头。我最看不惯满满地点上一桌，最后什么也没吃住的人。吃要吃得精，因此要吃得专。吃狗肉就吃狗肉，吃王八就吃王八，不要什么都想尝到，最后什么都没尝出个味来，肚子却差点胀破。饭前最好来点水果，清清肠胃，或来点汤垫垫底，饭后嘛，喝喝茶，打打牌，或者去河边唱唱卡拉OK。等到消化得差不多了，再去洗个桑拿，找个顺眼的妹子共同运动。这么说我是个懂得享受的人。是的，因为人生苦短，而我的生命更为短暂。

在苏丽之前我有过不少女人，阿红是第一个。初次见面时我土得要命，一身新买的西装在身上绷得铁紧，袖口上的商标都没有剪掉。闻到满鼻的香气就勾下脑袋，不敢去看。

"这是红姐。"虎头介绍道，一派老手的口吻，其实他才大了我两岁。

"哟，还是个伢子！"阿红笑得肆无忌惮。

听到这话我就火了，抬起头，眼里射出的目光把她吓了一跳。但阿红很快镇定下来，抽出支烟点燃。虎头在她耳边低声讲了两句，她又咯咯地笑了起来，让我更加恼火。后来就剩下我们两个，面对面的，却不说话。青烟从她的红嘴唇一口一口地漾出，搞得满屋都是。

"我不喜欢你抽烟。"

"你讲什么？"

"我不喜欢闻到烟味。"

"你有毛病……喂，你干什么？喂……"

我也没干什么，只不过抢下烟甩在地上，然后箍紧她。这是我第一次干女人，干得很猛，也很糟糕。最狼狈的是找来找去找不对地方，惹得她又一次咯咯地笑起来。简直有点垂头丧气。我想退下来,却被抱住,裹了进去。第一回我就连做两次,以后一直如此,否则不能尽兴。完事后去掏钱,却被她拦住。看到我瞪大眼睛,她又笑了,伸手摸摸我的脸,笑吟吟地说:"你让姐破了处,姐不收你钱。"

我没作声,心中的滋味无法描述。

不管你爱不爱听,我都想说说对女人的看法。女人形形色色,千奇百怪的什么都有。但在我眼中,无非是犯贱的和不犯贱的,顺眼的和不顺眼的。有的女人天生命贱,你对她好一点儿她反而不自在,甚至还昂着张脸冷眼相向。你要是踩她两脚,她却眉开眼笑地缠上来,低声下气来伺候你。有的女人看一眼你就晓得不能对她轻薄,不仅如此,你简直还应该尊重她。我还要补充的是,犯贱的不一定是小姐(比如说阿红,我从不认为她贱),有时更多的倒是那些所谓正派人家的千金(比如虎头的马子刘艳梅)。讲到顺眼不顺眼,各人标准不同,但无疑每个人心中都有杆秤。这杆秤很可能不是后天刻意去打造的,而是天生就摆在那里。比如我看到苏丽就很顺眼,看到刘晓庆就烦躁,虽然她们都属于漂亮一路。对此我说不出什么道理,也不想去寻根究底。反正看到顺眼的就想法子接近她,看到不顺眼的就远远避开,就这么简单。

刘艳梅是我唯一看不顺眼却又无法避开的女人。十三岁时就让人开了苞,不是被强奸,而是主动与人合作。十五岁跟虎头搭上时,还在读初二(她留了一级)。我始终搞不懂为什么刘艳梅那么喜欢跟我们这些烂仔搅和。她出身那么好,样子嘛,虽然我看不顺眼,但还是要讲句有味。就算读书不发狠,她老爸也会想办法弄个自费指标让她上大学的,找工作什么的大概也不劳她费心。她前途似锦却偏要往烂泥地里滚。我是没机会才到这条路上来的,所以我想不通。

十六岁那年我埋葬了奶奶,从县里跑到市里,举目无亲,晚上就缩到桥洞里或水泥管中睡,冻得要死。一百来块钱没能维持多久。我几次吃饭都被敲了诈诈——老板欺负我是个伢子,而且说的不是本地话。他们讲我吃饭吃得太多了,要另外算钱,结果饭钱还超过了菜钱。这件事我现在想起都寒心,并且,要是再听到有人宣讲人性本善,就一定会往地上猛吐一口痰掉头而去。那些老板我都记得的,能找到的后来我都找过了。其中一个发了,开了间不小的餐馆。不过有一夜餐馆的门窗玻璃全部报销。有仇必报不仅是道上铁打的规矩,而且是我的天性。十六岁那年,仇恨的火焰第一次燃烧不可遏制,烧红了我的眼睛。我注视世界的目光愤怒而冲动,因此我走上了月黑风高的打劫之路。

首次打劫不是为了钱,而是一把刀。当我向那个小地摊一步步靠近时,心在胸膛中狂跳。我甚至怀疑蹲在地上的那个小摊主已听到了心跳的声音。但他只是表情呆滞地抽着烟,根本没料到有个人会看中他摊上的破铜烂铁并打算冒着风险来抢劫。小摊上躺着五花八门的铁器,有锤子,有扳手,甚至还有一把用来凿石头的钢钎。那把大西瓜刀就躺在钢钎旁边,一尺半长,一泓寒水似的卧在那。肩头被撞了一下,我的心几乎被撞出来。一看,还好,不是警察。这个冒失的学生伢子被我瞪了一眼,骇出满脸笑容,连声用普通话说对不起。我再次意识到自己很恶,也就不那么胆怯,大摇大摆地走到摊前。摊主突然摆出微笑,让我一时不知所措。

"都是些好货。"他指了指地下。

蹲下去,我拿起那把刀,分量不轻不重,很顺手。

"不锈钢的,快得很。"

不用他讲我也晓得这把刀快得很。

"十块钱,要么?"

我抿紧了嘴唇。

"你到底要不要?不要就放下,莫看来看去。"

抬头看了他一眼。摊主手一抖,烟从指间掉了下来。

眨眼间我已跑出十几米远。风和行人迅速往后退去。我憋足了劲,拼命摆动双臂,往棋子桥那边窜去。我异常担心桥洞下有个警察全副武装在等着我,结果什么都没有。现在回想起当初的这一幕,倒有点笑自己过于紧张。其实根本不用跑的,拿起那把刀我完全可以悠然漫步而去。在这个世道中,没有谁会蠢到去追一个手中拿刀的烂仔的，就连摊主本人也不会。这把刀也许连五块钱都不值，如果去追的话，却很可能把命送掉。现在的人都太精了，爱钱，但更加怕死。在短暂的打劫生涯中，我算是看透了这一点。

讲实话，虽然我打架厉害，但若是真的去搞那些一米八的大块头，还是有些心虚的。但心虚归心虚，搞还是要搞的。本来我可以找些其他的目标，比如说老人、妇女，还有那些仗着家里有钱到处摆谱的初中生。但面对弱小者我无法下手，真的搞了我会看不起自己的。没办法啦，我只好耐心等待真正的目标出现。已经有一天没吃饭了，胃空得难受。所幸身上的棉衣虽然土，却很保暖。又一阵冷风袭来，我缩了缩脖子。一男一女互相靠着往桥洞这边走过来。女的穿得很鲜艳，在夜色中像团火在燃烧。男的起码有一米七五，似乎打着领带。两个人小声地说着什么，不时发出笑声。这让我妒火中烧，从黑暗中跳了出来，站在他们面前，一声不吭，只有手中的刀子闪烁寒光。

出乎我意料，那个男的主动把钱掏出来，动作不慢。

三百元钱就这样轻易地到了手。我立刻坐公共汽车到城市的那一头，找了家店子，痛痛快快地吃了一顿。

接下来的生意很顺，一个星期之内就搂了五千块，最后一次搞下两千。那个留着日本胡子的中年人很镇定，他说："小兄弟，钱你拿去。其他的你拿着也没用，不如还给我。"

包里待着张身份证，还有一张硬硬的卡片。我想我拿着真的没什么用，抽出票子后便退给他。中年人的眼睛即使在黑暗中也闪闪发亮。他的风度让我佩服，也有些惭愧。转身我匆匆逃离。

五千块是笔巨款，面对它我简直有点手足无措。想来想去决定留五百块，其余的存银行。去存钱时我特意换上新买的西装，还理了个平头。我自觉形象很好，挺起胸往一个叫人民银行的地方钻。其实在路上还看到过其他银行，有个叫工商银行的，还有个叫建设银行。不过我想自己既不是商人，又没搞建筑，恐怕是没有什么资格进这些地方的。只有人民银行这几个字贴心。我虽然不怎么学好，但总还是人民中的一员，于是兴冲冲地往里面闯。

传达室里坐着一群人，围着个火炉扯白话，没怎么注意到我。穿过传达室，走出两步后，我才听到背后有人喊："找谁的？"

被喊回传达室后，我气冲冲地说："我是来存钱的。"

室中的人们立刻像鸭子一样大笑起来。我瞪着这些变形的脸，不晓得说错了什么。

"这里不存钱。你快走。"

"银行里未必不准存钱？"我向那个耍我的人靠近一步。

有个戴眼镜的胖子抬起头来，慢条斯理地说："除了我们这里，其他的银行都可以存钱。"

胖子不像在蒙人。我百思不得其解地走出传达室。正好斜对面有家储蓄所，门上框着中国农业银行几个字。犹豫了一下后我对直走过去，边走边想："我不是商人，不是包工头，是农民总可以吧？"

半个小时后我才从储蓄所走出来，内衣口袋里多了张活期存折，硬硬的很扎实。才出门口，我就被撞了个满怀。那家伙连声说对不起，一双手却摸到我上衣内口袋里来了，那儿塞着五百块钱呢。想也没想我就一膝头撞在他小腹上。这是从街边电视中学来的，很有效，那人马上蹲了下去。

旁边立刻围过来三个人，都是比我大不了多少的。他们很会围，分开来各占一个点，成半弧形，合拢来就会像网一样把我兜住。不过我一点都不怕，我练出来了。我可不能让他们合拢然后像收拾一条死鱼那样把我收拾掉，我抽出了刀。

一尺半长的刀，舞得快时刀光暴涨就有两尺长。在打斗中我可没这么精确地计算过。打斗时热血冲脑，一切只看得见一个轮廓。那张网迅速裂开。我冲了出去，飙进一条小巷子。背后有人在追。搞冲刺快过我的人不多，但我不耐烦跑长了，那样子会气喘吁吁的很没劲。拐过一个角落我就停下，身子贴在墙上，拿刀的手上有几滴血，但那不是我的。

脚步声迅速逼近。只有一个人。他跑得太急了，在拐弯的时候都没减速。不过他有经验，没有贴墙跑。看见我时他想定下，却没刹住。这样的时机怎能放过，更何况他手上也现出把刀子。刀子很快掉在地上，还有一截手指。不过那人很硬扎，还要对冲过来，我只好一肘顿在他颈上。生理卫生我学得不错，晓得那里有条大动脉。他果然栽倒在地上，瘫了一样。

后面跟上来的瘦高个看到这场面，脸都白了。我晓得他没量，又不敢溜掉，冷笑一声，走开了。

在个小旅店里我躲了三天，整个人都发了霉。第四天，洗了澡后，我决定去找个好点的馆子美美地吃上一顿。这个鸟店供应的伙食太差了，吃是吃得饱，但我现在讲口味了。有钱跟没钱就是不一样。没钱的时候屁都没的吃，还讲口味？

阳光有些冷，但我浑身发热，所以觉得很舒服。我说过我身体里有把火。尽管才洗了冷水澡（这让旅馆的老板眼睛发直——我是站在他院子里直接用水管冲的），火又开始旺起来。要解决的问题很多：住的地方（总不能老是住旅馆吧），还有，女人的问题（想到这两个字我就面红耳赤，火全烧上来了）。但现在首先要解决的是吃的问题。是到个普通的店子里，还是到个大餐馆中真正地奢侈一回？我犹豫不决。关键不是舍不舍得的问题，而是大餐馆堂皇的气派令我自惭身份。那应该是绅士淑女出入的高贵场合，像我这样的小混混也配去？不过我又想进去。高中我上不了，大学我进不了，未必连大餐馆都进不得么？未必我生来就这么命贱？我不信。

有人拍我的肩。迅速往旁边一跳，我只差没把刀抽出来。还好，不是那天那帮人中的，而且笑得很友好。

"我叫虎头。那天你跟人打架，我看见了。你很厉害。交个朋友吧。"

这人确实像只老虎,但我不能就这么信了他。

"凭什么?"

"凭我跟那帮人有仇。"虎头见我还不信,挽起袖子,指着左臂上的一条疤,"这就是他们砍的。"

疤很长,在阳光下通体发亮。他眼中露出怨毒之色。再看看周围,没发现昨天那几个人。我点点头,说:"我要去吃饭,一起去么?"

他要到对面的一家餐馆中去,我却拉着他跳上迎面驰来的公共汽车,随便在一个站下了车,再绕来绕去找到一家叫"贵鲜"的大餐馆,挺起胸闯了进去。

虎头的真名叫许金亭,跟虎毫不沾边。大家都忘了他的真名,都喊他虎头。道上的人大都有个诨名,花头三大洋狗什么的。虎头觉得这名字很威风,不但是只虎,而且是个头,所以听到别人这么喊,常常咧嘴一笑。但客观地讲,他是只虎,但不适合当头。我是他最好的兄弟,讲这话毫无偏见。虎头勇猛,义气,量大,经验也很足,但当头的脑袋要转得快,虎头不行,所以几次落入圈套。不过他命大倒是真的——别人像他那样早死了好几次了,虎头却依旧活蹦乱跳,拍着肩膀跟我扯他的故事。

十三岁跟爸爸跑到市里来挣票子,在个施工队混饭。干了两年,爸爸从脚手架上摔下来,头撞在一堆石灰石上,当场报销。包工头不肯赔钱，反而一脚把虎头踢了出去。把爸爸迁回乡里安葬后，虎头又跑到市里来。他开始懂得这个世界是讲恶的，就去混帮派。因为打架总是冲在前面，老大赏识，升了个小头目。然后找到那个包工头，打碎脑袋，再装在麻袋里绑块石头丢到河中心。听到这里，我才明白为什么一接近那条河就想作呕，原来河底有许多这样的尸体在腐烂啊。

"你就不怕被抓住么？"

虎头哈哈大笑，然后压低声音说："现在人命不值钱。公安局的人经费不足，破趟案还要自己掏钱。只要不是大案，上面做了批示的，谁愿意去破？所以只要把事做得隐蔽一点，保险没事。"

苏丽就是在这个时候推门而入的。我对着门坐，看了她一眼，心脏猛地一跳，像是不提防触了电。

跟阿红操练完后，其实还早得很。河中一团团灯光冷冰冰的。没有鱼跃惊水的声音，这条河里的鱼大概早就搬家了，来不及走的就只好死翘翘。灯光旁边一团一团暗影掠过。我感觉到暗影中射来的目光充满警惕。这不单是在注视我。城市里的人们就这样相互注视彼此提防。他们都习惯了，只有我觉得这样活着没点意思。其实我比任何人都具有戒心，甚至对虎头、对阿红，我都有所提防。奶奶死了，这个世界哪里还有让我没有戒心的人呢？餐馆那个服务员的形象又一次跳了出来，在夜色中如此生动。我没跟她讲过话，也不晓得她的名字和来历，但我觉得她亲切异常。

有很多办法可以搞定她。比如说，让虎头喊几个弟兄去半路拦截，然后我从天而降，大展神威，然后呢，就不用讲了。但我不想对她使诈——那样就算到了手，心里也会不舒服的。虎头替我打听清楚了，她叫苏丽，是从乡下来打工的，跟帮姐妹一起租房子住。住得不远，离餐馆只有两站路，但下车后还要穿过一条巷子。

"干脆在巷子里把她放倒，先做了再说。"虎头咧开嘴道，满面发光，自以为出了个绝妙的主意。

横了他一眼，我站起来，说："吃饭去！"

"到哪吃？"

"还用问吗？"

我决心用最老实的办法，同时也是最直接的，就像我打架时常用的招式一样。我晓得这往往也是最有效的。买单时我往盘中放了一朵玫瑰，然后不再看她。

她笑了一下。笑声很轻，但我听得很清楚。

现在想起来，当时我土得要命：一身百来块钱的西装绷在身上铁紧的，随时都有可能胀破；拿着朵玫瑰往人家盘里放，脸却绷得跟西装一样紧。但这还不是苏丽发笑的原因。她是看到我的西装袖口上的商标才发笑的。满世界的人穿西装都不撕商标，她笑什么笑?

"西装上的商标要撕掉的。"第一次约会她就迫不及待地告诉我。

我搞不清她是从哪里学来这么多臭规矩,但还是把左手伸到她面前,一言不发。

苏丽一笑,低下头,掏出把带天蓝色柄套的小剪刀。她的动作很轻柔,但手微微发颤。

"在家里老几?"

"老满。"

"几姊妹?"

"两个姐姐。"

"都出来了?"

"在东莞。"

"你不去?"

"不想去。"

"赚了钱还想回去吧?"

"不晓得。"

"莫蒙我。现在都是这样,在外面挣了钱,然后回去结婚。你爸爸怕是连婆家都替你找好了。"

后来苏丽告诉我,当时听到这一句,真想剪我一刀,然后离开。

"那你怎么不走喽?"

"人家喜欢你耶。"

"我那时那么土,你喜欢我什么?"

"喜欢就是喜欢嘛,没理由的。"

"那你第一次看到我,有什么印象?"

"你眼睛好亮的,还有,理了个平头,我喜欢。"

说这话时苏丽摸着我的头,双腿盘在我腰间。我们两个又冲动起来。苏丽遇见我时还是个处女,但她适应得很快。她腰细,腿长,头发披散下来,一晃一晃的,像家乡小河的清波。她的皮肤让我想起出奔之路上的大雪。在雪中我体内的火燃烧得更旺。

有一段时间,虎头有点忌妒我跟苏丽的亲密关系。"妈的,不要找到马子就忘了兄弟!"他猛烈地拍我的肩。

一笑,我没作声。虎头当然会忌妒。苏丽长得比刘艳梅有味,性格比刘艳梅要好,而且,虎头其实也喜欢苏丽的。不是冤枉他,凭直觉,凭观察,我的判断错不了。不过没关系,好兄弟依旧是好兄弟,不能因为女人而生了意见。这道理,两个人都懂。

起初是跟着虎头混帮派,一个月后我就退出了。不为别的,我独来独往惯了,混在一大堆人中吆三喝四的很不习惯。说实在话,我也看不起那帮子小喽啰。他们其实没什么胆,不过是仗着人多势众,干些欺软怕硬的勾当而已。真要他们去单挑,除非对手是个婴儿或残疾人，否则腿总要打点战的，说不定还会临阵号啕大哭。这是真的。我亲眼看到一个平时气势汹汹像是能上山打虎下海擒龙的愣头青，那次打群架留他断后，结果吓得尿了裤子。还是我看到势头不对，把他换了下来，否则一定要被打出猪脑子来。看不起，真的看不起。

虎头一晓得我要退出，立刻拍桌子瞪眼睛，大骂我不是兄弟，不够义气，不肯帮他。骂也没用，我想退就得退。不过把话讲清了，虎头兄弟的事，一样是我的事，这和退不退没什么关系。

这样讲了，虎头才肯放过我。"随你随你，"他满脸无奈，"反正你还没喝过鸡血，不算门里人，川哥不会怪。"

"等你做了老大我再进来吧。"四周无人，我讲了句很犯忌的话。

虎头几乎是打了个寒战，向周围张望了好一阵。这家伙天不怕地不怕，就怕他老大王一川。怪不得他，连我在王一川面前也有点寒毛。他老大，怎么说呢，貌不出众，话也不多，但坐在那里周围三尺都有股气罩着，阴阴的，不知不觉就能渗进你的五脏六腑，让你心虚得要命。一物降一物。虎头被他老大降着，就像木偶被线牵制。我不喜欢这样，但进了这扇门就由不得自己了。看清这一点后，我为自己的英明决策感到庆幸。

"那你以后靠什么吃饭？"

"我打算吃了难饭。"

虎头没再说什么，揽住了我的肩。

关于苏丽，我还想再谈谈。奶奶死后，她就是我生命中最重要的女性。不敢说爱，反正一看到她就舒服，离不开她，情愿为她拼命。就这样，多用几个漂亮的词反而显得有点假了。

最先迷住我的是那双眼睛，有点丹凤眼的味道，很媚，看一下心就融了，却一点都不显轻浮。脸颊边两团红晕保持着乡村小妹子的纯朴。要城市感有城市感，要乡村味有乡村味，这样的女人你说到哪里去找？我不把她箍紧在怀里才怪。

苏丽比较节俭，唯独买衣服舍得。她对穿衣打扮天生在行。什么颜色配什么颜色，什么款式配什么款式，心得之多可以写本书，保证畅销，而这本书的封面和插图就应该用她穿着各色衣服的靓照。苏丽会穿又穿得出，而且永远不花哨，只是暗暗地趋时。这跟一个人的性格有关。苏丽天生不是那种嚣张型的女人，她只是安静地俊俏着，有一个人认真地欣赏就够了。这个人正好是我，所以我感到自己的命运不全是悲惨。

在一起就是下馆子、逛商场，或者去河边唱卡拉OK。说起来不好意思，有一回在包厢里唱歌，突然两个人都有冲动，就在音响的掩护下干起来，连门都忘了锁。没想到老板娘拎了个开水瓶进来了。两个人一时定在那里，姿势无比尴尬。老板娘倒只是一笑，把瓶子放在门边就退了出去。本来应该不做了的，却是莫名其妙地更加兴奋，不能自制。结果是前所未有的爽。那种感觉，用个什么词语来形容好呢？酣畅淋漓。对，就是这个词，我算是充分体验到它的含义了。苏丽呢？她趴在我身上像死了一样。平生的第一次高潮让她幸福得说不出话。

这回之后我们正式住在一起，就在城郊租了两间小房，这样不用担心做爱时被虎头或苏丽的姐妹撞见，可以放心大胆、从从容容地弄出些花样来。苏丽要得不是很厉害，我虽然渴，但也要考虑身体，所以两个人更多时候只是合作出连续的小欢快，彼此爱惜着。对她我简直无话可说，太好了，除了一点——苏丽不往家里寄钱我心里不舒服。不孝顺的人我看不惯的，我不希望自己的马子是这种人。苏丽不像是只顾自己享受的那种，那她是因为什么？

十八路公交车上的人过于紧密团结，一进去前后左右就被封死，几乎动弹不得。一只手贴在我屁股上慢慢地动。装作没有感觉，我头望窗外，身体突然用力一转，右手五指叉住了那只贼手，狠命一绞，骨折的声音很好听。我看到一张惊恐的脸扭曲变形，觉得舒服了一点，却又马上紧张起来，瞟视周围。还好，没有寒光闪闪的匕首冷不丁从哪个方向捅过来。看来这是个吃独食的家伙，要么就是个还没入门的无主游魂。我运气好。本来这样子做是很犯忌的——在这样的地方，身手再好也施展不开的，被几把刀子围住就只能是死路一条。悟清这一点我差点冒冷汗，好在人已挤到车门边，一到站就蹿了下去，尽管此站离酒店尚远。

十五分钟后，我从另一辆公交车上下来，往左走了两百米，就到了"贵鲜"。抬头我就看到了苏丽，她踉跄着从玻璃门后跑出来，高跟鞋急遽地敲打台阶，几乎摔了一跤。后面紧接着冲出一个男的，四十来岁，一副乡下游民的鸟样，嘴里高声呐喊着伸手去抓苏丽。我想今天大概是碰到鬼了，冲上去一拳把这家伙打倒在地，又起腿去踩。

"不要！"苏丽扯住我，脸通红。

那家伙已从地上爬了起来，破口大骂："你是哪根葱？我和我女的事要你管！"

我愣住了，去看苏丽。她勾着头不作声。不少人已围了过来。我不想被看把戏，上前一步，沉声说："你要骂不要到这里骂。"

苏丽抬起头，说："你跟我们来。"

到了河边，苏丽脸上的潮红已退得一干二净。咬了咬嘴唇她说："你喊我回去也没用了。"

"为什么？"

"告诉你没用就是没用了。"

"三妹子啊，我是你爸爸呢，你就莫把我为难喽。"她爸爸竟然哀求起来，转变之快出乎我的意料。

"你还好意思讲。"苏丽眼圈红了，"大姐二姐都被你逼出去了。我呢，你讲都没跟我讲一声，就要把我嫁人。"

"这也是没办法的事。你晓得屋里穷,你妈妈又过得早。"

"还不是你好吃懒做,不肯种田,天天只晓得打我们几个。"

苏丽爸爸被呛得不好作声,眼睛转了几转,又带着哭腔喊起来:"女啊,是我不争气!但是我收了别人的彩礼,他们几次上门来要人,还喊要把我们的屋烧了。"

"你退了就是。"

"我哪有退,都用光了。"

"好多钱?"

"有五千块呢,我哪里还得起。"他抱着脑袋蹲了下去。

终于弄明白了,我走过去客客气气地扶他起来。一双混浊的眼睛瞪大了望着我。一笑,我说:"自我介绍一下,我是苏丽的男朋友。"

老家伙居然点了点头。

凑到他耳边我说:"跟你讲句老实话,苏丽已经破了身了,你把她带回去也没用了。"

立刻他就蔫了,如遭雷击,木木地看我。但看到我从怀中掏出正准备存的一大把"四大领袖"后,老家伙目光又生动起来。

"这是五千块,你老收好,算是我的彩礼。以后苏丽就是我的人了,你就不要来操心了。"我恶狠狠地一笑,"听到么?"

苏丽爸爸脑筋这才转过来,猛点头,抓住钱往怀里塞。我看不得他那副样子,拉着苏丽就走。苏丽不住地回头看。河边风大,吹起长发来遮住了她的脸。风把哭声带到了河中。是苏丽在边走边哭,似乎要把十几年的眼泪全部哭出来。我没去劝。我也想哭,但终于没有哭出来,只是更紧地握住了她的手。苏丽的手好软,好弱,好小。

现在我好想抓住一只手,哪怕是一只小小的、软弱的手,也能助我抵挡这黑暗的寒冷。如果说寒冷也有颜色的话,那它只能是黑色。我说的是心头的寒冷。身体的寒冷我不怕,那种冷是白色的,能使我清醒、振奋。但心头的冷简直不可抵御,它像世上最薄最快的刀锋,一刀刀削去勇气、希望和激情。需要一只手给我温暖,哪怕是一点点,像火星那样,但我只能抓住自己的手。这双手稳定、有力,而且准确。它替我带来了金钱,也带来了血腥,最终把我带入这间阴冷、黑暗的牢房。其实很早以前我就想洗手不干了,不为别的,只因为我为自己表现出的残忍而感到震惊。很早我就看清了身上那股毁灭性的力量,如同洪水无情而暴虐。我控制不了,所以也无法预料到它会借我的手干出什么让野兽也发抖的事。那时我想我洗手不干算了,拿着手头上的一点钱去做个生意算了。但命中注定它无法实现。因为第二天我就看到了四野猪。四野猪就是那个被我剁掉了一截手指的人,他是另一个帮派的小头目。四野猪注视我的目光充满怨毒。他之所以没反扑只是忌惮我也是道中人,也有一帮子兄弟。一瞬间我明白自己还无法完全退出。你要是退出就只有一个结局：那就是在孤立无援中被仇家追杀，最后横死在某条小巷中，而且，很有可能搭上苏丽的命。所以我只能继续走下去。一切仿佛宿命，而四野猪就是宿命中我刀下的第一个野鬼。

穿城河将城市划为两半。棋子桥横跨东西，连接两岸。河东路几乎把全城所有的电游室、桌球场都拢到一块来了，结果天天热闹如过年。河西路以前听说不怎么样，但近几年冒出许多夜总会和按摩店来，如同油光过剩的脸上粉刺越长越多。政府治疗无效之下，只有采取空间限制法，严防它们蔓延到河西路之外。这样河西路就成了人人口唾之而神往之的红灯区，不仅大大增加了政府的罚没收入，而且养活了一大批地头上的蛇鼠。看着河西的霓虹闪烁如脱衣舞女，我默然良久。河西是四野猪那一帮的地盘，河东则归王一川罩。我清楚两帮的一场火拼在所难免。王一川是什么人，会看着眼前的肥肉而不伸筷吗？站在桥头，我仿佛听到了喊杀声如隐隐的火光波动，我没想到这场大火将是由我来划燃第一根火柴。

杀四野猪这桩生意是由虎头出面跟我谈的。他的命值三万。翻动着厚厚的一叠钞票，我问："川哥就不怕我失手？"

"川哥对你有信心。他其实很欣赏你，经常骂我怎么不把你留住。"

"他太抬举我了。"

"你得手后马上走,不要来找我。"

点点头,我问:"怎么拿四野猪开刀?"

"川哥讲他是个狠人,要让他养成气候不得了。"

我有同感。

四野猪十八岁,身高一米七四,腰圆膀粗不负野猪之名,胆量和力气可与虎头画等号,心机则胜之。不太好女色,抽烟喝酒均一般,唯喜吃肉。这个人几乎没什么弱点。虽然我赢过他,在心理上有优势,但仍感到紧张。他经验比我丰富,力气比我大,人比我高,而且身边的人也比我多,所以被灭掉的很可能是我。但退堂鼓是绝不会打的,不仅是因为已收了钱,更因为我想杀他。我必须干掉他,否则活不安宁。

设计了几种方案都作废。这家伙整天泡在河西路,像是一只忠诚的看家犬在地盘上巡逻,维持一种地下秩序。孤身前往是白痴才做的事。初中时有篇古文我背得溜熟,到现在也没忘记。我甚至还记得它出自《孟子·尽心下》。文章精辟地论述了天时、地利与人和。在河西路四野猪一个人就占了地利与人和。至于天时,那是个太捉摸不透的东西,至少我不能认为自己占了天时,然后脑袋发热地跑到河西路去送死。人和我也无法改变,所以只能在地利上打主意。这般想着我为自己能活学活用而自豪,同时又感到悲哀。不管那么多了,现在我要去查四野猪喜欢到哪些馆子里吃饭。

又是虎头为我提供了重要信息。虎头忘不了臂上的伤痕。他跟四野猪喝过和气酒，无法亲自报仇，那么让四野猪灭在我手下比灭在其他人手下无疑要解恨一些。

"你要看着他落气，莫要到时又抢救过来了。"

拍拍虎头的肩，然后我就去踩盘子。

是一家小店，甚至没有招牌——这家店子的红烧肉就是它的招牌。虽是在一条比较偏的小街上，也能使得四野猪这类食客转车而来。四野猪每星期至少在这里吃两次，只是具体时间难以确定。不过没关系，我有足够的耐心和时间。无师自通地把周围的地形细细查看了一遍，我发现小店没有厕所，厕所在店后，还要穿过一条巷子。红砖砌成的厕所年代久远依旧坚实，只是里面尿水横流屎不入坑。我搞不懂人们既然找到这儿来为什么就不对准一点，随地大小便街上也可以啊！选择这样臭气熏天的场所动手不是我的本意，但这是唯一的突破口，而且我得手后可以从容遁去。当然，如果四野猪小心到上厕所也带人，那我只有喊天——虎头已把他老大的要求传达得很清楚，那就是不能让人晓得是我动的手。我明白其中意图：王一川是要对方明知吃了大亏但又抓不到证据，只好暗地里搞动作。而对方只要一行动就会曝光，这样在道理上就先输了阵脚。黑道有黑道的规矩，坏规矩的人总是会在无形中陷入孤立。在道义上占了优势，师出有名，然后一战而胜，这就是王一川的想法。我相信他还有更多的阴招已经沉沉布下。他够狠，也够周密，所以他才能活到今天并当上老大。尽管我不想入他的门，但他看得起我，楚小龙也必不会令他失望。摸了摸腰间，刀和石灰包稳稳地待在那。再往厕所那边瞧去，只看到两三个闲人进出。已经等了一个多小时了。也许他们早已吃饱喝足扬长而去，剩下我像个白痴一样傻等。有个胖子晃荡着从面前走过，目光狐疑地打量着贴在墙角的这个人，鼻子里还哼了一声。他运气好，我没心思去修理他那身肥肉，只是面无表情地别过脸去。五分钟后又过来个小朋友，戴着红领巾，背后的书包硕大沉重如三座大山中的一座，看得我都心疼。抬起红富士苹果一样的小脸，用普通话问："叔叔，你在等谁？"

弯下腰去，我摸了摸他的头，说："你还不快回去，等下作业做不完了。"

脸马上变成苦瓜，耷拉着脑袋他走开了。

看着这朵祖国花朵可怜的背影，我摇摇头，感到自己读不上书未尝不是一种幸运，至少不必在精神上像个小顺奴似的任人凌迫，把本应快乐无忧的青春搞得痛苦不堪。但现在我快乐吗？叹了口气，我重新盯着厕所，就看到四野猪和另一个人走了过来。往后一缩，我的心立刻凉了。一瞬间想撤退，但又忍住了。再等两分钟吧。尽管对这两分钟我不抱多大希望，但我还得看看。两分钟后，四野猪的兄弟哼着小调走了出来，一只手居然还在裤口处动作，大概是拉链坏了。看着他消失在巷子里，我的心又剧烈跳动起来。也许厕所里还有其他人，也许他的某个兄弟等一下也会内急而来。但机不可失，我要赌一把。深吸一口气，我快步走到厕所门口，左手刀，右手石灰包，两手下垂以正常的速度走了进去。不防有个人迎面走出，我的心脏几乎要从嘴中蹦出，看清是张陌生的脸才勉强归位。那人看清了我手中拿的是什么后，脸马上变青了，疾步走了出去。也许会报警，但我不去看他。此时全部的注意力都指向右边第三个坑位，四野猪艰难出恭的声音正从那里传出。一步一步走过去。在四野猪耳中也许这脚步声没有什么异样，但我却走得艰难异常。人头浮出来，四野猪已经准备完事了。想也没想，一个箭步射过去，右手一扬，石灰包打向他惊疑抬起的脸。头一偏，打歪了。我全身的血都涌了上来，一刀斜劈而下。四野猪凶悍之极，勾着头往前冲，伸手抱我的腰。没有躲闪，我沉腰收臂，刀往回削。鲜血飙了出来，冲到隔壁的坑位。割开他的颈部动脉，刀迅速回收，又前捅。四野猪的手已搭上我的腰，箍紧，然后他的头抬起，瞳孔迅速放大。刀已完全没入他小腹。

把刀丢进坑中，看着它淹没在稠稠的屎尿中，我快步走出，看清四周无人，马上向着退路疯狂跑动起来。半个小时后，我已躺在通往东莞的长途卧铺车上。等车缓缓驶离城区时，我才松了口大气，四肢发软瘫在铺位上，仿佛生了场重病。

有必要回顾一下在沿海地区的那段时光。它和血腥与暴力无关，清凉惬意有如夏季之风。那可能是一生中我最快乐的时光，也是今夜的回忆中能让我由衷微笑的时光。

苏丽早已带着三万块在东莞等我。那里有她的两个姐姐。她们已经在那儿各自找了男朋友，所以对我的到来见怪不怪，微笑以待。

关于东莞，我所能回忆起的就是这座新兴工业城市会集了如此之多的打工者。他们走在大街上你一眼就能分辨出来。而事实上大多数打工仔很少有悠闲逛街的机会，他们被圈禁在各自的厂区，每天进行着十数个小时的超强度劳动。尽管苏丽姐姐们脸上的笑容不少，但我却从中读出了辛酸。而从街头上那些断肢的乞讨者身上我则读出了悲凉——这中间不乏因工伤而被老板一脚踢出的打工者。他们无处申诉也无颜回家，只有在这异乡街头领受吝啬的施舍，也许到了冬天就会结束一切。我不想再看下去了，带着苏丽匆匆逃离了这座城市。但我不会忘记它。因为它让我领会到世上有太多命运比我更悲惨的人，于是我不再自伤身世。

虎头在电话中告诉我四野猪一案几乎不受白道重视。对于人民公安来说，这样的黑帮分子之死简直不屑一顾。公安们要处理的案子太多了，犯不着为一个不法分子的死而劳碌奔波。虎头说，你安心在外面多玩些日子。就这样，半年中我们相继游历了广州、珠海和深圳，返回时又探访了北海、南宁和桂林。如果不是钱不够的话，我们还想渡海去香港做七日之游。但这不能算作是什么遗憾，上述六座城市已使我眼界大开，心满意足。

在广州我领略到了中国人民在吃上面的无穷智慧。有一道菜至今让我记忆犹新。是下午时分，在一个中等餐馆里，我翻动着菜谱（点菜向来是我的专利，而买衣则由苏丽做主），一个奇怪的菜名蹦入眼中：吱吱叫。

什么叫"吱吱叫"？我百思不得其解。再看看价格，一百多块。犹豫了一下，好奇心还是占了上风。我没有告诉苏丽，是想让她惊奇一下。

菜端上来了，一个很普通的塑料盒子，盖得严严实实，附带两把尖利的不锈钢叉。揭盖的任务给了苏丽，我想通过她的反应来猜测盒中的谜底。盖子打开，先叫起来的倒是苏丽，瞪圆了眼睛像是踩到了老鼠——她最怕这种小动物，盒子中反而一点声音都没有。凑过去看我立刻倒吸一口冷气——盒内汤水之中赫然卧着一只老鼠，全身雪白，只有一双眼睛黑溜溜地转。第一个反应是想把盖子捂上，免得它跳出来跑了。但转念一想，不太可能。再细看看，发现它原来是被剥了皮的。但剥不剥皮对我来说意义不大，花了一百来块钱难道就是为了看这样一只裸得彻底的老鼠？黑着脸把服务小姐喊来。她含笑用并不普通的普通话解释道这种老鼠营养极为丰富，最宜活吃。下半截我已经猜到了，那就是吃的时候用钢叉刺入老鼠体内，然后它马上就开始——吱吱叫。

最后谁也没有动手，真正花了一百来块钱看了一回剥皮的老鼠。

在欣赏了"吱吱叫"后我带着苏丽转移到深圳，然后是珠海，感觉是到了外国：在以脏乱著称的大陆上居然还生长着如此整洁漂亮的城市，它们就像两位高雅靓丽、散发异香的淑女出现在衣衫不整、修养极差的人群中。不知怎的，目睹这一切后我有种隐隐的担心，我担心这两位淑女会毁在人群忌妒的目光和恶毒的攻击中，会在一轮突如其来、不可理喻的强暴中香消玉殒。尽管我是个杀人犯，是被这个社会冷冰冰拒绝的渣滓，我还是不愿看到有这样的情景出现。这种担忧如此奇特而又强烈，但我终于忍住没向苏丽诉说，我不想破坏她的好心情。苏丽拉着我的手满大街地转，她的目光总是在追逐那些装扮得体、神色匆匆的白领丽人。从她的目光中我感受到了欣羡和失落。后来她到商场中选购了全套的职业女装，并且还挑了一个那些丽人们惯用的精美挎包。当她神色羞涩又焕然一新地出现在我面前时，我立刻看到了一个迷人的现代都市职业女性的形象。

"像不像？"她转动着身子。

"何止像，简直一模一样。"

"你莫骗我。"苏丽嘴上这样说双眼却直放光芒。抱着双臂，我欣赏着她幸福的样子，真的，我也觉得很快乐。

但光芒闪烁了一阵后她变得神色黯然。

"怎么啦？"

她不言不语。

但我已晓得是为什么。

兴尽之后就是离开的时候。为了安慰苏丽,我选择回去的路线时特意舍近取远,把三个著名的旅游城市用线穿了起来。应该说,这一选择也大大地安慰了我自己,因为它替我带来了一生中最浪漫温柔的时光。

我是个卖命的,苏丽虽不卖笑,但也强不了多少。然而我认为我们也可以浪漫的。浪漫虽然高雅,但它无关身份。

和苏丽手挽手出现在北海银滩上时,立刻聚焦了不少目光。有极大的满足感。苏丽也是。和她站在一起我晓得我俩很般配。其实对自己的长相我倒不是很关心,只希望自己富有力量,就行了。事实上我够酷。不过酷不是件坏事,至少它能帮我吸引住苏丽,使她不至于投身到别的男人的怀抱中去,还能让我在银滩上撑住门面,不至于让旁人叹道:一朵鲜花插在牛粪上。对于男人来说,这是至关重要的。我还想说的是,假如你的女人跟别人跑了,最好不要怨天尤人,而是掂量一下自己,看是不是丧失了力量,是不是丧失了——酷。

苏丽是不会离开我的,她靠在我怀中温顺如一只小鸟。对她而言,我就是世界上那棵最强壮最可靠的大树永远为她遮风挡雨。只是眼前的海风不必遮挡,它如此温柔替我轻抚苏丽的脸颊。身下的沙滩好软。抱着她半卧着不想动弹。这个世界除了我们再没有别人，只剩下大海、天空、耳边的风和身下的沙。也不知过了多久，苏丽睁开眼睛，叹了口气说："要是永远这样子有多好。"

"要是永远这样子有多好。"

几乎不想离开北海了。但钱已用去大半，还有两个地方要耍。那就走吧，尽管是恋恋不舍。

南宁不错，而桂林更好，走进它一如走进小学课本中那篇著名的文章，耳边响起久违的清脆的读书声：

"桂林山水甲天下。"

桂林山水是不是甲天下我不晓得，但它足以让我们醉倒。我还想说的是，面对这山水我感到羞愧，因为我带着杀气，而这样清秀的山和水是不能沾染半点杀气的。好在苏丽在身边使我不至于太心虚。苏丽在山光水色的映衬中分外，分外什么呢？

分外妖娆。（这是谁讲的去了？）

有个老外硬是要跟她合影。苏丽立刻像只受惊的小鸟看着我。点点头我一笑，这点度量还是有的。女朋友有人欣赏也是对自己眼光和能力的一种肯定嘛。只是这老外身上的味太重，让人受不了。

我们住在香江宾馆。它确实漂亮，漂亮得让我们仰望着它像两个乡巴佬。我有钱，所以能住进这里，但我没有与这个地方相称的身份可以亮出，我应该去的地方其实是监狱。我从小的理想是想成为一个堂堂正正的男子汉大丈夫，做出一番大事业，受人尊敬，怎么现在竟成杀人犯了？这不是我愿意的，是很多事情逼我走到这一步。想到这一点我就悲愤莫名,眼睛不知不觉就红了。

"怎么啦?"用身子贴住我,苏丽柔声问。

长长吁了口气后,我说:"我想回去了。"

香江宾馆的灯光鲜艳异常。我往窗外看去,无边的黑暗正围困着光明。

回来已是半年之后,见面时虎头的第一句话是:"阿红完了。"

"什么?"我打了一下摆子,再冷的雪也不能够像这句话一样让我寒到骨头里。阿红,我是一向把她当姐姐看的。

阿红死得太不值。半个月前,一个小混混嫖了她后不但不付钱,还要倒过来打劫。阿红哪把他放在眼里,抬手就是一个耳光。一把匕首捅进了她的腰。阿红到死都没合上眼睛的——死,怎么是这样一件轻易的事?

"那家伙呢?"

"抓起来了。他死定了。"虎头说完后打了个长长的哈欠,一副全没精神的样子。

握紧了拳头无处发泄。那家伙我想把他的鸟割下来踩个稀巴烂。但我只能买一大捆纸钱去公墓看阿红。红焰青烟中焚烧后的纸钱如黑蝶飞翔,它将代表我和苏丽去另一个世界看望阿红。看着墓碑上阿红的照片,她依然笑得满不在乎。谁晓得她是个妓女呢?谁明白她为什么要干这一行呢？

忍不住仰天长号一声，周围的山谷竟没有回声。

阿红的殡葬费花的是她用身子挣来的钱，剩下的部分阿红的姐妹告诉我是在虎头手里。立刻我就去找虎头。虎头和刘艳梅窝在床上懒洋洋的。刘艳梅我已见怪不怪了，虎头以前可不是这样子的。但我没心思去管这些了，单刀直入，问："阿红的钱在你手上吧？"

虎头有点不太自然。

捺住气我说："阿红乡下还有个老娘，全靠她养着，这个你也清楚，这笔钱要给她。"

"过两天就给你。"虎头依旧无精打采。

我不好再说什么了。

一个星期都没看到虎头的踪影，打他呼机也不回。我火了，直接去找王一川。

"回来了。"他见了我很热情，并少有地拍我的肩。

晓得他已得手，我道了喜，就问虎头的去向。

"我也很久没看到他了。这小子，不晓得跑到哪去了。"王一川皱了皱眉，然后看着我，"我现在很缺人手。"

"只要你开口，跟你的人万千。"我笑道，假装不明白他的意思。

又过了一个星期，虎头倒自动找上门来了，把个破包往桌上一丢，说："两万块，你数数。"

看他黑着张脸，我说："你是不是怪我追得太紧？"

"我不怪。这本来就是阿红的钱。"

"你从哪凑了这么多钱？"

"你管我。"

沉默。

过了一阵，盯着他的脸我缓缓说："你是不是吸毒了？"

"你管我！"虎头吼了一声，但马上神色就萎下来了。

"我不管你谁管你？"我也大吼一声，见他不吭声，哑着嗓子继续说，"你晓得我没兄弟，你就是我的兄弟。现在红姐走了，要是你再出事，我真的是没什么想场了。"

"你莫讲了。"虎头的声音有些哽咽。

"你一定要戒。干我们这一行的，得梅毒都比吸毒好。"

"我争取。"虎头显得没什么信心。

"吸了有好久了？"

"四个月。"

"麻还是粉？"

"粉。"

"和刘艳梅一起。"

"就是她开的头。"

心沉得更深——虎头我可以说服他,对刘艳梅可就没什么把握。她太任性,太不晓得轻重,要见到棺材时才晓得落泪。红颜祸水,这句话讲的就是她这种女人。她总是要不断地寻找各种奇怪的刺激,一点都不会去想这刺激会不会害了自己,害了虎头。真想狠狠打她一个耳光,然而我必须捺着性子好好跟她谈谈。

要处理的事太多了,好烦。但我晓得自己必须冷静、周密。

把钱送到乡下。我不敢说阿红出事,只讲她到广州做事去了,等过几年发了财再回来。老人家是最好骗的,只一个劲地说阿红如何孝顺,小时候如何勤快,如何懂事。然后骂儿子猪狗不如,在屋里就晓得欺负姐姐,逼姐姐出去赚钱,自己就吃闲饭。好容易给他娶了媳妇,盖了房子,就再也没回来看一下,见了姐姐也不喊,青起个脸,真的是只白眼狼……

听不下去了。我真怕自己会忍不住冲到这只冷血动物家里把他猛搞一顿。但他到底是阿红的弟弟,这样做阿红会怪我的。叹了口气,我只有一再叮嘱老人家把钱收好,莫让她那个鸟儿子看见。告辞时我发现自己竟走不了——阿红的娘硬拖着要我在这里住几天,说是第一次来不把我留住阿红晓得了要怪的。

鼻子有点发酸,我只好宣称自己还有急事。

"那就吃了饭再走。"

只好再坐下。

饭吃得很香。剁辣椒炒腊肉、猪血丸子、腌萝卜，还有家酿的米酒。乡里的口味很实在。老人家看着我，笑容从层层叠叠的皱纹中溢出，一个劲地问我哪里人，好大了，在外面干什么，家里父母还好么？

随口敷衍着，心知她当我是红姐的男朋友了。这也没错，阿红是我的第一个女人，以她的成熟和风情教会了我男女之事，对她我永远有份特殊的感情。老人家你就当我是你半个儿子好了，我心愿。

出门后手上多了一大包红薯片。老人家翻箱倒柜也就找出这点东西，不忍心拂了她的盛情。

路不太好走，县际班车摇摇晃晃的。一个人无聊得很，就从邻座那里借了张报纸，找到副刊看了起来。一篇杂文吸引住了我，是议论国家要不要承认红灯区的。看着看着我就想把报纸撕了。倒不是因为作者反对设红灯区，而是他谈论妓女时那种高高在上和自以为是的口气。在这家伙眼里，妓女一律是淫荡成性自轻自贱的害人精。他懂什么？他到底晓得多少？妓女的辛酸血泪即使不比打工仔更多，也是相差无几。真想对这个坐在书房里想当然的家伙大吼一声："没有谁天生这么贱的！你老婆要是换成阿红这样的身世，她也会卖的！"

邻座的人看着我，不安地挪动屁股。我的愤怒不可遏制，我想杀人。

坐在我对面，刘艳梅点燃一支烟，青色的烟圈在粉红的灯光中荡漾。我注意到她腕上有明显的针眼。

"你打针了？"

"这样才过瘾嘛。"

"虎头也打了？"

"我们互相打。"

"你是想他死是不是？"

"你发什么火，又不是我要他吸的。他自己要试，我有什么办法？"刘艳梅翻了个白眼。

深吸一口气，我说："能不能戒了？"

"做不到。"

"到底有什么味道？"

"那你要吸了才晓得。那味道，太过瘾了，整个世界都变了形，整个人都飘了起来。"

"不吸的时候是不是浑身没力气？"

"是啊。你这么清楚，是不是也试过噢？"

强忍住气，我道："你没力气无所谓。虎头整天在外面打打杀杀，要是打架时突然没了力气，或者别人来追时跑不动，你讲怎么办？"

"那我不晓得。"刘艳梅扁了扁嘴。

"这样吧，你把白粉收起，自己躲着吸。"

"他会打我的。"

"不会,我跟他讲清楚。"我盯着刘艳梅,"反正你要想清楚,要是虎头出了事,没有谁会挣钱帮你买白粉。"

刘艳梅点点头,一副六神无主的样子。

事情完全在我的想象之外。刘艳梅不给白粉,虎头倒是很配合,但过了一阵就不行了。也不说要,只是在床上打滚,还拿头撞墙,眼泪鼻涕都出来了。刘艳梅慌了手脚,在一边哭了起来。最后还是打了针,马上就生龙活虎。

事后虎头跟我说当时好像有无数蚂蚁在身体里面咬,在血管里,在骨头里。那个难受啊,革命烈士也忍受不了。

"你是戒不脱了?"

"戒不脱了。"

"那以后去砍人怎么办?"

"只有先吸足,养好精神再去。"

我无话可说了。

苏丽继续在酒店上班。经理很看重她,提了领班。但有一天回来后她青着脸说不做了。

"怎么啦?"

她不肯说。我以为经理对她有什么动作,耳朵立刻烧起来,叫着要去上门问罪。苏丽拉住我,摇摇头。

原来"贵鲜"在大势所趋中也开始放弃操守,搞起了色情服务。愿不愿意陪上床那看各人的自愿,但陪吃花酒是人人都要上阵的。

"就你一个人不做了?"

苏丽点点头,说:"她们是没办法。"叹了口气后她又说,"我命比她们好一些嘛。"

一笑,我摸摸她的头,心里却沉得很。叩机振动起来。看看号码,就晓得有生意上门了。既然苏丽不上班,那我必须多挣些钱。回了电话后,我就骑着摩托劲头十足地冲到河西路的一家夜总会,虎头已在那里等我。

进了包厢,就看到一个胖子在冲我们笑。四十来岁,有种气派。

"这是江厂长。"

江厂长伸出手来,很热情地说:"小龙哥,久仰了。"

我不晓得他久仰些什么。

接下来点酒。江厂长看着我,我也不客气,对小姐说:"来瓶法国干红。"

姓江的眼睛一亮,笑容也自然多了。他叫江成,是家私营饲料厂的厂长。我老家有个养殖大户欠了他三十万的货款,这边银行又在拼命催贷。"老弟,我一个月的利息都要数一两千。"江成脸上有种被割了肉的表情。

"那你何不收了钱再发货？"

"没办法啊。现在做饲料生意的有这么多，你不发别人就会把生意接过去。"

想想也是，我不禁有些同情他。不过谈价钱时同情心就没了，他出百分之五，我要百分之十五，最后定为百分之十。也没费多少口舌，他是个爽快人。

生意刚谈妥，就有小姐进来了。虎头笑笑地看着江成。他也显得兴奋，打了个响指，说："我请客。"

没有拒绝。我说过，在这上头有点收不住。不过不要以为我内疚，我不会。做爱是一回事，爱一个人是另外一回事。每个男人都想跟不同的女人做爱，只不过有的做得到，有的做不到而已。

小姐姓陈，比较丰满，运送得很到位。不过我还是中意从后面来。这种体位总能让我迅速兴奋。体内有张弓拉到满弦，然后是猛烈地射精。

"你好厉害。"陈小姐笑得很甜，见我很酷的样子，又说了句，"我是讲真的。"

我晓得是说真的，因为她主动告诉我她叫陈丽珍，并问我叩机号码。

告诉了她。多个朋友多条路，而我只能交到这样的朋友。江成那样的人，尽管表面上客气，其实骨子里是瞧不起我们这号人的。习惯了，无所谓。

拿人家的钱就要替人家卖命,何况这钱要去收才拿得到。把有关资料拿来研究了一下后,我就上路了。看着不断挥手的苏丽渐渐拉远,我心里不晓得是什么感受。

说实话,要不是口袋里的米米快光了,才不想接这笔生意。不为别的,就怕回老家去。怕见熟人,更怕去见奶奶——她老人家要是地下有知,一定会气得晕过去。

车站跟离开时不同了,气派了许多。跳下车,乡音和阳光一齐扑面而来。几辆三轮摩托围了过来。摇摇头我决定走一走,把全城走遍再找住的地方,反正时间早得很。

两年多了。我终于懂得了什么叫世事沧桑。走在街上看到一些地方还是往日模样,另一些却已面目全非,而这个小城的许多面孔已不再熟悉,我忍不住唏嘘起来,像个诗人那样内心充满感伤的怀旧情绪。不知不觉就来到昔日的小巷,还是那样破落。这里本来就是个贫民窟,县城中最烂的地方,但在我眼中它可爱无比。附近有推土机隆隆的声响。我皱了皱眉,在自己家门口停了下来。木板门陈旧不堪,撑着随时都会塌下来的屋顶。这样的房子连叫花子也不敢住进去的。旁边的门吱呀一声开了,探出一个花白的脑袋,然后是一声惊叫:"龙宝,你回来了。"

是康大爷,他两口子都是收废纸的,跟我家关系好,房子的钥匙就放了一片在他手里。顿时我忘了自己已是江湖成名的杀手,跳着跑过去,说:"我回来了。"

"快进来，快进来。"

屋里还是那么黑，一盏十五瓦的灯泡光线黯淡到几乎没有。

"康奶奶呢？"

话一出口，康大爷眼泪就奔出来了，说："走了，走了，只剩下我一个人了。"

好容易劝住他，说了一些必须说的话，扯了一些早已编好的谎。康大爷说："你回来得刚好，我正想托人去市里找你。"

"什么事？"

"这里马上就要修新楼了，像我们这样的房子都要拆掉，政府每户发三万块。等一下我带你去政府签字，领了来。"

"我不干，我不想拆。"

"龙宝，你就莫犟了。你不领还不是一样要拆的。"

"他敢？"

"你就莫傻了，未必你还要跟人民政府作对？"

"就是要。"心里恶狠狠地道，我没有讲出口，同时也明白康爷爷说的是对的。

他看了我一阵，叹了口气，转身走进内屋，出来后手抖抖地递过一张泛黄的纸，说："这是我后来在你屋子里找到的。"

接过来，看着看着我的手也抖起来——逼入眼睛的是些这样的话：

有哪个好心人捡到这个小孩请行行好把他抱回去。他没病。他会长得很好，因为他妈妈很好看。他会很聪明，因为他爸爸很聪明。不是他爸妈狠心是我们没有办法。他爸爸叫楚解放，是个知识分子，千不该万不该在日记里反对文化大革命，被人揭发，判了死刑。我们还没结婚，但我肚里已有小孩了。本来我也要陪他走的，但不生出来对不起他爸，所以东躲西藏活到今天。现在孩子出来了，我也受够了罪，再不想活下去了。求求您行行好，就当是自己亲生的，长大后跟您姓也行。我和他爸做鬼也感激不尽。

龙铁梅绝笔于一九七六年二月二十三日

手不抖了，但我像是酷夏时站在火炉中，嘴巴咬得铁紧。纸上突然出现一点鲜红，又是一点，渗开如落地梅花。

"龙宝，你出血了。"康爷爷惊叫着，要去找棉花。

用手一抹嘴巴，我拦住他。多亏放了点血，心里好过些了。一屁股坐在椅子上，木头一样，心里却想得很多。我爸爸，我妈妈，奶奶在世时我从不问的。其实很想晓得，但我拼命忍住。我恨他们。为什么同学们都有父母疼而我就没有？凭什么把我丢下让我看不到你们？一到开家长会时我必躲起来大哭一场。哭自己的可怜，哭他们的狠心。但这哭绝不肯让别人晓得的，奶奶也不让。哭完就到自来水龙头下把泪痕擦去,把脸洗干净,然后拖着书包在大街小巷游荡,等眼睛不再红了才回去。那时我咬牙切齿地发誓,有一天他们回来找我,一定不理,一定冲他们翻白眼,吐口水,然后远远地跑开,让他们永远别想靠近我。这种想象中的复仇不晓得进行了多少次。奶奶死后我的憎恨更为强烈。我的孤苦凄凉无依无靠都是他们造成的。我永远不想见到他们,让他们后悔内疚一辈子,所以是那么坚决地走了,留下一座黑暗中的空屋等着他们。这两年来打打杀杀,日子过得紧张火爆,这方面也就很少去想了。我就当自己是个孤儿好了,是个没人要的小杂种好了。我的命反正很贱,所以敢拼命,才有现在的名气和身价。只有一次,唯一的一次,吃饭时苏丽问我爸爸妈妈在哪。一只碗马上被摔得暴响。"你问什么问!他们都死了,早死光了!"我无法控制自己,大吼起来,一点不顾餐厅里还有其他人。

苏丽再不敢作声,眼睛里泪水直打转。

现在是我眼睛里泪水直打转了。他们是真的死了,只不过完全不是我想象的那样。多年来刻意蓄积的恨一下子失去对象,反而涌进了无限的悲凉,我心里那个难受啊,怎么也讲不出来。要是在别人跟前,我还控制得住。但在康爷爷屋里,我忍不住,也不必忍。在这里我永远都是个小孩子,一个被命运太不公平地摆布的小孩。掩面痛哭起来。多少年来还有很多泪水积压心头,我决了堤它们就要全部冲出来,谁也拦不住。

我没有在康爷爷家住，怕替他招来麻烦。躺在旅馆的白床单上，双手枕住后脑，一动不动，甚至连眼睛都没有眨一下。我定住了。定住是种很奇怪的状态，就像河水在空中流动，却突然停止，又不落下，悬在那里。心里还是很清楚。我清楚要做的事又多了一件。这件事远比收账重要，比其他一切事情都重要。

有水声溅进，那条河又重新流动起来。有人在洗澡。下面突然硬起。"你发神经噢！"我暗骂自己，"讲不死是个男的在洗呢，你硬什么硬？"骂归骂，我浑身照样燥热不安，天气热当然是个原因，更恼火的是我已不习惯夜里没有女人。但现在是处于行动状态，能忍还是忍一下。又想洗澡了。这是个家庭旅馆，洗澡间在楼下，有两个。赤着上身我就下去了。左边的已亮了灯，就进了右边。五分钟的事，一是本来就快，二是怕有人进屋翻东西，尽管钱包就在外短裤袋子里。门连续响了两下，那边也有人出来了，扑鼻就是一阵香皂气。原来是老板娘。她头发还是湿的，正拿块毛巾擦着；只穿了件无袖衫，前面绷得紧紧的，很惹火。

"洗完了？"她一点也不害羞。

我应了一声，想上楼，她身体却挡在楼梯口前，一点都没有移开的意思。

"老板呢？"

"出去打牌去了。那个死鬼，不打到半夜里不得归屋的。"

心里一动，我晓得这类快四十岁的女人是最骚的。似笑非笑地看着她，我道："那你晚上就难过了。"

她立刻伸手捏了我一把，笑骂道："看不出你这么小，也这么不老实。"

说老实话，这女人大眉大眼，泼辣和风骚味混合在一起，有股别样的吸引力的。

"我不小了，不信你试一下。"

她只是笑，身子却靠得更近。

太顺了。这类女人最实在，总是直奔主题，先把实惠得了。就在洗澡间干起来。陌生的环境，陌生的女人，让我格外兴奋，很快就畅快射精。

"就完了？"

"莫着急，还有一次。"

"真的啊？你莫充狠啊。"

"到楼上去！"我懒得跟她多讲，命令道。

她居然裤子也不穿，就提在手里，一扭一扭走上去。跟在后面，那种冲动又上来了。

老板娘简直是这方面的专家，竟比阿红还要在行，让我爽得无法。足足玩了半个小时，床单湿了一大片。

"你蛮厉害。"她看着我，眉开眼笑。

"那还用讲。"我拨弄着她的乳头，"你这么骚，老板怎么招架得了？"

"他呀,早就不行了。"

"那岂不害惨你了?"

"所以就跟你来了。"她一笑。

跟她来的肯定不止我一个,但我没说出口,我猜老板半夜不归也是在躲她。

"你小孩呢?"

"他爷爷带着。"

"几岁了?"

"十一岁了。"

过了一阵,我问:"有个叫胡传的你晓得么?"

"怎么不晓得,他小孩跟我的一个班呢。他是个大财主,县长都要给他拜年。"

我眼睛亮了起来。

胡传,四十岁,养殖业主,家住城郊,老婆也姓胡,所以是一窝狐狸。对付狐狸可以用最复杂的方法,也可以用最简单的办法。我喜欢简单,就大摇大摆地敲响了他家的门,宣称自己是来买珍珠鸡的。胡传表示热烈欢迎,但屋中始终有第三个人,不是他老婆。

我打算尽快解决,坐下后说:"胡老板,不瞒你,是江成请我来的。"

他一惊,但立刻又镇定下来,挤出笑容说:"江老板还好么?"

"他不好,一点都不好。但胡老板只要把那三十万还了,他马上就会好起来。"

"三十万?什么三十万?"胡传眨巴着眼睛,很吃惊的样子。

很想一拳把这只老狐狸打成烂葫芦,但我只是冷冷地说:"胡老板,莫装宝,还不还你给句话。"

"兄弟,缺钱花尽管开口。我胡传虽不富……"

不耐烦看他演戏,我站了起来。坐在一侧的那人也站了起来,照旧一言不发,只冷冷地看着我。早晓得他是保镖,不过这个保镖给我的感觉很怪,仿佛他才是这里真正的主人。

"不送了。"胡传的口气中有明显的讪笑和轻蔑。

先让他得意吧。

下楼后在院子里碰见个女的,穿了件火红的连衣裙,狐眉狐眼地冲我笑。

够味,但这女人绝不是一个男人就能满足得了的。出了院门后我回头看了一眼,我看到的是一片红光,也许是红裙招摇,也许是血光闪现。

现在还是上午,阳光已经很猛。一辆三轮摩托颠了过来。

"走么?"车主露出一口大黄牙,似乎一辈子没刷过。

"到光明小学。"

两个小时后,胡传的声音在电话中变得可怜巴巴,全无上午的刁滑味道。

告诉了他一个账号，我说："一个小时后钱还不到账，你就用这些钱给你儿子送葬。"

那边还想说些什么，我把电话挂了。

一个小时后，我收到了江成的叩机。一回过去他就在那边大笑："小龙哥，你真厉害！真是太感谢你了！"

没理会他的恭维，我冷冷地道："我的账号已经告诉你了，相信你不得记错。"

"放心啦，我马上就去办。"

挂了机后，我就把胡传的小孩弄了出来。我对他什么也没干，只不过请他在家小电游室里玩了三个小时的游戏。看他兴高采烈的样子，我就晓得逃学对他来说是常事。喊了辆三轮摩托把他塞了进去，我告诉他家里有台新买的游戏机在等着他。看着车子"突突"地启动，这个小霸王探出个脑袋挥手道："叔叔再见。"

看来我给他留下了美好的印象。

在电话那头胡传苦笑道："兄弟，你够狠。"

"过奖。为了感谢你的配合，有件事我提醒你一下。"

那边静默。

"你要注意一下你老婆跟你保镖的关系哦。"

苏丽叩我的机，告诉我钱已到账。太顺了，就像我干老板娘那样。这不是运气,是靠自己的力量和判断。我已在考虑着手办下一件事,一点都不担心胡传会派人来找我。他是只狐狸,狐狸懂得什么叫于事无补,狐狸的怒火总是被利害压制住,何况我那句话一定搞得他心神不宁。

我不是乱说的。

和康大爷从县政府签了字领了钱出来,我的心情不算太好。三万块,三万块就要把我成长的地方从根子上铲掉。听说新起的将是本县最大的宾馆。什么宾馆,妓院还差不多。看来这块土地注定摆脱不了紊乱:从前是贫穷、斗殴和疾病,而不久后将是淫乱和更大的暴力,我不禁感到悲哀。

似乎有个人在盯着我看。警觉地一扫,我马上恨不得挖个地洞躲起来。但我只有站在他面前抓着脑袋傻傻地笑,就像三年前那样。

霍老师还是那么朴素、慈和,对我说话的口气还是那样怜爱又略带责备:"你怎么不跟我讲一声就走呢?害得我担心。"

"霍老师来找了你几次。"康大爷在一边说。

这是位真正的老师,可惜我无福继续做他的学生。勾着头我说:"霍老师你还住在老地方吗?"

"还是老地方。你今晚到我家来吃饭。六点半,记着,一定来,康大爷也一起来。"

霍老师开口是不能拒绝的，我点点头。

六点钟出门时，康大爷死活不肯去。晓得他去了也会不自在的，就不勉强了，自个提了两瓶酒上路。酒绝对是好酒，一瓶"五粮液"，一瓶"剑南春"。霍老师不抽烟，也没有其他不良嗜好，就爱喝点酒。只是他家庭负担重，从舍不得喝好酒，经常是几毛钱一两的米酒。我之所以这么清楚是以前常被他带到家里吃饭。现在这两瓶酒只能算作是不足以表达感激之情的小回报而已，只不过我料到就算这点小回报也可能会在霍老师那里打回票。

果然，他看清牌子后，受惊似的连连挥手，说："退回去，快退回去。"

我们练了一下太极推手，师母在一边说话了："等吃完饭你们再争要得么？"

师母在我眼中变得矮小了许多，额头上的皱纹也多了，她的话霍老师与我向来如奉圣旨。桌面上的菜罕见的丰富，我过意不去，只有趁霍老师不注意开了"五粮液"替他倒了满杯。

"哎呀！"他坐立不安，想伸手拦又怕把瓶子弄翻。我笑嘻嘻地举起了杯。

小心翼翼抿了口酒后，霍老师脸上马上现出前所未有的光彩。我很有点得意，同时又觉得心酸。

"小龙是在东莞打工吧？"师母夹了菜放我碗中。

"对，对。"我连连点头，生怕点得慢了被她看出破绽。

"我有个侄女也在那边,不晓得你认得么?"

立刻头大三倍,我笑道:"我们厂里没有老乡,厂里又管得死,不准出来,也不好去找老乡。"

"我侄女那厂里也是,圈猪圈牛一样。看得那么死干什么喽?"

我生怕她再问下去就是你在哪个厂了,忙道:"对面还是陈老师么?"

"他呀,早就搬到新房子里去了。"

我不禁愕然,停住筷问:"那你们怎么不搬?论资格霍老师比他老得多,应该先搬才对。"

霍老师不作声,勾着头喝酒,师母却嚷开了:"交不起集资款啊。你晓得我们负担重,你霍老师又老实,别人想方设法从学生身上捞钱,他又做不来,还骂别人没有师德,真是死脑筋。唉,算了,不说了,是这个八字。"

心中暗叹一声,我道:"霍老师是真正的老师,我们这些做学生的是从心底尊敬他。陈老师那些人,虽然我嘴里喊老师,其实心里不把他们当老师看的。

一声长叹,霍老师一手拿杯,摇着头,像是自言自语:"世风日下啊!"

气氛越搞越沉重,我忙岔开话题,问:"霞姐姐呢?"

"她在读大学,马上就毕业了,正在帮她找工作。"

"她要回来？"

"现在外面找工作好难。她一个专科生，不回来到哪里去？"

"也是。那打算联系到哪个单位呢？"

"看能够安排到政府里么。"霍老师总算开了口。

"噢，你今天就是去联系工作的吧？应该有关系吧？"

"有个堂兄现在当政法委书记。"

眼前打了一道闪电，我仿佛走夜路的人看清了正确的方向。我应该行动了。

听完了我的叙述后，霍老师的脸刹地变白了。

"你认识他们？"

霍老师还没回过神来，师母却惊叫起来："你是龙铁梅的儿子啊！难怪我看到你就眼熟。但从没想过会是她的儿子啊！"

"想不到的事，想不到的事。"霍老师连连摇头。摇完了，他对师母说，"你跟她照的相片呢，拿出来给小龙看看。"

原来师母下放时跟妈妈在一个生产队里吃了三年同锅饭。这几张反射着往昔之光的照片都是集体照，最少的也有三人，但一眼我就认出了妈妈，那个薄嘴唇高鼻子眼睛微微凹进去的女知青——即使是穿着那个时代土得掉渣的衣服，也掩饰不住一种艳光。师母告诉我，妈妈能歌善舞，是有名的美人。那爸爸呢？他又是干什么的？为什么在日记中反对一下"文革"就要把他枪毙了？"文革"凭什么这么阴毒？

我爸爸是当时县革命委员会最年轻的秘书。他是个标准的白面书生，戴副眼镜，不爱说话，常低着头边走边想事。在县里的一次文艺会演中，他被派去写台词，结果和妈妈一见钟情。他们是典型的才子佳人，走在一起自然引得别人羡慕不已。但就在妈妈要调回城进县文艺宣传队时，一个晴天霹雳打了下来，爸爸一夜之间成了阶级敌人，罪名是在日记中狂妄攻击伟大的无产阶级"文化大革命"，罪证确凿，不容辩驳。那时正是全国最紧张的时候，结果是判处死刑，立即执行。死后他家里的人为避嫌，竟不去收尸，是我名分未明的妈妈偷偷摸摸地把他埋了。

"埋在哪里？"我砍断了霍老师艰涩的叙述。看见他摇摇头，心里紧痛，又重新陷入一片浓黑。

后来妈妈也失了踪。几个月后，也就是毛泽东逝世不久，有人在河中发现了她的尸体。

"你外公外婆都不在了。你爸爸家还有些亲戚，等过几天我带你去。"

"我不去。我不得认他们。"

"你也莫要太怪他们，当时是个那样的环境。"

心里冷笑。环境算个什么借口？要是苏丽被人害了我必不顾一切替她报仇，何况只是领尸？长长吸了口气，我直视着霍老师道："我只要你带我去见霍书记。"

霍老师手一抖，杯子溅成一地碎片。

"你见他干什么?"

"我要看我爸的案卷。"

没想到霍老师道:"那有什么看场?不用看。"

"我想晓得到底是哪个杂种告的密。"

霍老师的脸又一次变得惨白。

又一道闪电划过。我跪下来:"霍老师,你肯定晓得!你一定要告诉我!"

霍老师手忙脚乱地扶我起来,但扶不动,他脸上泪水纵横,说:"小龙啊,你不要记仇。是我那个堂兄一时糊涂,他是猪油蒙了心,他也喜欢你妈妈啊……"

我蒙了,勾下头,手掌用力按地,立刻传来尖锐的疼痛。没有避开,这种疼痛根本不算什么,它还能够使我清醒。我需要清醒。这一切太突然,太复杂,也太凑巧了,我必须冷静地好好想一想……

妈妈的墓在城西边上的坟山里,不高,墓碑是后来补立的,刻着我外公、外婆和舅舅的名字。外公外婆现在就躺在不远的地方。我晓得他们是南下干部,对妈妈要求很严,这直接导致妈妈怀孕后不敢告诉他们,而是躲在一个不为人知的地方生下了我。我能够原谅他们,但我绝不会原谅另一些人。霍老师站在一边,肃然无语。风吹动他早白的头发,一如吹动墓上的宿草。

从山上下来时,两人一直沉默着,并肩走到城边。

"我想去找舅舅。"

霍老师点点头,想说什么,最终叹了口气,拍拍我的肩,勾着头走了。看着他深蓝色瘦小的背影消失在路上,我心里沉得很。

机械厂在县城东面,我可以坐车迅速抵达但我还是选择走路——需要身体的运动来减轻精神上的重压。似乎什么都在想,但什么都没想清。恍恍惚惚走在大街上。刺耳的警笛声冲进耳中,总算让我回到现实中。"出人命了!出人命了!"我看到人们交头接耳,脸上呈现出高度的兴奋。这种兴奋以往见得太多,不觉得有什么不对,但现在我却有种强烈的厌憎。对别人的死你就高兴,等你自己屋里死了人你就晓得痛了。在心里咒骂道,我又无力阻止他们残忍地兴奋。只有加快脚步,想逃离这无处不在的密网,却隐约听到胡传的名字,耳朵立刻尖了起来。

"你没搞错吧?"

"是胡传。"

"到底是何事?"

"他老婆偷人,他去捉奸,哪想被那个男的杀了。"

"真的,太划不来了。"

"听到讲,那个男的就是他请的保镖。"

"他老婆我早看出是个狐狸精。"

"你现在讲又有什么用？"

"……"

内地工厂跟沿海相比根本是两码事，就好像吸毒吸坏了的人跟健康人没法比。机械厂一看就晓得是停了产的，那块招牌也不知有多久没收拾了，灰蒙蒙的，一点也没有以前的气派了。进去时没人管，大概门卫也早已下岗，到沿海打工去了。这地方，以前也来玩过几次，有次还同厂里的伢子打了起来，把其中一个打得鼻子血飙出好远，差点没跑脱。但那时哪想得到自己的亲舅舅就住在里面。那时我还以为自己是个爸妈不要了的野孩子，所以总觉得自己跟别人不同，不愿跟同学在一起，总是单独行动。那时我就很冲，心里憋了股无名火，看这个世界不顺眼。现在我依然愤怒，只是多了一些悲凉——我已明白有些事情怪不得任何人。也许冥冥之中真有种命数吧。命中注定我就是那个要孤独一生的人。尽管身边有苏丽，尽管她对我那么好，还是觉得孤独，尤其在杀人收账的时候，我总感觉一无所靠，只有凭自己的力量和勇气。苏丽不会觉得孤独，因为她靠着我。而我没有地方靠，还要照顾靠我的人。大概真正的孤独就产生于像我这样做主的人吧。想清这一点，腰杆倒不自觉地挺直了一点。

前面是上坡路，坡顶有个小女孩孤零零地走下来，衣衫的颜色倒是很鲜艳，但走近看却显得破旧；十一二岁的样子，抿紧了嘴唇,眼睛红红的。看清她的样子我心里就一动,半蹲下去,问:"小妹子,谁欺负你了?"

横了我一眼,她没作声,眼睛却更红了。这一横眼尤其令我有感慨,因为从中分明看到了自己的神气。

"你是不是姓龙啊?"

她瞪圆了眼睛,说:"我不认识你。"

"你不认识我我认识你,我笑了起来,我还认识你爸爸呢,他叫龙铁军对不对?"

点点头,她脸上的戒备撤下了许多,问:"你是谁呀?"

一阵心酸——面对自己的亲表妹我竟不能说是她表哥——想了一下道:"我是你爸爸的徒弟。"

"那我怎么不认识你呢?"

小家伙还挺厉害的。我笑着说:"那时你还小得很,记不得事。"

"你是来看我爸爸的吧?他到广州打工去了。"

"那你妈妈呢?"

"在屋里呢。"

"带我去看看。"

"不行。"她张开双臂,生怕我绕过去。

"你做什么?"

"家里来了客,妈妈就要我出来玩。"

"来了什么客?"

"是黄伯伯。"

"他是什么人?"

"他是我们厂长。"

"那怎么要你出来?"

"妈妈说他们有事要谈,还要我不要跟别人讲。大哥哥,你不要跟别人讲啊。"

我的眼睛有点发潮,问:"你隔壁现在还是朱叔叔吗?"

"不对,是梁叔叔。"

"对,是梁叔叔,你带哥哥去找一下他,等下哥哥给你买糖吃。你喜欢吃什么糖?"

表妹被我拉着手,口里道:"我最喜欢吃大白兔。"

"等一下给你买大白兔。"

"真的?"她差点跳起来,"大白兔好贵的。"

"没关系,我给你买很多。"

"你为什么对我这么好呢?"

我无言以答,只勉强一笑,摸了摸她的脑袋。

走到一列平房前,表妹指着其中的一家,说:"这是梁叔叔家。"

我注意到她眼睛总是瞟着左边的一家,就指着那户说:"这是你家吧?我好久没来了。"看她点点头,我摸出五十块钱塞进她口袋:"你自己去买糖吧!"

她吓了一跳,道:"我不要这么多。"

"哥哥没零钱,找剩的你再还给我。快去买吧。"

看着她的背影消失后,一直压着的那股火马上蹿了上来。砰!我故意把门踢得极响,好让左邻右舍都听到。冲进去,光线很暗。一前一后有两间,动静在里屋。不能让他们有穿衣穿裤的机会。在暗色中我还是看清了两张惊慌失措的脸。男的胡子拉碴的,什么黄伯伯,黄老头还差不多。一拳我就打得他满脸是血,拖下床又是一个膝撞。"莫打了!莫打了!"女的尖叫着。混乱中碰到她的奶子,一阵恶心。踢断姓黄的两根肋骨,把他赤条条地拖出屋,像甩摊烂泥一样甩在门前过道上,我大吼了一声:"我要你偷人家老婆!"然后对着逐渐聚拢的左邻右舍走去。

工人阶级本是最团结的,但现在已成一盘散沙了。他们看着我,自动让开一条路。"打得好。"我听到这样的议论,于是我走得更加放心。一路上没有碰上表妹,也许她还在商店里踮着脚看秤。她其实蛮能干蛮厉害的。她和我身上流着同样的血。怕她见到我要还钱,就叫了一辆小三轮,往旅馆驶去。

晚上又跟老板娘疯狂了一回。其实我很累但我照旧疯狂——这一天心里憋了太多的东西,仅仅靠打人是发泄不了的。我让老板娘狂喜。我晓得,她很难碰到我这样的对手。三四十岁的女人和二十左右的男人其实在床上是最配的,因为双方都处于性欲的颠峰。可惜上天喜欢制造矛盾,把年龄岔开这么多,要不是机缘凑巧,很少碰上。现在既然碰上,那就放肆玩吧。把枕巾一角塞进她嘴里——怕她的叫声会把屋顶冲破。等我把枕巾抽出时,她已发不出声了。想下来却被她箍得紧紧的,我看见她满眼是泪。

夜里梦见了爸爸。我没见过他但我晓得那人就是——单瘦单瘦的,戴着眼镜,身上的衣服白得奇怪,在人群中低着头走个不停。他没有发现始终在一旁偷偷看他的我。我也不敢让他看见——爸爸是个有理想的知识分子,受人尊敬。我呢,是个吃了难饭的,被人看不起的社会渣滓。凝视着他单薄而又挺拔的身躯,我感受到一种无声的谴责逼来。他走得更快了,似乎要将我远远抛下。砰!沉沉的是什么在响,爸爸背上出现了一点红,然后迅速扩大,很快整个背部都被染红。爸爸一点也没觉察到,继续不停地走下去。"爸爸!爸爸!"我大喊起来,睁开眼看到的只是一片黑暗。

政法委书记叫霍国雄,住在城东开发区四十九号,每天八点半坐奥迪车到县政府上班,晚上十二点钟前不会归屋。他老婆小学文化,却安排在工商银行上班;一个儿子在长沙读什么自费大学。姓霍的还有个情妇,姓吴,是本地最大一家地下妓院的老板。他什么时候彻夜不归,肯定就在她那里。暂时还不想动手,我要等他把霍老师那件事办了。如果不肯,杀他又多了条理由,也不会觉得对霍老师不起了。剩下的问题就是到底是在这里再待上一阵把情况再摸清楚一点,还是回去休整一段。其实我晓得回去后说不定又有事找上门,但我太想苏丽了。虽然在外面到处都有野食吃,比她长得出味的也不是没有,但不存在有谁能代替她。不敢说这是爱,但今生今世我只愿她做我的女人。苏丽也离不开我,不晓得叩了好多次机了。叩机又响了,密码是111。这是我和她约定有要紧事才用的。冲到门口弹钢琴一样拨通号码,苏丽的声音焦急而略带哭音:"龙哥,你快回来!"

"出什么事了?"

"虎头死了。"

虎头躺在我面前。天气很热,尽管棺下放了许多冰块,他的面孔还是变得浮肿。他的眼睛已永远闭上,再也不能睁开来看我一眼。晓得他被捅了七八刀,但已看不见伤口。刘艳梅两眼哭成个桃子,我不好骂她,我必须克制。虎头的丧事由王一川一手操办,却由我出面主持,所以必须镇定下来,接待那些前来吊唁的人。虎头生前名震一时,王一川又是道上老大,所以来的人很多。一些有头脸的人物不好亲自来,便派人送来花圈和奠金。上山的那天全帮兄弟出动,统一白衣白裤,臂套黑袖章。二十辆车子绕城一周,方开往火葬场。看着虎头缓缓滑进焚尸炉,我的身体剧烈地抖动了一下,我终于懂得了什么叫作椎心之痛。苏丽拼命拖住刘艳梅,不让她靠拢焚尸炉。很想一脚把刘艳梅踢进炉中去，让她给虎头殉葬，但我晓得怒火不能发泄在她身上。说什么她也是我兄弟的女人，陪他走过一段路的。瞟了一眼王一川，他脸上阴沉沉的，看不出什么表情。也没什么好怪他的，他这个老大做得够意思，规格搞得这么高。上山时全帮兄弟分两排行夹道礼。刘艳梅捧遗照，我捧骨灰盒。鞭炮在耳边不停地炸，疯狂地自毁。墓地朝南，面对虎头的家乡。看着师傅封上盖，我简直不相信这是真的。一个龙精虎猛、鬼都怕他的人，就这么化作一股灰，被永远封在这三尺之地。燃烧的香烛和纸钱烤得人不停地出汗，我盯着飘动无常的火焰，心里什么都想不清。有人拍我的肩，是王一川。他声音有点嘶哑，但每个字我都听得很清楚。

"虎头的兄弟我就交给你了，你去替他报仇。"

虎头是死在四野猪那一帮的余党手里。在两帮火并时虎头冲在前头，灭了不少人，所以成了他们报复的第二号目标。王一川行踪隐蔽，戒备也很严，杀他是件很难的事。虎头就招摇得多，最容易被当成靶子打。那天他要是待在地盘上，也不会出事，偏偏刘艳梅发什么神经，扯着虎头去溜冰。河边玩的场所多如牛毛，就是没有溜冰的地方。他们只有跑到工人文化宫去，一出河西路就被人盯上了。那些人沉得住气，一直跟到文化宫，看着他们进了场，就在口子上布了网，又叩了几个人来。八九个杂种，手里都有家伙。虎头一出溜冰场就被围住了,他想退回去,但后路已被封了,只有死劲往前冲。虎头冲起来真的是颗出膛炮弹,没人拦得住,虽然身上挨了几刀,但要脱身还是有可能的。但冲到街边腿一软他就没了力气,白粉就是这样害死他的。刘艳梅命大,跟虎头在场子里吵了嘴,还赖在里面玩。听说外面杀了人时这猪脑壳还没想到是虎头出事了,跑出来看热闹,只看了一眼就瘫在地上,连个电话都不晓得打。这种宝,除了用来操,真的一点用都没得。不过怪她也没卵用,现在我必须把那几个杂毛找出来,让他们晓得做什么事都要付出代价,而他们这次要付的代价就是死。

还没有正式入门,我讲要等报了仇后才烧香喝鸡血。王一川没讲二话。在帮内向来只有他开条件的份,还没看到谁敢跟他讲条件,虎头那么牛逼,也不敢。我开了这个先例,也晓得自己已没有第二种选择。不过也没什么退堂鼓好打,王一川是做大事的人,又这么看得起老子,跟他做事不会吃亏。至于虎头那帮兄弟,本来就很熟,除了金老四外,其他人都对我很服气。其实金老四跟我以前也没什么过节,只是虎头走了后,按辈分应该是他上,没想到位子却被我坐了,在背后喝了通酒骂了顿娘,当面脸色也不好看。说实话,我也有点不好意思,但绝不表现出来,相反,我还要杀掉他的怨气,让他服服帖帖像一条狗。在这条道上混,必须心硬手狠,否则就只会被别人搞掉。

行动开始了。手下共二十个兄弟,加上自己,二十一个。分三组,扁毛带一组,龚建章带一组,我带一组。按道理金老四应该带一组,但我要他跟我走。当时他就拉下脸。立刻一脚踹过去,指着他我说有什么事等替虎头报了仇再讲。未必你不想替虎头报仇么?兄弟们都看着他,金老四眼睛红了,小声说:"谁不想替虎头报仇喽?"

我拍拍他的肩,说:"这才是好兄弟嘛。"

杀虎头的人已认定了四个,为首的叫解晓东,样子却一点也没有那个歌星帅,长了个大鼻子。他住在前进路。冲到他家里,却只撞见姓解的姐姐,抱了孩子在喂奶。这娘们见过些世面,一点也不慌张,一边喂奶一边告诉我们他到外面去了。

"到哪里去了?"

"沿海那边吧。反正不是广州就是深圳。他又犯了什么事啊?"

有兄弟想奸了她,我拦住了。

扁毛在火车站没兜到人,龚建章却在西站从卧铺车上拖下了四野猪的堂弟。那家伙跳诈得很,大喊大叫想引人来救,被一拳打脱下巴,塞进的士带了回来。很好。四野猪死在我刀下,他堂弟现在也落在我手里,看来我是他命中的克星。

四野猪的堂弟叫飞猪,我怀疑他原来叫肥猪的,只是嫌不好听才改成飞字。应该承认,飞猪还是有几分硬桩,拳打脚踢都撬不开他的嘴。坐在外面我不耐烦了，走进去笑眯眯地告诉他我是他堂兄的老相识，看在野猪兄分上可以照顾一点，只要讲实话就放了他。

"你当我是细伢子？你以为我不晓得你？"他眼睛鼓出两团火。

"那就不好意思了。"我一笑，"把他裤子脱了。"

他这才惊恐起来，叫道："你要干什么？"

"让你享受一下。"

这家伙块头大，鸡鸡却小。让人用细麻线把他的小棍子缠住，贴肉缠，但也没有弄得太紧，然后喊了个小太妹进来跳脱衣舞。小太妹脸蛋不及格，但身材很惹火，跳得我们高声喝彩。可怜的飞猪还没有搞明白，以为我当真让他享受。等他悟清是怎么回事，赶紧闭上眼睛时，已来不及了，那家伙已经无可遏止地胀大了，贴肉缠的细麻线全勒了进去。那个难受劲，铁打的汉子也经不住的。小太妹很配合，脱光后（她身上的衣服本来就少得可怜）贴上去不住地擦飞猪那地方。飞猪开始还要充硬桩，咬紧牙关，冷汗不停地流下来，挺了一会儿就张开了大嘴："我讲，我讲，要得么？"他声音发颤。

小太妹已跳得浑身是火，我晓得满屋子的兄弟恨不得轮奸了她，但无功不受禄，我只把她交给了龚建章。飞猪那地方好容易才软了下来，愣愣地看着我，眼神中满是恐惧。有人想踢他，我抬手止住了。

"解晓东跑到南宁去了,有三个逃到广州,两个躲在乡下,有个叫斗鸡的还在市区。"

"你们怎么保持联系?"

"没有联系了,讲好一年后再回来碰头。"

"他们家住在哪里?"

"我只晓得几个的。"

"晓得好多讲好多。"

要人拿来纸笔,我亲自记了,让他过目点了头,方笑道:"你可以回老家了,我就不送了。"

飞猪立刻冷汗大冒,跪了下来,说:"龙哥,放我一条生路,我情愿跟你,替你卖命。"

他眼泪鼻涕都出来了。有点可怜他,但更多的是看不起,还有仇恨。我会放过你吗?蠢猪。内心一阵冷笑,我让人封住他的嘴,拖了出去。

追杀行动比较顺。斗鸡当天就被找到。三天后,躲到乡下的两个混蛋也分别被带了回来,其中一个纯粹是个半白痴——虎头英雄了一世,居然死在这号人手里,当真是死不瞑目。每个人都被捅了八刀,都是最后一刀才毙命。把尸体处理掉后,第二天龚建章带了三个人拿着仇家的照片和联系电话坐火车下广州。兵贵精不贵多,他们四个是我手下的狠角色,有备而去,必不空返。南宁那边本想亲自去的,但想了想后,我派人冲到姓解的家里,抢走了他外甥,撂下一句话,要姓解的自己来要人。我没有亲自去抢,怕看见小孩妈妈那副很惨的样子。我晓得这一手够卑鄙,但没办法,我是如此强烈地想尽快替虎头报完仇。

　　整整一个星期,我都在梦中跟姓解的做生死搏斗。他的大鼻子特别讨厌,所以我猛揍那地方。鼻子很硬,比钢还硬,打得手都麻了,最后用刀才砍下,血从两个孔中喷出来,把我喷了一身红。这家伙还不死,跳起来继续打,而且越打越有劲,打得我心寒起来。是在悬崖上,我被逼进死地,一步一步往边上退,眼看就要摔下去成一堆碎骨。虎头出现了。虎头兄弟总是在关键时刻现身。他手持一把大铁锤,一锤就将姓解的轰得飞了起来。脑袋在半空爆炸,姓解的尸体打着转旋入万丈深谷,那里一片灰雾茫茫,看不到底。转过身,我想跟虎头说几句,却不知讲什么好。他望着我一笑,我从未见过他这样笑过,好凄凉的。这不是虎头的笑,但他明明这样笑了,笑过之后不再看我,一步一步走到悬崖边,和我并肩而立,却朝着相反的方向。感觉到他拍了拍我的肩,打了个激灵我转过身去扯他,虎头已跳了下去,不停地翻滚,撞裂一片片灰雾。看着他越来越小的身影,我想哭却没有眼泪。苏丽不知什么时候来到身边,苏丽轻轻抚摸我的背,她的眼神好温柔好温柔。转身我就抱着她,抱得那样紧,抱得她喘不过气来,生怕她也飞向那我看不清的深谷。就这样,我把苏丽抱醒了。在黑暗中我仍看得清她的眼神,就像一只弱小的羔羊。我在奶奶的坟头见过这只小羊,她被几条恶狗围困着,我忘不了她向我求助时的眼神。现在我把这只羔羊压在身下,让她变得快乐而疯狂。

一星期后,解晓东和我面对面坐在一起。屋子里只有我俩,兄弟们虽不放心,但也只有听从命令守在外面。

仔细地看了他一遍,还是以前的老样子:大鼻子小眼睛,穿着很朴素,唯一出色的地方就是下巴线条很硬挺,像用斧子劈出来的一样。

"人已经放了。"

"谢谢。"

"我还要谢谢你,这么远地跑回来,省了我不少工夫。"

"你怎么晓得我一定会回来?"

"很简单,你肯舍命报仇,就一定不会看着自己的外甥被灭掉。"

"你算得很准,不过你手段太狠了。"

"你不狠?虎头死得那么惨未必还是别人干的?"

"他杀了我们那么多兄弟,我就杀不得他?"

"你杀了他所以你也要偿命。"

"好,好。"解晓东一副不想再吵的样子,"按规矩我是要偿命,我没有意见。"

"你有意见也没用了,老解。"

"我晓得我逃不脱的,我也不想逃了,我太累了。"

"莫讲得这么凄惨,死也要死得精神点。"

"不是讲得这么凄惨,你以后就会明白的,干我们这一行,迟早有一天会不想动,宁肯被人杀了也不想再动。"

"抱歉,我是绝不肯坐在那里等人来杀的,再不想动也要拉几条命来垫底。"

"也许吧。不过像你这样的人太少了,你天生就是吃这行饭的。"

"没有谁天生想吃这行饭。"

沉默了一下,他点点头,说:"不过吃了这行饭,要想再上岸,也就难了。"

这家伙说得很对。没想到他还能讨论一些比较深层次的东西,可惜了。

"人在江湖,身不由己,所以你不要怪我。"

"我不会怪你,也不会怪任何人,所有的一切都是我自己选择的。"

"听你讲话就晓得你有深度,当初怎么没去读书?"

"没有钱。我住的地方又烂,周围都是些那样的烂人,不读书就跟他们混了。"

"所以并不全是你的选择,还有个环境。"

"我不可能去怪环境吧？"

"为什么不能怪？这个社会太不合理，太不公平，害得我们想变好也没机会。"

"不公平的事太多了，怪不来的。"

"摆平一件算一件，不报复的是没种。"

"我晓得你有种，我第一次看到你就晓得你这人会出头的。"

"在这条道上还讲什么出不出头，都是些见不得人的事，见不得人的人。"

"那你上岸好了。"

"你不是讲很难吗？"

"你不是一般的人。"

"哦，那你看我是哪种人？"

"我第一次看到你，就觉得你心里有股天大的火，这股火会让你做出别人根本不敢做的事。"

"我晓得你的意思。老解，我很遗憾，我们本来可以成为朋友的，但现在我一定要灭了你。"

"杀人偿命，这规矩是铁打的。不过虎头的命太值钱了，要八条命来抵。"

我盯着他，说："所以讲你喊那么多人去是害了他们。"

老解不作声，脸露痛苦之色。

"还有什么事要办吗？做得到的我替你去做。"

"谢谢。该办的都办了，人走的时候不能欠账。"

我站了起来，对不住了。

他笑了一下，脸上的肌肉开始僵硬，眼睛里的光芒急剧暗淡下去，变得空洞洞的。

看着他嘴角溢出的血，木了半天，我心里说不清是什么滋味。

喝过鸡血后，我成了王一川手下最年轻的堂主。我这一堂的任务就是打架、杀人、维持秩序，所以不应叫白虎堂而应该叫打手堂，而我，就是众多打手的头头。不过没关系，我还可以继续吃了难饭。那种单枪匹马深入虎穴的营生已使我着迷，它所带来的深度刺激远不是领着一伙人闹闹哄哄地去打架所能比得上的。尽管如此，我对堂内的事务还是费了番心思的。

虎头在的时候，堂内兄弟在形式上没有高低之分，干什么都是一起上。这样搞省事是省事，但不弄出几把位子来，兄弟们就没有盼头。上次追杀时把兄弟们分成三组，现在我又改动了一下，分四组，龚建章、扁毛、金老四各带一组，另外一组是亲兵队，都是堂内的硬角色，由我亲自带。我还规定，除亲兵队外，其他三组的组长每一年换选一次，这一年没干出什么成绩的，一律撤职。组长之下设副组长，由组长推荐，再由我批准。这个办法一弄出来，在帮内都有影响，王一川干脆叫其他堂都照着做，还训了一通话，说什么现在是现代化社会，大家要有管理头脑，才能把生意做大。王一川确实有头脑,听说他正准备去竞选东吉区人大代表。

"竞选人大代表?"苏丽以为我在讲笑话。

"是真的。我还要去帮他拉选票。"

"有没有搞错?他是黑社会耶,人家怎么会选他?"

"你怎么这么宝?他去竞选,肯定另外有个身份。要是讲明是帮派老大,恐怕要被选到牢房里去。"

"什么身份?"

摸出张名片,我递给苏丽,说:"你拿着,有事时可以做个护身符。"

名片印得很有派,上面的头衔是大川开发有限公司董事长,东吉区社会福利委员会理事,东吉区社会治安综合管理委员会委员。扑哧一声,苏丽笑了起来。

"你老大真的开了个这样的公司啊?"

"什么真的假的,就是我们这个大川帮,对外就叫公司。"

"你老大真会赶时髦耶。"

"什么赶时髦?他是有头脑,要对帮派进行现代化管理。"

"黑社会也要现代化?"

"是啊。政府不是说要实现四个现代化吗?我们就搞第五个现代化。"

"怎么搞啊?"

"很多,讲不清的。反正这个月我们这种级别的每个人都要配部手机。"

苏丽瞪圆了眼睛,说:"真的?你们哪是黑社会,干脆坐办公室算了。"

"未必我坐不落啊。你以为那些人比我们聪明到哪儿去?不过是运气撞得好。"

点点头,苏丽默了一阵,抬起头说:"龙哥,我想做点事。"

我看着她,说:"你讲喽。"

"我想开个服装店。"苏丽展颜一笑,"我好喜欢卖衣服的。"

"卖衣服?河东路是电游场桌球场,河西路是红灯区,都不合适开。"

"我到其他地方开嘛。"

"那不行,我不放心。"

"人家又不是小孩子了。"苏丽把筷子一放,噘起了嘴。

我最怕她不高兴,但又不能就这么软了,便说:"我想一下吧,不过今晚上我要你扮女学生。"

"你想怎么样都行。"苏丽一笑,声音里滴得出糖水。

拉选票是件很麻烦的事,说起来却简单:要钱的送钱,要肉的送肉,都不要的就只好送刀子了。跟着王一川送了两回钱后,我就烦了,说:"川哥,动刀子我上,送钱这事我做不来。"

王一川近来脸上多了些笑容，听了这话也没板起脸，只是哑着嗓子说："有个人要你亲自去搞定。"

没作声，我晓得这个人肯定不好惹。

"陆大有，听说过吗？就是区人大的副主任。这老家伙，硬顶住不让我上，也不晓得吃错了什么药？"

"人大主任不是你干姐么？他一个副主任还敢怎么样？"

"这你就不懂了。老家伙很有点威信，他要硬顶我就通不过。"

"我去搞定。"

"他软硬不吃，你要动点脑筋。"

陆大有，五十三岁，转业军人，正团级，在越南打过仗，立过一次二等功。看到这我就倒吸一口冷气。在战场上混过并立了功的人对生死多少有点无所谓的。这种人一向是我的偶像，现在却要我去找偶像的麻烦。心里沉得很，这是以前没有过的。

陆大有住在市委大院里，原以为这里警戒森严，没想到大摇大摆就走了进去，居然没有遭到盘查——也许是我一身名牌让人误以为是哪位领导的公子吧。他妈的要是我老爸没死也许真的就是了。想起他们的死我的血管里就变得滚烫，胸口发胀心脏狂跳，如果不找件事来发泄一下我就会被这股火毁掉的。跳起来我抓下了高高悬空的一片树叶。不错，弹跳力跟以前一样好，手法也很准确，没有抓错一片。这样我的心情才畅快了一点,东张西望努力把地形记下来。这就像当初背课文一样,当然,还需要有良好的方位感。我总是先找到场内最高的建筑物,以它为中心点按东西南北在脑子里画幅地图。实际上它并不一定处在中心,有可能偏南或偏北。但这没关系,只要它是最高的,从各个方位都能看到就行。万一脑袋里记乱了,抬头看看它,就能判断出该往哪个方位、哪条道路进攻或者撤退。这个方法是我自己悟出来的,在实践中还蛮有效果。可见我要是去搞军事,说不定也会立个二等功,运气好的话还可以混个将军当当。要晓得,除了当作家外,做个威风凛凛的将军是我最大的心愿。

六栋二单元就在眼前,抬头我就看到三楼左边阳台上一个小男孩探出个脑袋对着天上笑,鲜红的气球在他的右手上晃来晃去,这小男孩的脑袋也像个气球,圆圆的,晃个不停。我晓得他肯定是陆大有的宝贝孙子,所以看了他很久——也许我需要故技重施。

气球晃着晃着就脱了,小陆立刻伸手去抓,他脚下大概垫了凳子,一探身腰部就横在栏杆上。有女人的尖叫爆响,但叫得再响也阻止不了小陆拼命去抓球。抓球目前是他的小脑袋里唯一的念头,他根本想不到这会带来致命的危险,所以他无可挽回地栽了下来。令我惊讶的是,他真的追上了气球,并且在空中抓住了它。头顶的叫声此起彼伏。跨前一步我站稳了桩子。一个从三楼摔下的小男孩带着风声,他的冲劲可以撞晕一匹马。好在小陆在空中的姿势已由倒栽葱变成了横着身子背部朝下。接住他时腰胯就势往下一沉，卸掉一半的冲劲。尽管如此胸口还是一闷，我往后退了两步，差点就一屁股坐在地上。

楼梯道轰隆隆地响，像是在打滚雷。最先跑出来的竟是个半老头，虎背熊腰，推了个平头，有点像谁去了？这肯定就是陆大有了。陆老头跑得比他儿子还快。放下小男孩我冲他一笑，这笑不是在敷衍，而是发自内心的——这老头有种令人尊敬的气质。小陆没事，也不哭，只是咬着嘴唇不作声。陆大有把他丢给儿子，然后抓住我的手大摇起来。

"感谢啊感谢！"

"哪里，应该的，没事就好。"我做出要走的样子。

"上去坐，上去坐。"陆大有的手像把铁钳一样钳住我。他身上有股热情像是铁匠铺里那一炉旺火，什么东西都熔得化。几乎忘记了我是去对付他的，跟着这位老战士上了楼。房子是三室一厅，里面摆设虽然说不上是寒酸，但跟他的级别明显不配。我跟王一川去过两个做官的家里，不过是副科级，但每个人都修了栋大房子，里面的装修就好像是高级酒店，他妈的也不晓得哪来那么多钱。对老头的尊敬又多了几分，同时也明白了自己为什么会心里发沉——杀一个恶人最多是把命赔上，也许会心情紧张，但良心上不会有什么过意不去，但杀一个清官呢？老子虽然是人渣一个，也晓得清官杀不得。

坐在沙发上我一时不晓得该说什么，装模作样喝了口茶后抬头往对面墙上看。那里就贴了一张领袖像。以为是毛泽东，认真看了才晓得是彭大将军。现在我才悟清陆大有到底像谁了。尤其是那嘴唇和下巴，像呆了，钢铁铸就一般。我晓得这种人内心一旦打定了主意，九头牛也拉不回的。当年毛家爹爹都挡不住彭德怀写万言书，我这种帮派小头目能骇退陆大有这样的老革命么？心里猛打鼓但我脸上毫不露声色。陆大有一点也不摆架子，大声大气地跟我扯谈。

"现在像你这样的年轻人不多了。"

我没有脸红算我功夫深。

"你练过打吧？"

"有空就练。"

"一看就晓得，我当兵时也练过。"

"你当什么兵？"

"搞侦察。"

"是在打越南吧？"

老头大为高兴，说："你还蛮清楚，现在的人，早忘了这些事了。"

"喝水不忘挖井人。我们能过上现在的好日子，是搭帮你们流血流汗。"我一门心思想哄老头高兴，把从电视上捡来的好句子一把一把地甩出来。

老头神色却变得落寞起来,说:"流血流汗流得再多,也被人忘记了。"

"怎么会呢?你这样的人,是最受人尊敬的。"

"尊敬是在嘴巴上,别人真正放在眼里的是当大官的和赚大钱的。"

"那不一定。像我,就对那些人看不大起,真正服狠的还是你这样真刀真枪干出来的。"

眯着眼睛看了我一下,陆大有嘴角边露出一丝笑容。顿时我有种很奇特的感觉——我想象中爷爷的形象就应该是这样。

喝酒的时候陆大有用的竟是一只大瓷碗,样子虽然老土了一点,但很实在,一碗大概可以盛半斤酒。这样的碗现在也难得找到了,就像陆大有这个人。受他的感染,我也放开了大口大口地灌,并且发现自己的酒量还大有发展前景。只是他们一家轮流敬我的酒实在是不好意思——我始终没忘记自己是来干什么的。那个叫旺旺的小男孩坐在对面,瞪圆了眼睛看我。小孩有种特别的敏感,莫非他感觉到了什么?讲真的,我担心他突然站起来指着我大声说:"爷爷,他是个坏人!"我甚至不敢去看他了,挤出笑容来跟陆大有对干。

"小楚啊,我看你很有正气,现在我们国家就缺你这种年轻人啊。"

恨不得钻到桌子底下挖个地洞溜走,我不好点头也不好摇头,笑是更加笑不出,只好又端起杯子。

两碗酒落肚,陆大有那个正团级的形象就不见了,坐在我身边的乃是一个无所顾忌、好发议论的老兵。

"现在这个社会,太缺少正气了,搞腐败的没人管,就是街上遇到打抢的,那么多人在那里,也没人敢去抓。现在的人,软得像泥巴,骨头都不晓得丢到哪去了。"

最后一句话简直讲到我心窝里去了,说:"正是,现在这社会,讲法律只有这个样子,讲正义的也不晓得跑到哪里去了。"

"什么法律?那是写在本子上吓老百姓的。我们国家的法律,是制定得快,落实得少,像毛主席讲的,是个纸老虎。"

"你们这一代对毛主席感情还是蛮深的。"

"这天下是谁打的?是毛主席打下的。毛主席是最有骨气的一个人,最敢出头,他要是看到现在这些人这副鸟样,不气死才怪。唉,老辈子的人都走了,就剩下我们这些不中用的,看着江山变色。"

"老陆。"他老伴很敏感地叫了一声。

陆大有的眼睛立刻瞪了起来,说:"讲不得啊?"他这一瞪眼简直有猛虎下山的威势,一桌子都不敢作声了。

"小楚,来,喝。"

看到他儿子儿媳欲言又止的样子,我劝道:"陆伯伯,喝了这杯就算了。"

"那怎么行,要喝就喝个尽兴。"他瞪着眼看我,把我看得心虚。喝就喝吧,喝得人飘起来,什么烦心事都不用去想了。

吃完饭后陆大有已不能起身了,半躺在沙发上大着舌头说:"小楚,有空常来玩啊。"

看着他硕大的身影瘫在沙发上,心里陡然有种酸楚的感觉。酒并没有像预想中那样麻木了这颗心,所以我格外痛苦。下了楼我就坚决要他儿子别送了,我需要一个人走一下。月光和风都很爽,两边的树挡住了许多喧闹。把手插在裤袋里,低着头,我走得很慢。其实并没有想什么,很多问题靠想是解决不了的,最好的办法是什么都不去想。放松了走在月光和树影之中,真不想走出去,真想永远留在这清净的地方。可是无论走得多慢,我终于还是走了出来,竖在路边,木头一样。黑夜的公交车从眼前飘过,带起一卷风。打了个激灵,头不怎么涨了,但心却重得恼火。

第二天下午,我带了两个弟兄在河西搞巡查,心里盘算着怎么去摆平陆大有,越想头越大。

"楚小龙。"迎面两个公安甩着膀子过来了。

"杂种!"我心里骂了一句,满面笑容地迎了上去,"这么热的天还出来,不要太辛苦了。"

"他妈的,手气不好,输了钱,出来转转。"

"手气不好就冲一冲嘛,我请客。"

他们的眼睛立刻亮了起来,其中一个口里道:"大白天的,怕影响不好。"

"什么影响不好,你们是来检查工作的,小姐们欢迎还来不及呢。"

"对,对,是检查工作。"他们咧开嘴大笑起来。

要小弟带了去,我连他们的背影都不想再看。这两个货,要是没有身上那层皮,比我最烂的小弟还要烂。不过没办法,这地盘还得靠这些人罩着,必须喂他们糖吃。只不过他们太有主动权了,我们只有讨好的份,这样也太任人宰割了,很不爽。一定要想办法改过来,至少要跟王一川讲讲,他那人想出的办法才够狠够辣。

手机响了。我想到王一川他就打电话过来了,要我去"大富豪"吃饭。"大富豪"就在前面的同庆路上。跟小弟打了个招呼,我走路过去。进了包房只看到王一川,这倒是想不到的。他看到我,只点点头。说老实话,他这样子还让人受用些,我就怕他笑。他一笑的话,说不定就有人要倒霉了。

"陆老头死了。"

还没坐稳我就听到这一句,一时没回过神来,木木地看着王一川。

"昨天夜里,脑溢血。"

我明白是怎么回事了,但不吭声,只点点头。王一川看着我,露出一丝笑容。他以为是我做了手脚。就算是吧,我心里紧得很,一句话都不想讲。

主菜是一只王八,酒是"五粮液",很精。我想去倒酒,却被王一川抢先了。

"小龙,这杯酒我是一定要替你倒的。"

只好受了,端起酒杯我说:"川哥,我敬你。"

两人一干而尽。拿起筷子他说随意吧,但我随意不起来。王一川即使是轻描淡写的时候也透出种无形的压力,让人心存敬畏。道上他这个级别的有几个,但只有他才有这种气质。

"小龙啊,帮里以后怎么发展,你有什么看法吗?"

我本来想谦虚一下的,但转念想到王一川最恨手下跟他玩虚的,就道:"川哥要我讲,我就讲讲我的想法。我觉得,我们以后还是尽量做正当生意,这样才是长久之计。打打杀杀的事,尽量少做。反正以前干的事要尽量洗掉,以后做事打着正牌子。公安抓不到把柄,也就不会那么嚣张,张口就是要钱,要小姐。"

"拿着他们真的头疼。"

"川哥你得想个办法治治他们。"

"有是有个办法,但要做得保密。"

"这个你放心。"

"他们搞小姐的时候,用摄像机拍下来。"

在心里大喝一彩,我说:"这个办法绝。"

王一川微笑起来,说:"绝是绝了点,但对付那帮人,正好。"

"以毒攻毒嘛。"

王一川看了我一眼,说:"你好像读了不少书。"

"也没有多少,我还不是初中毕业。"

"不要紧,只要有量,敢搞,脑袋转得快,一样可以出人头地。"王一川看着我,"我告诉你,有几个人讲你升得太快了,我就讲了一句,我用人是看成绩的。"

"谢谢川哥。"

当上区人大代表后,王一川到工商银行贷了七百万,在河东路轰轰烈烈地盖起了宾馆。监工的任务当然落到了我身上,一时走不开。前几天跟霍老师通了电话,晓得霞姐姐已安排了。看在这一点上,就让霍国雄那老杂毛多活几天吧。

在河东路和同庆路搭界的地方,新开了一家叫"苏苏"的服装店。如果你从那里路过的话,就会看到一个绝对青春的女老板在冲着你微笑。如果你肯赏光走进去的话,就绝不会后悔,因为里面的每一种款式都能显出品位来,而且女老板会温温柔柔地替你出主意。如果你听她的,你就会在镜中看到一组简直无法挑剔的搭配,一个几乎掩饰了身材全部缺点的自己。当然,这一切的前提取决于你也是女性。我晓得若是兼营男装的话,很多人上门就不是看衣服了,所以苏丽只卖女装。

监工不是一件很轻松的事情,但只要指挥得当,有足够的人手,也不至于太累。今天是金老四带队值班,龚建章和扁毛分别在河东与河西巡查。坐在苏丽的店子里,看着门外,浓黑的夜色被鲜艳的灯光撕得七零八落,行人的脸在一闪而逝中显得那样的不真实,眼前这一切都变得不真实起来。我有种在梦中的感觉。也许真的是场梦吧,我只是在梦中杀了人,陆大有也只是在梦中才死掉。而一觉醒来,我就会和奶奶、和爸爸妈妈重新相聚。这种感觉罩定了我,让我不想摆脱,直到有人气喘吁吁地跑进店中。

这个世上有很多麻烦事,就像连环套一样,在你动手解开第一个时它们就会套住你,让你无可回避。而且,这些麻烦事多半是些脖子上长着猪脑壳的人干出来的。赶到工地时,金老四勾着脑袋站在我面前,而那个年轻民工的尸体摆在地上已经僵硬冰冷。

"他偷了什么?"

"一截钢管。"

"谁下的手?"

金老四不吭声,小弟们也不吭声,我就晓得是金的杰作了。换了虎头也许会立刻一个耳光猛扇过去,但我只是别过头去不再看他。

"龙哥,你看怎么办?"建筑队长站在我面前,一脸惶恐。

"怎么办？你请的人手脚不干净，还问怎么办？"

"龙哥，你有办法的。"

"我有什么办法？"

"龙哥。"

"还有哪些人晓得这事？"

"没了。"

幸亏不是当众动刑的，我想了想，指着尸体问："跟他在一起的还有几个人？"

"一个。"

"哪里的？"

"都是小梁县乡下的。"

"这样吧，那个人你去封他的口。金老四，这个人，还有他的全部东西，要马上消失。别人问起，就讲他因为偷东西，被轰走了。"

讲完我就走了。很多问题看起来很复杂，但处理起来只需用一种最简单的办法。一条生命就这样彻底消失了，就像一根草被轻飘飘地吹走。人命如草，这句话仍然没有过时，仍然很准确。

大川宾馆建好后，我成了宾馆的保安负责人。王一川本来在公关部给苏丽留了个位置，但苏丽显然对卖衣服更感兴趣。

"让刘艳梅干吧。"我提议。

王一川默了一阵才道:"本来看在虎头面子上,应该给她事做,但她那个样子,怕是做不得事。"

我无话可说。王一川讲的是实情——刘艳梅已经叫毒品给废了,人不像人,鬼不像鬼,为了一点货,谁都可以上她。我晓得她家里已对她绝望。这样下去,迟早有一天她会横尸街头像一堆枯柴。我想好了,过几天有空就把她送到省里的戒毒中心去。我要尽自己最大的能力,否则不得心安。你晓得我是看在虎头的情面上。真的,虎头这样的兄弟,一世只会碰到一个,那是真正可以换命的。现在龚建章、扁毛他们,虽然在我面前服服帖帖,但天晓得背后搞不搞名堂。我得防着点。要晓得能在这条道上混下去并出头的人,无一例外都是诡诈过人。义气这两个字,在这年头,已经渐渐淡了。

现在你看本地新闻,或许就能碰见王一川生硬的笑脸。他实在不适合笑的,但这没关系,无论他笑得有多难看,电视台都会给他镜头的。一个能跟市长推杯换盏、称兄道弟的人,总是受人尊敬的。他现在是正当的商人,热心的社会事务活动家。没有人去追究他的发迹史,追究出来也是离真相太远,离传奇太近。其实只要目的实现了,成功了,你用的手段到底正不正当,人民群众是不会苛求的,尽管他们有的在这手段下吃过亏,甚至流过血。王一川深知这个道理,所以他成功了。作为他最得力的手下,我理应感到高兴,但面对电视机,我说不出是什么滋味,拿起遥控器换了个台。需要说明一下,我现在住的是自己的房子,在开发区,三室两厅。苏丽将它布置得很漂亮,让她的姐妹们羡慕不已。看到苏丽那幸福而满足的样子,我觉得自己担再大的风险也值。男人这一世为了什么,除了争一口气外,还不是让自己真正喜欢的人开心一点。虽然还没有结婚,事实上我们已经是夫妻了。我们自己是这样看的,帮里的兄弟也是这样看的,甚至连王一川也在问我们什么时候生个小孩。

一年最热的时候不是六月,而是九月。秋老虎真的咬得人死,我恨不得脱光了衣服钻进冰箱。在家里我真的是一丝不挂,苏丽起初红着脸骂我不怕丑,最后自己也脱得差不多了。这样子真的爽,我们在家里随时随地都可以马上干起来。有一次她在厨房里切菜,我溜进去从背后插了进去。刀子剁在案板上的声音让两个人都很刺激,迅速达到了高潮。还有一次我在客厅里听到撒尿的声音,突然底下就硬了起来,冲进卫生间。苏丽还没完事,大发娇嗔,说:"快出去。"

"我要你。"我嬉皮笑脸地说。

等她满脸通红地站起来,就被我顶在墙上,一副无助无力的模样,让我加倍来劲,干得她直翻白眼。事后她跟我讲:"当时觉得这样子好流氓,但不晓得怎么回事,又特别兴奋。"

是的，在做爱中不存在羞耻，只需关心快不快乐。

苏丽之外，找得最多的女人是陈丽珍。她现在是宾馆公关部的员工，这当然是因为我推荐的缘故。要晓得大川宾馆是不随便招人的，必须由帮内兄弟做担保才能进，否则招个不明底细的人进来，说不定就是公安布的线。那些鬼，一方面吃你的喝你的，一方面又抓住你的尾巴不放，哪天说翻脸就翻脸，把你送去邀功请赏，所以我要陈丽珍想办法多套他们的话。

"有什么阶级斗争新动向么？"

"杨所长讲，他们又新分了任务，每个人五万，月底完成。"

"我操。"骂了一句我加快了速度。

"你操吧，我要你操，重一点。"陈丽珍叫床的声音讲不出的媚，痿货听了也会立刻勃起。做这事的时候，声音真的很重要，轻重起伏，说些什么，都要配着动作来。在这一点上，我没见过比陈丽珍做得更好的。只不过这一次我没什么心思去听。我想政府何不干脆下个文件，批准设红灯区，光明正大地收税。他妈的现在又不真正禁止，又要搞突击检查，到处抓嫖客罚款，搞得我们死不好做。真的是又要面子又要钱，两头都想占全，其实呢，光辉形象早就完了。

"我要坐在你上面，好不好吗？"

一翻身，我双手枕在后脑，闭上眼睛。根本不用我动，陈丽珍在那里上上下下，左左右右。她的屁股应该可以跟杨贵妃一比高低；那地方居然还会动，在关键时刻能把你"锁"住，奇爽无比。也不晓得过了多久，陈丽珍瘫在我身上，浑身透湿。摸摸她的脸，我亲了一下。陈丽珍一笑，说："龙哥，跟你在一起真的好舒服。"

陈丽珍讲得太谦虚了，是她让我舒服。苏丽在情感上满足我，陈在性欲上满足我。有她们在身边，虽然生活充满危险，但过得很爽。

爽就是一切，你懂吗？

全市第一家迪吧十月份在河东路开张，叫"狂野之家"。这名字取得够爽，更爽的是里面的气氛——数十具年轻的肉体在狭小的空间里半闭着眼睛乱摇乱摆，大喊大叫；灯光和音乐都狂野到家；整个舞池仿佛球形彩灯一样翻滚旋转。这才是真正的生命之舞，那些温吞水一样的慢三慢四，那些矫揉造作的劲歌劲舞，通通都显得虚假可笑。

通常在喝完一瓶啤酒后，我就和苏丽钻进舞池中。跳到陶醉的时候，苏丽就把一只手放在脑后，长发一甩一甩，就像坐在我身上做爱一样。蹦迪就是另一种形式的做爱，打架也是，甚至杀人也是。

有人向我们渐渐靠拢。舞池这么小，大家占了一个地方一般不会轻易换位置的。当然，也有人跳累了要离去，也有人插进来找空间，但这个人显然有第三种目的，凭感觉我就这样断定。我的第六感太好，所以这个人注定要倒霉。没等他动手，我已抬膝撞在他胯下，几乎把他的卵袋撞爆。不得不如此狠，因为他放在背后的手中有刀。刀已在我手中，很轻很薄，刀锋闪烁着幽蓝之光。

这家伙醒过来时，已经在大川宾馆后院里的一间小平房中。这是帮里的专用刑房，房里除了我还有两个贴身兄弟，是他们把这家伙抬来的。

"谁叫你来的？"

尽管一张脸惨白，这家伙还是冷冷一笑，嘴角边的刀疤扭曲得很难看。

"你就莫问废话了。"

好久没见到这么有职业道德的人了，我一笑，说："那好，不讲废话了。不过你要记住，你刀上不该用毒的，这坏了规矩。"

刑房里有不少家伙，还有一本打印得很精美的册子。随手翻开一页，我说了四个字：毒蛇出洞。

"毒蛇"是一根木筷，不过比食用筷粗了一倍，长了半尺，末端还有把手。把手之外，筷身上满是木刺。小弟把这家伙的裤子脱了，一手把他的头按在地上，光屁股朝上。筷头对准屁眼，慢慢地插进去。这家伙嘴巴被封住，膝盖在地上不住地磨，但两个人四只手把他按得很死，绝没有站起来的可能。只剩把手在外的时候，掌刑具的小弟停了一下，然后猛地抽出——这就叫出洞。刀疤往上一挣，但被死死按住。一团血肉被带了出来，挟着股腥臭味。

刀疤满脸冷汗，两眼通红地瞪着我。

对他跷了跷大拇指，我随便又翻了两页，说："放火烧山。"

刀疤立刻被倒吊起来，中分的头发被抹足了菜油。打开火机点燃，一团火在空中晃来晃去。这家伙就算能活着出去，这一辈子也只好上山做和尚了。遗憾的是，烧光了头发后，这家伙看上去也不像个当和尚的料，倒像个挖煤炭的。

放下他后，我说："兄弟，何苦这么卖命，不就是为了那几个钱吗？讲出来，我加倍付给你。"

"楚小龙，你太小看我了。"

我凝视着他，说："现在像你这样的人已经不多了，你也不光是为了钱来杀我的，是不是？"

他哼了一声，闭紧嘴唇，下巴的线条像是用刀劈出来的一样。

心里一动，我问："解晓东是你什么人？"

看着我，他眼中露出惊奇之色。

对着他一笑，我说："你不愧是他的兄弟，很有种。现在有种的人不多了。跟你讲句实话，我很佩服解晓东的，跟他也谈得来，要不是他杀了我的兄弟，我们讲不死还会成为朋友的。没办法，以命抵命，江湖规矩。所以你要杀我，我不怪你，我还打算给你个机会，等你养好伤外，我们单挑一盘。"

刀疤眼中闪了一下光。

"不过有个条件，你要告诉我那个人是谁。"

刀疤摇摇头。

"如果你不讲，就再没有机会了，解晓东的仇你永远也报不了。"

刀疤闭上了眼睛。

"其实我也猜得出是谁，就是我手下的某人。我告诉你，杀解晓东，杀飞猪，这个人都有份。他好阴险，他是把你当宝耍。"

睁开眼睛，他说："我讲出来你打算怎么办？"

"很简单，在我们老大面前把事情讲清楚，他是怎么跟你联系的，事后给多少钱，都讲清。我们再约个时间单挑，请道上的人做证。我要是技不如人，死在你手下，我的兄弟绝不会找你麻烦，你看呢？"

"讲定了。"

"讲定了。"

"龚建章。"

心头一震，但我忍住了没再说什么。

龚建章的副手叫陈明，现在就坐在我对面。陈明个子小，在帮里经常受欺负，以前要不是虎头罩着他，早就被人打死了。

"前两天我去看了虎头。"

"这一阵我都没空,过两天我打算去看他。"

"虎头的好朋友,除了我,就是你了。你还记得我们是怎么认识的么?"

"记得。"陈明一笑,"虎头刚开始认识你,就在我们面前讲你很厉害。我们还不相信,就要扁毛跟你单挑,结果两下就被你搞倒了。从那时起我就服了你的狠。"

"都是兄弟,讲什么服不服的。我只想有饭大家吃,有财大家发,生怕哪个地方做得不公平。"

"龙哥做事,大家都没得话讲。"

"你莫这么讲。看在虎头分上,我做错了什么,你要提个醒。"见他不说话,我叹了口气,"其实你也晓得,这个位子我本来不想坐的,实际上我是在替虎头坐。要是谁真想坐,只要兄弟们同意,我绝不讲二话,马上让位,怕就怕不打招呼,在背后下毒手,一点也不顾兄弟情谊。"

"龙哥,有话你就明讲,我是跟你一条心的。"

"昨晚上有人砍我,被我放倒了。他讲是龚建章派来的,我怕他乱讲,所以找你来问一下。"

陈明摸出根烟点燃,一口就抽了几乎一半,又甩在地上踩熄,说:"他这几天样子是有些不对路,但我根本没想到他会干这种事。"

"我也想不到啊。平时人前人后夸他能干，没想到他是这么报答我的。"

"他那个人，很多事都藏在心里，别人摸他不清的。"

"他确实是个狠人，算盘打得很精。我要是被做掉，别人要怀疑也只会怀疑到金老四头上，他就会借机会把金老四搞掉，剩下一个扁毛，也不是他的对手，这个位子最后还不是他来坐。"

"我替你搞掉他。"

"不要急，你现在监视他，有什么动静马上告诉我，等跟川哥讲了，再动手。"

河边的风很急，龚建章和我并肩散步——我不能让他走在我后面，他也绝不敢走在前面。龚建章神色冷峻，看上去跟镜中的我有几分相似。其实他的性格、作风也跟我有点像，所以我们之间的冲突是注定了的——同性相斥并不是指性别，而是指性格。

"我晓得你怀疑我，我真的无话可说。"龚建章长长地叹了口气。

这家伙很会做戏，要不是后来又搜集到一些证据，我简直要动摇起来。现在他这样子只能让我更加憎恨——我恨他一如恨自己。

"很多人恨我。"龚建章看着我，"我不晓得是谁在背后诬陷我。"

"恨我的人更多。"

"你认为我是?"

"不是我认为。"

"我搞不懂你什么意思。"

风更急了,我止住步子,淡淡地说:"江湖风波恶,不是你吃掉我,就是我吃掉你。"

"龙哥。"

"心狠手辣是必须的,只不过做了就不要怕有什么后果,什么后果都是有可能的。"

"我要见川哥。"

"你没机会了。"

龚建章身手不错,但快不过我,而且他已被恐惧紧紧攫住,出手毛躁,破绽太多。

处理了他之后,我望着一河湍急的浊流,感到说不出的空虚和失落。

必须承认,龚建章事件对我的打击很大——一向把他当兄弟的,没想到背后这么搞我的路子。兄弟的背叛远比敌人的算计更能带来伤害——我宁肯同时跟三个仇家明对明对砍,也不愿被朋友暗地里出卖。不该发生的已经发生了,多想也没什么用,我也晓得这样安慰自己,但仍然是不开心。借酒消愁不是我的风格——我认为那是孬种的行为,只有放肆地做爱,在一次次冲撞和旋转中迷醉于肉体的快感中。闭上眼睛我忘了身下的人是谁,我只想一个人去飞,飞得越高越好。甚至不想射精,因为射精过后是不可阻止的坠落,从高空重新掉下来。快感过后乃是更深的空虚,我突然明白自己最怕的是什么了。

刀疤重新出现了,精神很旺。看得出,即将到来的生死之搏令他的神经绷紧到了极限。我希望他逃得远远的,但他一心要为解晓东报仇。是条硬汉,重义气,这样的人越来越少,已成珍稀动物。我一点都不想杀他,我尊敬他,但我得想方设法灭掉他。即使我想死,帮里的兄弟也不会批准,因为如果输掉这一场,不仅是输了自己的命,也是输了他们的面子。"人在江湖,身不由己",这是我所听到过的最深刻的一句话,我还从中听出了最浓的无奈。

决斗在城郊的一座山上举行。我手下的兄弟全部到场,刀疤也约了道上的几个人做证。我晓得有更多没有露面的人在背后下了赌注,也就是说,我跟刀疤成了别人手中的骰子。对此我深恶痛绝,却又无法阻止,就像无法阻止他们敲诈、卖粉、跟朋友的马子上床一样。

讲好用刀,甚至刀的长度都是一致。阳光照射在刀身上,闪烁刺目的光泽。看人不看刀,瞟了一眼后我就锁定刀疤的肩头,注意他任何一个微小的动作。他的手很稳,可惜姿势有些僵硬,也许是太紧张了吧。事后有人称赞我很放松,定力了得,我唯有苦笑——

他们哪里晓得，当时我心里充满说不出的厌倦，有一瞬间真想把刀甩掉，离开，有好远走好远。但马上我控制住了，握紧了刀，因为对方已冲了过来。

用刀有许多种方式，但只有一条原则：在对方砍倒你之前先砍倒他，所以要快，要准，还要狠。有句话叫"留情不出手，出手不留情"，讲对完。刀疤一点也不留情，招招都是砍要害。他的刀势沉稳，缺点是转动之间不太灵活，而且，不够快。两分钟后，刀掉了下来，木立在那里，他脸色惨白，垂下的右手不住地滴血。看着他，我挥了挥手，说："你走吧。"

他没有走，飞快地拾起刀，猛冲过来。

他用的是左手，刀法飘浮散乱。

我成全了他的义气。

为什么死的都是有种的呢？

那一段时间我总是看到自己的手沾满鲜血。打开水龙头不停地洗，涂上香皂狠狠地搓，但我看到在冰凉的水中鲜血渗透得更深，并且逐渐漫延到双臂。我开始感到恐慌，我想是不是该逃离这种生活了。

四周的黑暗已经转变为幽蓝，我像是坐在一个脆弱的壳中，壳中充满着幽蓝的水。但我已失去打碎它的欲望，就像我已失去杀人的欲望。因我而死的人不算少，但被抓进来的仅仅是因为其中一条命。假如我杀的不是飞龙县政法委书记霍国雄，而是一个民工，或者是某个帮派的小头目，就会没卵事。"人固有一死，或重于泰山，或轻于鸿毛"，霍国雄就是重如泰山，而我，就是轻如鸿毛。就这么回事，这个社会就是这样，我认了。明知是这样的结局，我还是要杀了这个人，无论是苏丽还是自己，都阻止不了这危险的行动。如果世界上有一种力量最可怕，那我告诉你，不会是别的，就是：仇恨。

霍国雄正坐在桑塔纳上，从县城向市区驶来。线人告诉我，他是来开全市政法系统工作会议的。线人甚至弄到了他的手机号码，这证明我的钱并没有白费。当然，他也是慑于我在道上的威名才同意干的。这说明人不仅要有钱，还要有势力。两样齐全，万事通达，不管你同不同意，这都是真理。

来市里开会的领导通常住在南方宾馆，这令王一川咬牙切齿又无可奈何。大川宾馆虽然档次不俗，但毕竟是后起之秀，还没有建立起过硬的业务往来关系。不过这对我来说倒是一件幸事——如果霍国雄住在"大川"的话，我就只能老老实实等他离开再说。而他现在住"南方"，我下手就可以毫无顾忌。

爸爸，妈妈，你们一定要保佑我。

陈丽珍有个姐妹叫肖兰，在南方宾馆服务。肖兰姿色一般，但功夫很好，在领导中很有些名气。现在她就坐在我面前，眼睛勾勾的。

把意思讲清后，她弹了弹手中的烟，说："没问题。龙哥开口，小妹一定尽力。"

"我不会亏待你的。"

"那还用讲。龙哥的为人，我早听说过。"她抛了个媚眼过来，"听说龙哥功夫很好哦。"

我看了看旁边的陈丽珍，她却是掩嘴而笑。我明白走不脱的，何况也确实想领教一下肖兰久负盛名的吹箫绝艺。

吹箫跟品箫的区别，就像喝酒跟喝饮料的区别那么大。品箫是业余选手的水平。苏丽和陈丽珍都为我品过，但每次都难以尽兴。被肖兰含入后，我闭上眼睛，马上感受到专业水平的不同凡响。她的舌头尖长灵活，舔、刮、点、揉，像是在跳一场缠绵之舞。而且她真的是在"吹"，吹得那样销魂。慢慢地我浮上云端，体内的潮水在箫音的韵律中涨落，有几次涨到了极致，眼看就要崩溃，却又慢慢地被降下来，那感觉呀，说不出的爽。

"快点。"也不知过了多久，我一把抓住肖兰的头发道。

她吹出一个最高音。潮水呼地一冲而出。肖兰竟吞了下去，又细细地把那地方吮吸干净。

"现在我让你爽了。"

她抬起头，下巴抵在我小腹上，一笑，那张脸比开始时好看了十倍。

苏丽的生意做得很红火，她已完全进入状态，成了一个精明能干的老板娘，但我强迫她把店子打了，没有商量的余地。

本来想在宾馆里动手的，但肖兰不肯。她有她的想法，我表示理解，同时又担心她会变卦。会议是开三天，两天来我简直坐卧不安，这是从前没有过的事。从前我虽然也紧张，也担心，但从没有表现出，相反，看起来很冷静、从容。现在这种状态很危险，我长长地吸了口气，努力使心绪平静下来。

手机响了。

"龙哥，他们上街了，是到'新世纪'商城去。"

"几个人？"

"两个。"

关了机后，我站起来。这不是个很好的机会，但我已不想再等。

"新世纪"商城建起才两年，却已成为这个城市的标志性建筑。县里的人到市里来玩，如果不去这里面转转的话，就算白来一趟，回去要遭人奚落的。以最快的速度赶到这里，我付了的士费，扫视了一下四周，慢悠悠地走了进去。还好，这里只开了一道大门，且今天不是节假日，人不算太多，不然我会愁死去。他们也许还没到，也许已经在二楼或三楼转悠了，反正我不能摆出一副找人的架势。

把手插在口袋里，我竭力把自己装扮成一个悠闲的单身顾客，在一楼的各个柜台前游荡，时不时俯下身来看看柜中的货物。现在的东西是越做越精致了，要不是怕售货小姐记住我的口音，我还真想拿一样出来看看。

一楼扫荡完了，却没看到姓霍的影子。我低着头慢慢地上了楼梯，在拐弯处又往大门口看了一下，进出的都是女士。也许是在二楼吧。二楼是专卖服装的地方，这里我倒是来过几次，当然都是被苏丽绑架来的。有点担心售货员认得我，但已顾不得那么多了，何况来过这里的人成千上万，她们也未必会记得我这个黑社会杀手。

在一排排衣服间匀速移动，我不敢在哪件衣服前停留过久，否则一定有售货员要热情为我试衣。尽管我这样小心，还是有位售货员含笑注目于我。暗骂了一句，却既不是骂她，也不是骂自己。她是热情有礼，且对我印象不坏，而我能吸引女人的目光也是天生的。看来干我们这一行的最好是面目平庸，毫无让人能够注意的特征。这样的人如果再心狠手辣、判断准确，一定会成为顶尖高手。

绕过这个售货员我向三楼走去。三楼专卖儿童用品，而我既非儿童，看样子又不像是儿童的父亲，所以没有久留，转了一圈就上了四楼。这里主要是卖文化用品。读书的时候我对这种地方有说不出的亲切感,总是拖着个破书包去看那陈列于柜中的精美钢笔和漂亮笔记本。那时我用的是三毛钱的圆珠笔,五毛钱的作业本,你不难想象我目光中的企羡和失落。现在兜里有了几个钱,但手上握的不再是笔,而是刀。看了几下,我无心待下去,冷着脸走了下去。

"抢包呀,快抓贼啊!"

底下一阵骚动,但似乎无人去抓。这楼里的保安大概是做贼去了,而售货员和顾客们对此早已看惯,不再惊讶。他们顶多不过是围过来看看——这已算热心了,更多的人会照旧干自己的事,像是什么也没发生,什么也没听到。是个这样的世道,没办法。

下了三楼果然就看到一个少妇在向不多的围观者哭诉。少妇妆化得太浓,倒让人疑心是风尘中人。不过我很感谢她为我拖延时间提供了一个很好的理由。停下来抱着双臂听她逻辑混乱的陈诉,眼睛不时往楼梯道口瞟。五分钟后,保安懒洋洋地出现了,大概是昨晚搓了通宵的麻将。

"同志,你一定要帮我把包要回来。"

"同志"这个词让我听起来很滑稽。

"这个,比较困难。我们这里还没装闭路电视,鬼晓得是谁抢了你的包。"

"哎,你们保安未必是吃干饭的么?"少妇柳眉一竖,露出英雄本色。

"你这个婆娘莫乱骂人啊,又不是我抢了你的包。"

"就是要骂。我告诉你,今天要是不把包要回来,我就不走了。"

"你个骚货,走不走关我鸟事。"

"……"

"什么事?"一个浑厚的声音劈了进来,抬头我就看到了霍国雄。应该承认,这家伙国字脸,剑眉隆鼻,很有种气势。保安和少妇都被慑住了,倒是围观的人七嘴八舌地把事情讲清。霍国雄点点头,眉一扬,对少妇说:"这样吧,你去找这里的经理。要不要我们陪你去?"

少妇还没作答,保安已笑着道:"不必了,我们可以解决。大姐,麻烦跟我去做份笔录。"

少妇哼了一声,又转头向霍国雄粲然一笑,说:"谢谢你啊。"

霍国雄看着他们走远,摇摇头道:"现在这种风气呀,唉……"

同行的胖子笑道:"今天幸亏她遇到霍书记。"

"霍书记,哪个霍书记?"

"看样子就晓得是个当领导的。"

"是个好领导。"

胖子跷着大拇指对人群说:"这是我们飞龙县的政法委书记,

来市里开会的。"

霍国雄嘴角隐隐露出一丝笑意,迈着方步向楼上走去。

估计他们在上面逛不了多久,我坐在楼梯间的椅子上等,摆出一副不耐烦的样子,像是在等超级购物狂女友。

等待是最漫长的。

比等恋人更漫长的就是等仇人。

总算听到他们的脚步声了。

心里一动,我闪进了对面的洗手间。很小,只有两个坑位。我蹲进靠门的那个,也不脱裤,只把小门闩上。

两个人一前一后走了进来,都不说话,只听得尿水冲击便池的声音。一个很急,另一个则时断时续,似乎有很严重的前列腺炎。

快的已经洗了手,推门出去了。

霍国雄鼻子哼了一声,还在努力射击。我走到他右边,右手握匕首贴在裤腿处,转头笑道:"霍叔叔,你还认得我吗?"

他看着我,似乎觉得面熟,嘴里说:"啊,你是……"

"我爸爸叫楚解放,我妈妈叫龙铁梅。"

我讲得很快,但每个字他想必都听得很清楚,脸上一时露出太多种表情,讲不清。

还想多讲几句,但时间来不及了。匕首捅进他腰部,顺势跨到后面捂住他的嘴,慢慢地拉割,然后慢慢地放倒在地。

他那泡艰难的尿终于全射出来了。

推门而出时和胖子打了个照面。对他一笑，他却爱搭不理。这肯定是个官场上的小人物。只有小人物才会不放过一切机会摆大架子。我其实很想顺手给他一下。稳稳地走下去，拐了个弯后脚步马上快起来。刚出大门我就感觉到里面的骚动，对着迎面开来的的士我扬起了手。

这次走坐的是货车。车主是一个贴身小弟的堂兄，他负责把我和苏丽送到南宁。在南宁我打了王一川的手机。

"楚小龙，你怎么回事？"

可以想象，他在那边肯定是阴沉着张脸。我尽量使语调保持平和，说："川哥，你肯定猜得到。"

"哼。"

"我想避一避。"

"你在哪里？"

"南宁。"

那边沉默了一阵才传出声："这样吧，不管你到哪里，每个月跟我打次电话。这边要是没事了，你再回来。"

"要得。对不起啊，川哥。"

"莫讲这种话。不过你呢，什么人不好做，要去做他。"

"杀父之仇，不得不报。"

关机后我取下了手机卡，截作两片甩进阴水沟。我会再回去做一个杀手吗?告诉你我已厌倦了。

所有追踪我们的人都无一例外地在南宁这里断了线,他们像失去狐狸踪迹的狗茫然止步。想象着这些鳖咬牙切齿的样子,我躲在温州的一家服装作坊里忍不住窃笑。作坊的主人叫苏丽,而我,只不过是能干的女老板手下一名无所事事的伙计而已。有时躲在屋顶上晒着温暖的阳光时,我忍不住想,如果一条心做下去的话,也许会成为一大枭雄。现在这样子,是不是有点浪费呢?终于有一天,我结束了这种游手好闲的日子,又重新动起手来。只不过这一次拿的不是刀,是笔。

外面起风了。南方的风同样有呼啸的声音,像一匹狼在远方的旷野中长嗥,或者是找不到归宿的冤魂在对天呼喊。现在是冬天,我特意选在冬天回来给奶奶扫墓的。已经三年了,三年过去还有那么多人在暗处等待我的出现。我总怀疑是王一川跟公安通的气。他是那种性格的人,绝不会饶恕任何一个不顺从他的手下,我没去见他想必更使他动了杀心。不过也只是怀疑而已,我没有真凭实据。现在我已不恨任何人,我很安然,仿佛早已预料到会有这样的结局。我的手上沾了那么多血,是到彻底偿还的时候了。

我是楚小龙,今天我将被绑赴刑场。没有什么不服的,我放心不落的只有苏丽。她来见我的那副样子想起来就心酸。死,对死者而言是件幸事，因他将彻底解脱，但对于活下来的人则残忍无比。我就要去见奶奶、爸爸和妈妈了，而苏丽，她却还要怀着惊恐与伤痛挣扎在这个世界上。外面的风又一次大了起来，凄厉的呼啸声充斥着世界的每个角落。这个世界好冷。

猛虎迷途

虎头脸上总是有种不太耐烦的神气，像是随时要找人打一架，再加上他横看竖看都很有分量，夏天最喜欢露半身肌肉在街上大摇大摆地走，就算不在道上混，也要被人看作是的。虎头倒从不觉得做这种人有什么不对，他做得很好，很自然，也很张扬。旁人看他，觉得这小子不多想事，有架就打，有酒便灌，有女人立马上，活得爽。但每当他喝得二醉二醉的时候，就总会回到过去。这时候他的一双环眼凶光全无，现出种很柔软的东西。这时候他总想大哭一场，像个孩子那样痛痛快快地大哭一场。

虎头，当他还叫许金亭的时候，就已经是个小猛男了。他在家里排第三，上头有哥哥和姐姐。但从小不是他哥哥姐姐罩他而是他罩着哥哥姐姐。他哥哥，像妈，豆芽菜；他姐，瓜子脸，很清秀，身体像纸那么薄，一说话就脸红；只有虎头，继承了爸爸的强壮，比同龄人要高半头。这倒不能说明什么，关键是虎头性格里有股悍不畏死之气，小小年纪就露出来了。当他拖着两筒鼻血把一个大他两岁的男孩打得不敢还手之后，就成了一方孩子王。那小子，仗着自己读小学二年级，就去欺负虎头他姐，没想到被一个小毛子给收拾了。

那时候，虎头本应该上幼儿园读大班的，但因为家里穷，就读了社会幼儿园，成天在街巷中出没。就像幼兽热爱掩护它的森林，虎头对小县城的每一个拐角，每一条巷子都充满了感情。他晓得哪里可以白天撒尿而不被人发现，哪里适合弹一天的玻璃球而不被大人找到。有一段时间，弹玻璃球成为了虎头最热爱的游戏。玻璃球分无色的和彩色的，在游戏中无色玻璃球是没有资格与彩色玻璃球对阵的。为了得到更多的彩色玻璃球，虎头威胁某个玩伴从家中偷出一盒跳子棋然后和大家瓜分了它们。跳子棋在那时的小县城里是一种高级玩具，并不是每个家庭都能拥有的。当事情被发现后，那个可怜的小家贼被他父母押着一户户地上门讨还。只有虎头拒不交出，甚至不惜一天一夜不回家。对方拿他没办法，何况虎头的爸爸，一个抽烟很凶的泥瓦匠，脸色也不是那么好看，便只好从此禁止小孩和他往来。虎头倒不在乎，反正愿意跟他玩的多得是，更何况他拥有的彩色玻璃球足以使他威望大增。在他的意识里，自己几乎成了一个小财主。相形之下，那些拥有许多漂亮烟盒的小孩根本算不了什么。

在当时的小县城里，拍烟纸跟弹玻璃球同样流行于某个阶层，这个阶层包括幼儿园小班流鼻涕的小朋友和读小学五年级的学生。拍烟纸就是将烟盒（一般是软壳的）展平，再叠成三角形，双方轮流用自己的烟纸去拍对方的，如果拍翻了对方的就可以把它放到自己口袋。还有一种方式就是大家把三角烟纸都摆到地上，用手去扇或拍，弄翻哪些哪些就归自己。虎头最喜欢后一种，因为他手掌大，皮又厚。有一次为了赢一张"大前门"，他把手都拍烂了。赢得多了，他就拿去跟别人换玻璃球。最后他居然自己积起了一副跳子棋，只恨没有棋盘，整天烦得很。还是他哥哥用泥巴做了一个，让他拿到火里去烧，居然也能用。三兄妹就经常在一起下棋。下多了他哥哥姐姐就下出套路来了，虎头总也赢不了，最后一拍桌子说："这是我的棋！"然后把棋抢去，从此只和他的小兄弟们下，倒也无往不胜。

上小学后，虎头迷恋上弹弓。弹弓的制作很简单，一把钳子，一段铁丝，弯几下就可以了。一般都是用女孩子扎头发的橡皮圈连在一起做弓弦，可以发射纸弹。弹弓枪的构造就比较复杂了，虎头不会做，但他手里有好几把，制作精良，还有一把特大号的，可以入选全校十大兵器，却都是从别人手里硬抢来的。到了二年级，他就不屑于玩纸弹了，打造了一把大弹弓，两端系以橡皮管，中间再连一小方皮革，可以发射石头。这样的猛器，让一班同学都心惊胆战。还好虎头不轻易动用。只是有一次他哥哥被同学扇了一耳光。

虎头考虑到对方读初二了，各方面悬殊太大，就躲在路边射了他一弹弓。那人被打出一脑袋血，回头找人，虎头却早就巷遁而去。回去眉飞色舞告诉哥哥，他哥却吓得脸都白了。还好没事。虎头从此胆气日壮，除了人之外，什么都敢乱射。

那时的小县城不像现在，虽然没有天天喊提高环保意识，树倒比较多，麻雀也肯光顾。虎头起初是为了练准头，清早起来，跑到树多的地方瞄准，十弹也中不了一只，后来手熟了，基本上每发必中。打得多了，就用铁丝穿起来，拿回去送到厨房里。那时虽然是八十年代中期，但吃肉对于小县城的一般家庭来说，一星期也就那么一两餐，至于虎头家，更是三十比一的比例。托弹弓的福，现在一星期居然能吃上几餐麻雀肉，虎头在家中的地位遂明显上升。他兴趣来了，更加勤奋，每日天才毛毛亮就提着弹弓蹿出去了。最后练到神乎其技，要打晕就打晕，要打残就打残，要打死就打死，说打脑袋就绝不会打到屁股上。麻雀也通人性，到后来全城起码有一半麻雀都认得虎头，看到他来了就飞飙。飙得慢的在半空中就被打得羽毛四溅。这是虎头有意下的重手。"飙什么飙？"他瞪着躺在地上的麻雀，一肚子火，仿佛人家应该老老实实待在树上等他来打一样。

当觉得打麻雀不过瘾时，虎头不晓得从哪里抱了只狗崽子，取名虎子，养了半年，就带到城边的山上去撵野鸡。人家打野鸡是用铳，虎头依然是弹弓一把，不过子弹换成了带刺头的铁砂。虽然设备有所改进，但难度也猛增。野鸡的排打功夫不是区区小麻雀所能比得上的，虎头必须用重手法击中鸡头才有希望。就算运气好，一次也只能打下一只。但这足以让虎头家的左邻右舍表示羡慕。虎头妈脸上有光，对他的逃课也就只骂了两句，没做深究。

虎头天生不是读书的料，那些书对他来说根本就是些石头，坚硬，沉重，他进入不了。勉强混到小学毕业，就再也不肯上学了。他哥哥姐姐读书倒厉害，大有一读读到大学的架势。尽管那时的学费还比较体恤平民，虎头的爸妈还是觉得吃力。虎头不上初中，倒也省了一笔。何况他是个干体力活的相，过得两年架子扯起来，就可以出去做工了，就可以自己养活自己了。干哪行不是为了吃饭？虎头的爸妈想得开得很。他们一点也没有要把后代培养成贝多芬或周恩来的想法，所以虎头活得没有压力。

十三岁那年，虎头就跟着他爸爸从飞龙县跑到昭市，在一个施工队混饭。这支队伍会聚了昭市地区各县城的人物，有农民，有无业游民，也有厂里效益不好，出来捞外水的工人。虎头爸做的是技术活，地位较高，领的钱也相对厚一些。不过地位再高也是一样地睡大棚，吃大锅饭。领的钱再多也是有限，终究是几个可怜巴巴的血汗钱。虎头混在这支队伍里觉得很爽。他帮老爸打下手，学技术，再不就是担砖头，工作量一点都不少。这些本来没什么味，关键是他找到了成为大人的感觉了——他能够和大人们一起坐在地上扯着大嗓门谈笑，一起用大粗瓷碗喝米酒。

　　酒装在一个方形的塑料容器里。虎头喝上了瘾，有时半夜里偷偷爬起来，倒上一碗，坐在工地的砖垛上慢慢地喝。月光照下来，虎头喝得耳朵发热，就有些莫名其妙的情绪出现，像那些黑暗中的事物隐隐约约，不可辨识。这个时候，虎头就会发上一会儿呆，似乎在想点什么，但事后又记不起来。随着年龄的增长，他发呆的时间也在增长，有时一坐就是一个小时。他喝酒，看月亮，听黑暗中无数细小的声音。有个晚上他还听到了一种奇怪的声音，像是两个人在厮打，又像是在互相哀求。他的耳朵更热了，索性跳下砖垛，沿着声音发出的方向，轻手轻脚地走去。声音来自离工棚不远的一个土堆后。虎头摸过去，探出半个头，就看到了一些长长的、凌乱的头发和两具纠缠起伏的身体。男的很猛，女的很骚。女的是煮饭的，她身上唯一能让虎头记住的就是那对大奶子，走起路来晃个不停，衣服里面像是裹了两只大母兔。男的，虎头闭上眼睛也能认出。虎头并不觉得有什么愤怒，很容易他就接受了，甚至还有几分快意。

　　虎头爸可能看见他了，不然为什么突然对他比较和善起来了？虎头觉得爸爸的这一举动多少有点多余而可笑，他也由此首次看到大人心中虚弱的一面。虎头真正觉得自己长大了。他开始以大人的眼光去打量身边的一切，包括那个煮饭的婆娘。这婆娘，头发终日乱蓬蓬的，一双小眼睛喜欢四处乱瞟，走路时腰有点扭。她老公也是施工队里的。但这不影响大家围住她调笑。有喜欢惹事的冷不防就在她屁股上抓一把。这婆娘，马上尖叫着，嘴里喊着剁脑袋的，就去追打。大家哄作一团。婆娘的老公，一个皮肤黑红、做苦力活的农民，也一样咧开了大嘴。虎头注意到那婆娘两眼放光，在大家的注目下骚得格外来劲。他想："女的发骚，就是想让男的去操她。"

那个晚上，他在梦里狠狠地操着一具白色的、柔软的肉体，像他老爸那样，干得很猛。也不知操了多久，突然有种无比的畅快。那种白色的、黏糊的液体令他困惑。虎头没上过生理卫生课，所以很长时间没搞懂是怎么回事。不过他无所谓，一点也不慌。让他躁动不安的是他太想尝一下女人的滋味了。这种渴望一天比一天强烈，以至于让他坐立不安。感到身体里有把火在烧，虎头有时候觉得简直过不得。他开始盯每一个过路的年轻女人。不敢正面看，只看背后。他盯着她们晃动的屁股，想象着那里脱光后的样子。昭市的女人比县城的女人多几分洋气，在虎头眼中，个个都好看。他就像一个饿极了的人，不辨滋味，什么菜都觉得好吃。

有天夜里，虎头独自在街上乱逛，盯着前面的一个女人看。那个女的腰扭得格外好看，比煮饭婆不知强到哪里去了。已经很晚了，这女的一个人走着，不紧不慢，一点都不怕。到了僻静的地方，那女的竟然停下了，回头向虎头这边望。虎头木在那里，直到那个女的走过来，对他一笑。她脸上化了妆，尽管是在夜里，虎头还是觉得她的嘴唇好红好红。

"小兄弟,想不想做?"

虎头不晓得自己是不是马上听懂了这句话。他全身都被一种暧昧而汹涌的情绪控制住了。在路边的草丛里,虎头从僵硬到喘着粗气,很快。他还没弄明白是怎么回事,就泄了。等那个女的快要穿上裤子时,虎头突然觉得不甘心,一把按住了她。那个女的咯咯地笑起来,说:"你还想来?你那里都软了。"

这句话刺痛了虎头。一把扯下她的裤子,虎头蹲下去看。

"你要干什么?"那个女的尖叫起来,但很快她就明白了,"想看就快点看。"

借助微弱的灯光,虎头勉强看清了。那地方竟然是那个样子。虎头感到惊骇。

"看清了么?"那个女的又要拉裤子,虎头猛地把她扑到地上。他那里又硬了。这一次他干得很久,几乎在她身上戳出个洞。最后她把他身上的钱都搜走了。虎头一点都不在乎。看着那个女的隐没在黑暗中,他觉得爽,真的爽,爽透了。大叫了一声。结果这叫声成了许多人突如其来的噩梦。

虎头的工钱是每个月十五块,以往都是自己留五块,十块上交给老爸。但此后他爸爸再也收不到他的钱。开始是骂,再就是打。但虎头马上跑得远远的。虎头的胚子已经快赶上他了,他第一次意识到在儿子面前自己已不是绝对的老大了。叹了口气后,他接受了这一现实，只是要求虎头每个月买两包烟孝敬他。这个要求充满温情，虎头抓了抓脑袋，咧嘴一笑。

    虎头爸没读过什么书，从小就在泥瓦堆里混，整个人就算洗得干干净净，看上去还是有种灰扑扑的感觉；一双手比常人要大，且厚，布满老茧；练过几天土法铁砂掌，所以胆气和嗓门都比别人要大。他这一辈子除了打工挣钱外，就做两件事：喝酒和操女人。架倒不常打，主要是大家晓得他的厉害，无人愿意去尝那一对铁砂掌的味道。其实除了偶尔发发脾气外，虎头爸倒还算和善，加之为人豪爽，有时也能说两句公道话，男人和婆娘们都愿意跟他打交道。他跟煮饭婆的事，其实大家都晓得。这种事，在工地上太平常。男人们不以为意，只是酒后拎出来开开玩笑。煮饭婆他男人，只要不在他面前做，也无所谓，他只要有酒喝就天下太平。倒是那婆娘自己，要是听到有人拿这事开玩笑，就会破口大骂："烂嘴巴，不积德，只有你婆娘才偷人！"

    男人们在这骂声中笑呵呵的。相反，要是这婆娘不撇清才是怪事。笑完了，也就该继续做事了。顶着日头，上百斤的砖头运上去，砌起来。汗水一个劲地从黑红的皮肤中蹿出来。这时候大伙除了开口要人配合之外，基本上是一声不吭的。苦，大家都习惯了，不值得拿出来说。他们只想快乐的事：工余时间的喝酒、调笑，当然还有领工钱的时候。只是工钱并不按时发，也不按量给。包工头似乎认为给这些人吃、睡已是功德无量，至于要到他这里领钱，那简直是来割他的心头肉。工人们多领一块，他就少赚一块，所以就得千方百计克扣，哪怕是每人身上克扣五毛钱也好。为此他脑袋都想爆了。只要不是克扣得太过分，民工们还是能忍受。但过头了，就会有人出头说话。虽然他请了两个打手做监工，但面对一群面色不善、长手大脚的汉子，心里还是畏火。这时就会摆出笑脸，诉说难处。但民工们在这上面是不听你这一套的。尤其是像虎头爸这样老做事的，富有经验，善于斗争。你发不发？不发就把砌好的搞倒，你再请人来砌。这一手最厉害，包工头到这时总会软了。发，只好发。因为这缘故，他对虎头爸心里恨得痛。辞退他吧，这人技术又好，干活又卖力，放他给其他包工头做事，也不甘心。所以忍住一口气，见面还是许师傅许师傅地喊。虎头爸也很大度，一样地跟他开玩笑，面子上都还过得去。天下乌鸦一般黑，虎头爸心里明白，大伙都明白。只要过得去，就搂着过吧。倒是虎头，少了他一分钱都暴跳如雷，硬是要争回来。包工头不给，就摆出拼命的架势。十五岁，正是心头火旺，什么都不怕的年龄。所以包工头也怕他。大家都恭维虎头爸，说他养了个虎崽。许师傅嘿嘿地笑，心中十分得意。

包工头姓周，生得方面大耳，可惜眼睛有点斜。大伙当面称他为周老板，背后就是周扒皮了。这家伙，是昭市人，红卫兵出身，除了爱打点小牌之外,倒没有别的不良嗜好,整天就是在钱眼里打转,算计得精。别的包工头一般都是从哪个县带一批人,他却偏要搞五湖四海,免得他们太抱团,至于监工,那一定要请昭市本地的,而且要跟他带点亲戚关系。这样他总能控制住队伍。周扒皮喜欢训话,口才也不错,经常袖子一挽,往腰上一叉,站在那里能说上半天。内容无非是现在混口饭不容易,大家要团结一致,共同发财。这倒没说错什么,问题是他的语气太居高临下,似乎民工们应该感激他这个救世主,他们能吃上口饭全拜他所赐。这意思别人听没听出不晓得,虎头是听明白了,所以周扒皮一讲话他就恨不得弄块水泥封住他的嘴,或者拿条麻绳捆住他那上下挥舞的手。其他人也烦得很,因为他专拣空闲时间讲。大家累了一天,哪有心思听你喷口水。客气一点的喊他喝酒,不客气的就冷不防喊一句:"讲什么讲,又不是共产党开大会,少在那里喷。"

也有拍马屁的出来打圆场,说他嘴巴子利索。"周老板,你当老板是浪费了,你要去当领导才对路。"

每逢听到这样的恭维,周扒皮就会真正高兴,说:"你们不晓得,我还当过'东方红'的副司令,带过几百人呢。"

说"东方红"大家不懂,说造反派民工们就全明白了。周扒皮最喜欢回顾这段光辉历史,虎头听了倒也觉得刺激。周扒皮讲一九六六年的时候,他读高中,带了一批学生冲进女校长的办公室,把她揪出来示众,剥得只剩一条花短裤。后面连这花短裤也没了。有人就点火烧光了她的阴毛。再后面呢，当然是跳楼了，这叫"自绝于人民"。一九六七年，全市武斗升级，十几个派别打作一团，资江上每天都漂下几十具尸体，有时上百。这里面有走资派，有造反派，也有人民群众，反正大伙是公报私仇，看谁不顺眼就灭谁。虎头是一九七五年出生的，对这些事没印象，但听得津津有味。最让他感兴趣的是红卫兵大串联。那么多的人，吃饭不要数钱，坐车不要数钱，走到哪里睡到哪里，好有味。虎头想他要是赶上那个好时代，一定第一个交白卷，成为全国闻名的英雄。然后带上弹弓，一路打麻雀一路走到北京去。去干什么？到天安门看毛主席去，顺便给他带点麻雀肉吃。

说起毛主席，周扒皮就脸上放光。他讲毛主席身高一丈，站在天安门上就是尊菩萨。毛主席六次接见红卫兵，周扒皮赶上了一次，远远地看见了主席向他挥手，流下了幸福的泪水。这是他一生中最值得夸耀的事情。对此大家都服气，而且羡慕得很。周扒皮能够在大家面前站直腰杆，跟他见过毛主席有很大关系。为了表示他对主席的无限怀念，也为了提醒大家时时牢记他的光辉历史，周扒皮在工棚里也贴了张领袖像。煮饭婆很紧张，以为又要早请示晚汇报了。那天煮完晚饭，她怯生生地走到主席像前，说："毛主席，今天我给大伙煮了三顿饭。"

大家也惶恐起来，围拢来做了一次汇报。虎头爸毕恭毕敬，弯着腰向主席报告今天喝了半斤酒，以后要改正云云。他这样说的时候,心里却在想以前一个不小心弄破领袖像就被当作反革命枪毙了的朋友。

周扒皮晓得后大笑,却不说不要搞这个。有一天有个年轻一点的民工说:"毛主席不是死了?"

煮饭婆娘愤怒地瞪了他一眼,说:"毛主席哪里死了,他是成了神仙,在天上看着我们呢。"

大家一致认为他要倒霉。这人脸色煞白,恨不得打自己嘴巴。提心吊胆过了几天后,看看没事,这才放下心来。

日子就是这么过,让汗水、酒和精液浸泡得黏黏糊糊的。大伙也忘了触犯毛主席那件事,心思还是放在了做工挣钱上面。这年头,没有比钱更重要的事了。这个道理不用教也明白,所以大家还是很发狠,偷懒的少。人人都晓得周扒皮最看不得谁偷懒,搞不好就把你退了,还要到其他包工头面前放你的臭,搞得你没人敢要。

楼砌得很快,最后结账的时候就要来了。大家想着要领一笔大钱,干劲都足。虎头爸在涂最后一面墙。站在四层楼的脚手架上,他像站在平地上一样自在。穿着一身工装,安全帽,没有。安全帽在这个工地上不存在。防护网,更没有人去想。几条旧竹板凌空横在脚手架上,人走来走去就像是耍杂技。虎头爸倒没这感觉,习惯了。他在担心天气。天气阴阴的,鬼得很,保不定就要下雨。他又不愿潦草,慢工出细活嘛。周扒皮虽然苛刻,但活还是要干漂亮，不能砸了自己的牌子。抹水泥，一是调兑要恰当，二是用力要均匀。这，大伙都晓得。但怎么恰当，怎么均匀，就是真传一句话了。这一句，虎头爸正想着什么时候教给虎头。主要是时机要恰当，教早了，他还悟不清，教晚了，又怕他兴头过了，不用心。他哥他姐都读书，就他出来挣钱，对不起他啊！

虎头爸在心里叹了口气，发现有个地方不对劲，又抹了一道。刮风了。风很烈，把尘土都带上来了，糊人眼睛。虎头爸骂了声娘，转身去拎水泥桶。板子很烂，晃了晃，他一脚踩了个空，连人带桶坠了下来，摔在一堆石灰石上，脑血一飙就出来了。

虎头在不远处的砖堆边看到，马上疯了一样地飙过去。人群迅速围拢。虎头爸一动不动，眼睛睁得大大的，半张着嘴，似乎想说点什么。虎头看着他爸，木木的，也半张着嘴，好半天都发不出声。

周扒皮不肯赔钱，说合同上讲明的，生老病死一概不管。煮饭婆扑上去想跟他理论，却被他男人死死拖住。血涌上来，虎头冲上去，却被周扒皮身边的三个打手死死按住。再没有人出来讲话。每个人都很清楚自己的工钱还捏在周扒皮手上。虎头手被别在背后，侧过头来看他们，身边的人都是模模糊糊的，都像是些陌生人。

第二天，虎头妈赶过来，哭了一场。周扒皮良心发现，甩了两百块钱。虎头妈没法跟他争。家族里人丁单薄，没人出头。她认了。尸体用拖拉机运回去，草草葬了，还欠了债。虎头哥正读大学,他姐在上高中,虎头妈又没工作的。半年后,虎头妈改了嫁。晓得她是没办法,虎头一声不吭,只看着哥哥姐姐在那里忙来忙去。他妈出嫁的那个晚上,虎头是在爸爸坟头上睡的。深夜,有人听到了坟山中传出哭声,惨烈、深痛,像一只年轻的野兽在林野中哀号。

虎头背着他爸爸的包,又上了开往昭市的班车。包里就两件旧衣服,一把弹弓,一包铁砂。贴身的兜里有张皱巴巴的五元票。车子摇摇晃晃的。虎头木头一样坐着,脑袋里也在晃来晃去。他看到爸爸躺在石头堆边,睁大了眼睛望着他。雪白的石头,染着鲜红的血。他看到围观的人群站在周扒皮面前,个个都低着头,没有说一句话。他看到哥哥姐姐在那里忙来忙去。一股戾气胀满全身,忍不住把头探出窗外,虎头吼了一声。满车的人都吃惊地瞪着他。虎头横眼看着这些人,看得他们一个个都萎下去。

车在昭市东站落脚。本来进了市区就可以下的,但虎头没地方去,所以一直跟车到了东站。售票的女人一直不停瞟他,似乎生怕他连车带人都劫了去。从她面前走过时,虎头骂了句多事婆,那女人不敢吭声。还没走出车站门,肚子就叫响了。车站边上饭店万千,虎头随便闯进一家,喊:"老板,下碗面。"

"要什么码子?"

"不要码子,给我下半斤。"

这话引得隔壁桌上的几个少年一齐看他。虎头抬头看了他们一眼,虎着脸没作声。面端上来,虎头提起一双大头竹筷,吃得呼呼有声。五六分钟后,他捧起碗,连汤都喝了个精光。一抹嘴巴,他问:"老板,好多钱?"

老板看了他一眼:"一块五。"

虎头不干,说:"我又没要码子。"

老板嘴巴一撇,说:"下了半斤面啦。"

虎头一抬下巴,说:"你以为我不晓得,一斤面才三毛钱。"

老板冷笑一声,说:"我这是上好的精面,你以为是你乡里那样的土面。"

虎头顿时涨红了脸,一拍桌子,说:"你讲什么?"

旁边的几个少年跟着起哄,对着老板喊:"你莫欺负别人。"

这时又有一帮客人进来了,老板怕闹大了影响生意,忙说:"好好,一块钱。"

"八毛。"虎头斩钉截铁地说。

老板没办法,找完钱后,板着张脸说:"你以后再不要到我这里来吃了。"

虎头瞪了他一眼,说:"你请我吃我也不得来吃。"然后对那几个少年笑了笑,就迈出了门槛。

没走多远,后面有人喊他。虎头回头一看,那几个少年跟了上来。一个个都是衣裳披开,露出肚皮。为首的一个问:"兄弟,上哪儿去？"

虎头晓得他们不是什么好货，但又觉得亲近，说："出来做事的。"

"还没找到事做吧？"

虎头点点头。

"我们也是出来混的。怎么样，一起混吧？"

咧开嘴一笑，虎头没说什么。

这几人，矮木墩一样，横着走路的叫金老四；脑袋扁得像个军用水壶，经常晃来晃去的叫扁毛；脸色阴沉，不多说话的叫龚建章；个子最小，喜欢傻笑的叫陈明。金老四和扁毛是不爱读书，从乡里跑出来；龚建章自称是个孤儿；个子最小的陈明从小就在社会上打流。觉得他们的身世跟自己有点相同，虎头又多了几分亲近。

到了他们的住处，进门一看，虎头吓了一跳，里面赫然有台半新的电视机。靠窗的烂桌子上还搁着部大收录机，看样子发声是没有问题的。屋子有一小半被张大木架子床占据了，地上还铺了一方弹簧床垫，睡五六个人没问题。墙角垒了一大堆酒瓶。

"你们过得还很舒服。"虎头一脸羡慕。

"那当然。"金老四扬扬得意。

扁毛摸出一副牌来，往弹簧床垫上一摔，嚷道："打牌！打牌！"

金老四问虎头来吗，虎头说自己没钱。金老四说："哎呀，不打钱,输了的钻床底。"

五个人里面就龚建章不打。他打开电视机,拖了张破藤椅坐下。虎头瞟见电视里有个女的在唱歌,不住地看,发牌都发错了。打了十盘五十K,他倒钻了四回床底,发现床下一地的鞋子。

"你们怎么买这么多鞋子?"

"不用买。"

虎头明白了一点什么,不再问。

打完牌,几个人蒙头睡了一觉,就出去吃晚饭。一餐吃了十块钱,让虎头心跳。不过他装得若无其事,不肯再露出一副没见过世面的相。吃到八点多钟,又去看录像。都是港片,枪来枪往,刺激得很。从录像厅里出来,已经快一点了。空气有点冷。金老四他们都不作声,只低着头走路。虎头也不作声,跟在后面。

他们在巷子里绕来绕去,到了一堵墙后就停下了。金老四要龚建章蹲下,然后踩着他的肩上了墙。扁毛看着虎头,虎头二话没说,蹲了下去。待他站起来,龚建章还蹲在那,扭头看着他。虎头一笑,踩在他肩上,也上了墙。龚建章从腰间解下一条带铁钩的长绳,瞄也不瞄,就抛了上去,正搭在墙头。三下五除二,他就攀了上来。虎头去看陈明,他背贴着墙,点了支烟,往两边张望。回过头来,龚建章已下去了。金老四对着虎头指了指下面,虎头也吊了下去。龚建章看了他一眼,转身就走,脚步几乎没有声音。借助微弱的夜光，虎头注意到他脚跟几乎不着地。现学现用，虎头也轻手轻脚，落在他后面一点点。

这不晓得是哪家单位，竖着一栋大楼和几栋小楼，院子里还种了些树，像是一些穿风衣的人站在那里。虎头总觉得暗处有人在看着他们，心里有些发虚。不过更多的是紧张、兴奋。龚建章看上去却神色如常，这让虎头暗自惭愧。龚建章似乎熟门熟路，三绕两转就到了单车棚。虎头还从没见过这么多单车，有种无处下手的感觉。不过他的目光很快被不远处的大门牵过去了。晓得大门边就是传达室，而门口的灯光像水一样淌过来，在单车棚的不远处才停下。心里发毛，虎头捏紧了拳头。龚建章却毫不理会传达室和大门灯光，俯下身去辨认着什么。很快他直起腰，对着虎头指了指一部单车，自己端起另一部，扛在了肩上。虎头如法炮制。扛单车，太轻巧了。两人照原路回去。金老四和扁毛远远地看他们来了，各从腰间解下一条绳索放下来，把单车钩了上去。等虎头和龚建章上了墙，他们和单车已经在墙下了。

回去的时候仍然是走巷子，不过还要穿过一条街。过街时金老四和扁毛一手扶龙头，一手提着单车，看上去是在推。才过街，后面就有两个人跟了上来，喊住了他们。虎头心猛弹起来。那两个家伙，看上去也不是什么好货，这倒没什么，关键是他们高了一头。

"小毛子，把车子放下吧。"

金老四和扁毛很听话，把车靠在路边墙上。

那两人挥挥手，说："你们走吧。"

龚建章和陈明早已绕到他们后面，一把箍住了他们的脖子。龚建章还勉强箍得住，陈明却被对方一个"摔口袋式"从背后摔到前面地上。那人起脚要踩陈明，虎头冲上去，抱住他的腿，一股冲劲把这人冲在地上。那人要翻过来，虎头有点压不住，伸手卡住他脖子，自己的脖子也马上被卡住。很快他就出不了气，只是硬挺着，手上不松劲。对方的手松了一下，虎头马上用左臂把他的手压下去。陈明正在狂踢他的左肋。这小子，踢得狠，虎头清楚地听到骨头断裂的声音。爬起来，虎头往他胯下踢了一脚，那人立刻缩作一团。陈明和他相视一笑。那边，金老四他们三个人还在围着那人打。龚建章箍住那人的腰，那人双脚乱踢，金老四和扁毛有点近不了身。瞟见旁边有块石头，虎头抓起来就砸在那人右膝盖上，又趁势往他胯下踢了一脚，那人就滑到地上。再也不看他俩一眼，大伙扛起单车就钻进巷子里。

十多分钟后，大伙就进了屋。在灯光下一看，两辆车都有八成新，一辆是"凤凰"，一辆是"飞鸽"。虎头心里佩服，看了龚建章一眼，他没有什么表情。金老四脸上青了一块，却毫不在意，只一个劲地看车。扁毛搓着手说："最少可以卖八十块。"

陈明却躺在床上。虎头见没人打他招呼，走上去问："不要紧吧？"

陈明苦笑了一下，说："没什么，就背有点痛。"

虎头就要他翻过身，掀开衣服，背上隐隐青了一大块。晓得这种暗伤比明伤还厉害，虎头问："有菜油吗？"

龚建章从抽屉里摸出瓶红花油来，也没棉花。虎头倒了些放手上，替陈明抹上，要他扑着睡。陈明歪过头来对他笑。

金老四说："你他妈的还很厉害，以前是不是干过？"

虎头抓了抓脑袋，说："架是打过，单车就没偷过。"

扁毛说："我就晓得没看错人。"

虎头说："要看错还得了。"

几个人都笑了起来。龚建章也笑了一下，露出一口细牙，很白，在灯光下射出冷光。

第二天，整个白昼他们都缩在屋里，就虎头出去买了一下方便面。到了晚上，几个人实在无聊，金老四就说："找个人来开火车。"

"要得！要得！"

开火车？什么叫开火车？虎头看他们一个个都兴奋，面露会心的微笑，虽然很想问，但努力忍住了，继续把目光投向电视屏幕。那里正在放故事片，讲老一代领导人建国之后的活动。虎头没怎么看过电视，这种片子也能看得下。也不知过了多久，门开了，金老四带了个女的回来，十七八岁的样子，身体饱满，眉目生得很清楚，只是头发有点干、黄，而且乱，像是刚睡醒还没梳。她瞟了一眼虎头，笑了笑，说："哟，来了个新的。"

扁毛说："别人还是童男，你要倒贴才行。"

"要真是童男，我不收他钱。你们，加倍。"

"哎，算了算了，讲好是多少就是多少。"

虎头转过头看他们。那女的对他一笑，倒像是个姐姐在对弟弟笑。不想回头，也不太好意思站起来，他就保持着那种姿势，看着这一群人。

"快脱！"

那女的瞪了他们一眼，脱下了长裤，露出一条粉红色的三角短裤。金老四对虎头一笑，露出两个大黄牙，说："兄弟，你上。"

虎头想张口，嗓子却干得很。深吸了一口气，他站了起来。

从没在这么亮的灯光下做过。灯光下一切都看得清清楚楚。虎头有点喘不过气来。

"你他妈的是铁做的。"等他下来，金老四拍了他一掌，扑了上去。

扁毛已忍不住，冲上去乱摸；龚建章死死盯着看；陈明满脸通红。那点不习惯已经消失，虎头也盯着看。电视中传出某位领袖的讲话，声音高亢、尖厉，和屋子里的喘息与呻吟搅和在一起，不甚分明。

等到陈明做完，已过了一个多钟头。掏出纸巾抹了抹底下，那女的站起来，一边系裤子一边说："你们真是些饿狗，要是长大了还得了。"

"我们已经长大了。"陈明眉飞色舞地说。

那女的白了他一眼,说:"你呀,那地方永远长不大。"

金老四他们狂笑起来。那女的伸出一只手,问:"钱呢?"

金老四指了指两部单车,说:"阿红,你看我们货还没出手,要不过两天给你。"

阿红一蹙眉,说:"不行。"

"真的没现钱。"

"要不要我去找川哥要。"

听到阿红这么说,金老四似乎有点害怕,从身上摸出几张大团结。

阿红很仔细地数了,塞进脚上的丝袜里,笑着说:"我看你们这个星期都不用打手铳了。"然后扭着腰开门走了。

等门关上,龚建章从牙缝里挤出两个字:"骚货。"

陈明说:"你莫这样讲,她人其实很好。"

金老四笑嘻嘻地问虎头:"怎么样,过瘾么?"

虎头一笑,问:"川哥是谁?"

"就是我们老大。过两天带你去见他。"

王一川,瘦、矮、黑,比较出老,不怎么笑。虎头去见他的时候,他正在河东路打桌球。金老四趋身向前,怯怯地说:"川哥,人带来了。"

回头扫了眼,王一川点点头说:"等我打完这盘。"

虎头觉得他眼睛里藏着锥子,尖锐、冰冷,心里好像被刺了一下,缩得很紧。也不再动,他就站在那里,隔了两米呆看。王一川打球神情专注,出手稳、准,恰到好处,似乎不愿多用一分力。他打的是最流行的三盘赌,这是第二盘。对方似乎有点畏手畏脚,输得一塌糊涂。刚打完,那人就赶快掏钱。王一川接过来,随手就递给虎头。不敢相信是给他的,虎头没有去接。陈明捅了他一下,说:"还不谢谢川哥。"

虎头才醒悟过来,双手接过,说:"谢谢川哥。"

王一川看着他,说:"很结实嘛,像只老虎。"

虎头嘿嘿笑了两声。

"好大了?"

"十六岁。"

"哪里人?"

"飞龙的。"

"那我们是老乡。听他们讲,你表现不错。"

虎头抓了抓脑袋,又不好意思地笑了笑。

"吃饭去。"王一川说完就走出桌球厅。金老四他们立刻跟上。虎头以为就在路边哪家小店子吃,没想到王一川把他们带到了一家大酒店。虎头抬头一看,只觉得一大片金色、红色迎面罩下,让他目眩神摇，连名字也没瞧清楚。再看看自己的衣服，他低着头，插进几个人当中，混了进去。

刚坐下，王一川就训金老四他们："你们穿衣服也要穿出个样子来，好衣服在你们身上都成了油渣。"

金老四他们一个个都低下头去嘿嘿地笑。虎头这才注意到王一川穿戴得很讲究，米黄色的裤子，纯黑色的衬衣，腕上一只金色手表闪闪发光。

"我的人，走出去要像个样子，不要跟街上那些小混混一个样。"

训完了金老四，王一川把头转向虎头，神色和缓了一些。他说："你先干两个月，合格了我再正式收你进门。"

虎头一个劲地点头。

菜端上来后。王一川说："我下午还有事，不喝酒了。"

金老四他们吃得很拘谨，一改往日风扫残云之态。虎头也不作声，夹了一只鸡腿，默默享用。王一川吃了两碗饭，说："我先走了。饭钱记在我账上，金老四签个名。"走了两步又回过头来，"你们可以点两瓶酒。"

一直等王一川的脚步声在楼梯上消失，并且估计他已走出大门的时候，大家才活跃起来。

"吃啊！"陈明大喊一声，打冲锋一样。

金老四拍桌大叫："服务员，来两瓶昭市大曲。"

扁毛对虎头说:"怎么样,川哥很雄吧?"

虎头猛点头。

金老四大模大样地说:"川哥要你跟着我们干,绝对没错。"顿了一顿又说:"我看你要改个名字,什么许金亭,难记死了。"

陈明说:"川哥不是说他像只老虎,就叫老虎好了。"

金老四摇摇头说:"黑虎帮好像有个叫老虎的。"

扁毛说:"他头这么大,就叫虎头好了。"

"对对,虎头,这名字很雄。"

金老四点点头,说:"是很雄。"

昭市大曲比以前在工棚喝的乡下米酒有劲多了。虎头喝得痛快,索性连上衣也脱了,露出一身肌肉。其他人都很羡慕,连说自己要加强锻炼。虎头很得意,觉得要是天天有这样的酒喝,有这样的菜吃,那这日子就真是过得。这想法讲出来之后,博得大家一致赞同。扁毛说:"以后我们就是生死兄弟了。"

虎头听得热血上涌,说:"要不是你们,我哪会晓得有这样的日子过。以后就和你们一起打天下,有福同享,有难同当。"

大家都很激动,说:"对,有福同享,有难同当。"

王一川手下有三堂:青龙,白虎,朱雀。青龙堂的人年纪比较大,起码二十来岁,都在场面上混。朱雀堂是些女的,卖肉。白虎堂除了虎头这几个人,其他的都在学校里。那些学生伢子,都是金老四他们发展的，喊他们做老大。白虎堂的任务，就两样：打架、收保护费。

整个河东路一切私人打理的生意都必须按月交钱，就连地上摆小摊的也不例外。谁不按时交，第二天清早就会发现有死猫死狗吊在门口，要不就是屎尿遍地。还不通味的话，金老四他们就会现身、闹场、踩摊，让你生意做不成。报案？没门。不要说派出所不会管这些鸡毛蒜皮的事，就算要管，也管不下。王一川跟公安局的一个副局长，刑警大队的队长都称兄道弟。大水不会冲了龙王庙，只会去淹那些没背景的平头百姓。打架，是不定时的。不到万不得已，王一川也不会喊他们。他是个聪明人，晓得许多比暴力更有效的方法。

两个月里面，虎头就为帮里打过一回架。那是在农贸市场，五个人围打一个卖烟的郑老板。郑老板手下也有两个恶人，但被虎头一铁锤打翻一个后，就不敢动了。最后郑老板写下保证书，再也不自己去进白沙烟了。为什么要这样做，虎头有点不解，金老四也弄不太明白，就龚建章懂。他说川哥也是搞批发的，专门做白沙烟。别人不搞批发，大家就只能到他手里批。虎头这才晓得天底下还有这样做霸蛮生意的。这趟架打得很有效果，尤其是虎头那一锤，让几个做白沙烟的心寒胆战，主动跑到王一川那里，表示以后只从王大哥手里进货。王一川微笑不语，只是不声不响地把批发价又往上提了一点。没有人表示异议。

虎头他们得了一千块钱的奖励，兴高采烈，虽然去买白沙烟时觉得比以前贵了一点，但也没有什么意见。本来虎头应该多得一点的，但他不要，坚持平分。金老四他们连说他讲义气，不爱财，龚建章也对他亲近了一点。对这几个兄弟，虎头觉得陈明最亲；扁毛最有味；金老四虽然时常摆出副领头的样子，但不太像个领头的，也蛮有味；龚建章性格有点冷，但最能干。这些感受，藏在心里，表面上，虎头对谁都一样。大家都说虎头豪爽，能打，讲义气。

两个月后，王一川开堂收徒，地点居然是某工厂的大会议室。这个工厂效益不太好，工人经常闹事。王一川跟厂长关系不错，有时也出面帮他摆平，顺便发展了几个成员。就这样，工厂成了大川帮的一个活动据点。三堂的正式成员都到齐了，有三四十个。杀鸡，喝血，磕头，虎头跪在地上，发誓效忠大川帮。王一川讲了一通话，意思是大川帮经过大家的努力，已经站稳了脚跟。今后要招兵买马，把生意做大。帮里搞好了，大家才会好。现在的这些人，都会是大川帮的元老，以后就算招的人再多，关键还是要靠这帮老兄弟老姐妹。

他的话不多，但每句话都很有效，像铁榔头敲在钉子上，钉进了大家的心里。虎头看着王一川腰挺得笔直地坐在那里，双眼目光射人，侃侃而谈，底下鸦雀无声，心里升起一股由衷的敬畏之情。

一天没有女人，虎头过得，一天没有酒喝，虎头就觉得没意思。总觉得自己的脑袋硬邦邦的，想不得什么事，只有在酒里才泡得软，想得很远很远。又要了瓶昭市大曲，灌了一大口，虎头想，如果爸爸不死，如果周扒皮不那么狠，他也许不会走上这条路，也许会成为一个很好的泥瓦匠，辛苦做事，然后讨个老婆，生个儿子，平平安安过日子。但上了这条路，就再也回不去了。也许别人能，但虎头晓得自己已不能。他没有家可以回去；他的兄弟姐妹已成为别人的儿女，他已决心不再相认；更何况，他的手里已经有了人命。

王一川很喜欢虎头。他喜欢手下都像虎头这样：不多想事，敢打，而且能打。虎头天生是个街头斗殴的能手，在奔跑、追杀和单挑中，虎头风一样地成长，完成了身体最后的发育。王一川特地告诉他，每天最好能吃半斤牛肉，喝一碗牛奶。不明白为什么要这样做，但老大的话虎头是忠实执行的。不仅执行，他还号召其他人这样做。金老四不喜欢吃这些东西，听到名字就大皱眉头；龚建章说了三个字，有道理，便开始改变个人食谱；扁毛无可无不可，跟着吃；陈明最听虎头的话。一年多后，效果就出来了。金老四成了五个人当中最矮的。虎头冲到了一米七八，横着量也将近有一米。龚建章一米七二，虽然看上去有点瘦，但身上肌肉很紧。陈明也居然有一米七——大家以为他永远是在一米五五。金老四急了，也开始大吃牛肉，大喝牛奶，天天早起跑步，但他已错过最佳时期，勉强扯到一米六八,再也不肯往上长。

这一年多,王一川的事业也像他得力手下的身体一样,迅速增长。他基本控制了整个昭市的白沙烟批发业务,而且大川帮发展到了近百人。白虎堂是打手堂,责任重大,而且发展最迅速,如果连在学校发展的正式成员也算进去的话,有三十个人。在任命堂主的时候,王一川考虑了很久,最后他想起虎头那一锤帮助他奠定了今日烟霸的地位,遂拍了板。

消息传出,堂内那些后来的都无话可说,唯有金老四他们几个元老面色有点凝重。虎头也觉得意外,连说要去见川哥,求他改了命令。

"没用的。"龚建章口气阴沉,"川哥做的决定,不可能改。"

这是句实话。一时大家都沉默不语。

金老四心里最不舒服。因为他资格最老,在几个人当中,一向是惯于领头的。但是,虎头确实最能打,也最豁得出去,而且,有次他被警察追,是虎头用弹弓帮他解的围。他不好明说什么,只有一个劲地抽烟。扁毛跟金老四要好,但和虎头也投缘,也不好说什么。陈明一百二十个心愿虎头当堂主,笑嘻嘻地说:"谁当堂主都一样。虎头当堂主,还不跟我们当一样。"

扁毛素来小瞧陈明,没想到他讲了句聪明话,忙接口说:"是这样。"

虎头抓抓脑袋说:"这个本来应该你们当,我是后来的,我也不想当。"

金老四见虎头这么说,不好再闭着张嘴,道:"当就当了吧,反正都是兄弟。"

虎头忙说:"对,对,我们几个之间不存在堂不堂主,谁还不晓得谁身上几根鸟毛,都一样。"

听得这话,龚建章也笑了起来,说:"你就不要板着脸对我们下命令呢。"

虎头咧开大嘴道:"只有你才板着脸说话,我可从来没这样。"

大家便一齐批判龚建章,讲他天天深沉得不得了,看起来跟川哥差不多了。龚建章说:"我哪敢跟川哥比。川哥干这一行是祖传的。他爷爷解放前在上海滩混,在杜月笙手下干过,快解放了才溜回来。"

旧上海滩大家都晓得,就是周润发演的《上海滩》那个样,但杜月笙是个什么人?

龚建章也是道听途说,不甚了然,但又不愿显出自己跟他们一样,把大拇指一跷,大声说:"全上海所有的人都要听他的。"

"未必上海市长也要听他的。"

"那当然。"

"那就很雄啦。"

"那我们就是许文强了。"

意识到自己可以做文强,几乎每个人都脸上放光,唯独虎头沉着张脸,一声不吭——他想起了许文强报仇的故事,想起了爸爸。

陈明第一个觉察到虎头不对,问他怎么啦。

虎头看了一眼大家,欲言又止。金老四生气了,说:"大家都是兄弟,有什么不好讲。"

虎头这才开了口,眼睛有点湿湿的。其他人的脸色逐渐变得凝重起来。

周扒皮和工商局的几个人从同庆路的"大富豪"酒店出来,脸上的笑容可以用秤来称。再次握手后,他一边弯腰一边挥手,看着那几个人上了单位的小车。目送小车一路扬尘远去,他才把憋了好久的话小声吐出来:"娘卖姿。"骂了之后马上后悔,扫了一下周围,看清没有人听到后,才定下心来。没办法,这几个家伙关系到他能不能承包到工商局准备新建的办公大楼。尽管他们贪得很,所要回扣之高,简直是把他当鸡宰,但算算工程到手后的利润,还是可以忍受的。只不过心里总感觉不平衡。这些人,除了喝酒打牌欺负生意人,就没别的本事了,不过就是占了个好位子,捞钱极轻松。想到自己辛苦奔波,矮下身子来求人,周扒皮就往地上吐了一口痰,恨恨地想:"要是在毛主席手里,你们这些人早就被人民群众专了政。"

头有点发晕，但周扒皮还不想回去。沿着河向三中方向走去，他想吹吹冷风，把酒吹醒。天有点黑了，周扒皮打算等天黑透了，再转回来，到河西路夜总会里去找个小姐。这一年来，河西路简直成了个红灯区，连政府的人也经常来。虽然有人看不惯，但也奈不何。周扒皮打算包了这个工程后，也开个夜总会，坐地收钱，比起在工地上操心舒服多了。现在的民工，越来越不好带，随便受点伤都要赔上好几百块钱，没良心，也不想想是谁把他们从那些穷地方带出来的。周扒皮几乎有点愤怒了，在风中缩了缩鼻子，忽然觉得有什么不对劲。回过头，他看到一个猛高猛壮的青年瞪着眼，大步向他走来。

周扒皮想跑，那人却已到了眼前，单手一挟，周扒皮的脖子一紧，有点出气不赢。路离河边有五六米高，斜坡上尽是些野草和垃圾。周扒皮被那人单手拖着，从坡上滑下去，到了一块大石头后，脖子上才一松。他喘了几口气，只听得坡上嗖嗖地响了几下，眼前又多了两个人，似乎都年轻，面目都不善。周扒皮深知好汉不吃眼前亏的道理，马上从口袋里掏钱。三个人冷冷地看着他，没人去接。立刻又把手上的表取下，周扒皮堆出笑容来，双手递上。还是没人动。周扒皮没办法，又把身上的钱全摸出来。

为首的猛男向旁边一人使了个眼色，那人就把东西接了过去。周扒皮以为自己可以走了，转身就往上爬，身子突然腾空，然后被重重地摔在地上。马上意识到这些人不单是为财来的，周扒皮顿时冷汗大冒。爬起来，他说："小兄弟，我们没有仇，放我一马吧。要多少钱，只管开口。"

一辆车子开过，灯光从河面反射上来，周扒皮看清了眼前这人的面孔，一股寒气立刻从脚后跟蹿上来。那人指了指自己的脸，说："你未必不认得老子了？"

"认得，认得。"周扒皮努力挤出笑容来，"几年不见，侄儿长这么大了。"

"啪！"周扒皮脸上挨了重重一巴掌，眼前金星乱溅。

"谁是你侄儿？"

"是，是。我不是人，我对不起你。我也是没办法，那时我也没什么钱。"

他挨了重重一脚。

"现在你要好多钱我都把。"

"我不要你的钱，我要你还我爸爸的命。"

周扒皮发起抖来，刚要大喊，脑袋上轰的一声，就什么也不晓得了。

把周扒皮的尸体装进大麻袋，系牢，再绑上块大石头，找个水深的地方丢了下去。虎头觉得自己的手上黏糊糊的，可能是沾上了血也可能是脑浆。伸手在河水中洗干净了，爬上坡去。扁毛和龚建章正蹲在路边抽烟，有说有笑。

"有人么？"

"没得。"

虎头这才放松下来。陈明脸色却有点发白。金老四努力装出一副不在乎的样子,但心还是跳得厉害。

"刺激么?"

三个人都点头,但都不说话,低下头去点烟。五个人一个叼支烟,并排走,都不说话。河边的风大,他们衣服穿得少,觉得有点冷。走了好久,直到身边的人声多了起来,虎头才说:"打炮去,我请客。"

陈明拍了拍鼓鼓的口袋,笑道:"哪用你请?"

"是我请。这些钱你们分了,我不用这杂种的钱。"

"用用有什么关系?"

"我不会用。"讲完后虎头就抿紧了嘴,像是要把自己的牙齿咬碎。

大家又都不作声了。

老实说,第一次杀了人,五个人心里都还有点畏火,主要是怕走在街头上突然被警察追。这几天大家都不怎么出去,就龚建章有时去探探风声。街面上果然有许多传言,但和虎头他们无关,是些橘子园裸体女尸案、冰厂厂长被挑断脚筋案之类的,至于周扒皮,没有谁提到,连则寻人启事都没有。也许是这家伙生前待人太苛刻,连他老婆都想他早死。虎头他们这才明白,有时一条人命就跟一只蚂蚁的命一样,可以这样无声无息地消失。也许是中国人太多,也许是人民警察忙不过来。对此虎头并不觉得有多高兴,反而有点悲哀——要是有一天自己被人灭了,就像一杯水倒进河里,也会连水泡都不起一个。

大仇已报,虎头一下子失去了目标,整个人都有点提不起劲,每天执行任务后就是打牌,连嫖妓都不太去。大家都爱跟虎头打,因为可以赢钱。虎头打牌简直无技巧可言,一顿乱打,算是打了个痛快。他不赖账,只是有时候输狠了就摆出副凶相,出牌简直像是在摔砖头,胆子小的还要被他骇晕。不过没关系,完事后请他喝点酒,他就很高兴了。好名声传出去了,连黑虎帮的一些人也跑来跟他打。黑虎帮,管的是河西,大家是隔河邻居,却隐然有点对立的味道。直接的冲突倒还没有,主要是两帮的头心里都防着对方,生怕被吞并了。至于底下有些小兵,倒没这么警惕性高——不都是一样嘛,出来混的,多交几个朋友,不碍事。所以虎头倒也跟黑虎帮的一些人混熟了。不过有个人,虎头始终亲近不起来,他就是四野猪。

这家伙,地位跟虎头差不多,也是膀大腰圆,刨了个光头,看人眼睛里总射出两筒凶光。这人政治觉悟高,似乎不高兴看到手下弟兄跟敌帮头目搞在一起,每次虎头去河西路,他都刺刺地看人。虎头被他看得老大不耐烦,也是横眉冷对。两个人之间的火药味越来越浓。陈明就劝虎头少去一点河西路,那毕竟是别人的地盘。虎头双眼一瞪,说:"怕什么?"

虎头当然不怕,照样光着膀子去打牌,看到四野猪总是抢先一步瞪眼,然后扬长而去。四野猪胀得痛,明确告诉手下不准跟虎头玩牌。有人把这话告诉了虎头,当场虎头就跳了起来,说:"老子玩牌还要他管,杂种,他妈的老子一刀剁了他。"

又有人把这话传给四野猪,四野猪头发竖了起来,说:"我崽不打爆他。"

骂过了也就骂过了,虎头也没往心里去。直到有天他从个麻将馆里钻出来,看到四野猪带了两个人堵在前面巷子口,他才打了个激灵。虎头随身带了个黄书包,包里除了弹弓外,还有把铁锤。但四野猪他们手里都是两尺多长的杀猪刀。虎头想也没想,转身就跑。他跑得不快,四野猪他们就要追上来了。但虎头本没打算跑好远,到了块比较开阔的空地上他就停住了,回身就是一弹弓。他打的是钢珠,一弹就弹出一声惨叫。还没等对方运过神来,抽出铁锤他就冲上去,一锤把个矮坨子的右臂锤断。刚想收回手,四野猪就一刀剁下。虎头来不及退步,想也没想,左臂一挡。刀往后一拖,裂开一道长长的血口。虎头又一锤扫过去。四野猪一偏头,额头角还是没避开,顿时如遭雷击,差点晕死。等缓过神来,虎头已跑得没看到个人影了。

躲在个小阁楼上养好伤后,虎头准备召集弟兄反扑一场。陈明却匆匆跑来,说川哥就在下面。

"川哥?川哥来看过一次了,还给了三千块钱,怎么又来了?"虎头衣服还没套好,王一川就上来了。

"怎么样?"他看着虎头,脸上居然有一丝笑容。

虎头感到很温暖,竟然有想流泪的感觉。像是一个被人欺负了的小孩,想扑在父亲怀里哭一场。他妈的养伤时没这感觉,伤好了却软弱了。虎头觉得自己很没出息,他扬了扬下巴,说:"好了。"

"是不是准备反扑啊?"

"是。"

"不行。"王一川的脸又变得阴沉。

简直像是被迎面打了一拳,虎头问:"为什么?"

"报仇,迟早的事。但还不是时候。我们现在实力还不如他们呀。"王一川说完,叹了口气,显得很无奈。

虎头第一次看见川哥叹气,又被感动了,觉得自己硬要坚持就是不体谅老大的难处了。

"听我的话,跟他们喝顿和气酒。报仇的事,你放心,绝对会报。"

喝和气酒是双方老大磋商的结果。按道上的规矩,一旦喝了和气酒,就算是血海深仇也要揭过不提。如果谁再反扑,就是有违江湖道义,人人得而诛之,横死街头亦不足惜。四野猪跳着不肯来。他的损失更重:一个手下废了只眼睛,一个手下右臂粉碎性骨折,他自己差点成了脑震荡，额头一直隐隐作痛。三对一居然是这种结局，简直是大丢面子。他老大鼓起眼睛骂他："你要是个有种的就去跟他单挑，带人去就是坏了规矩。赢又没赢，你还讲什么？出尽丑。快去换了衣服。"

四野猪被骂得抬不起头来，最后他说："反正我不得赔礼道歉。"

四野猪不赔礼，虎头更不说客气话。两个人隔桌眼睛瞪眼睛。倒是双方老大在打圆场。居中调停的人是王一川请动的，横行江北一带，门生弟子遍布湘中和湘西南，在道上辈分很高。他发话，王一川都得老老实实地听，虎头和四野猪更不好顶回去了。勉强喝了杯和气酒后，桌上就听得三个老大的划拳声了。虎头和四野猪都不吭声，低下头喝闷酒。虎头听得王一川跟黑虎帮老大亲热的声音，想到他其实恨不得吃了对方，心想自己就做不到。他加入帮派，就是想图个痛快。没想到连痛快其实都难做到，有许多顾虑，还要忍受许多委屈。不仅是他，川哥也是一样。虎头闷得难受，推说上厕所，跑到屋后，他对着天空大吼了几声。

很长一段时间，虎头都闷闷的，要不就是动辄发火。虎头发火有老虎扑人的威势，连金老四都不敢去撩他。陈明怕他气出病来，就拉他到三中去泡妹子。三中有他们的几个小兄弟，看到大哥来了，热和得不得了。虎头瞧不起这些小嫩毛，对他们爱搭不理。陈明在一边说:"有什么好妹子么?介绍给大哥。"

一听要给大哥介绍妹子,小弟们甚觉荣幸,争先恐后地报出几个名字,似乎他们开了个校园夜总会。虎头抱着双臂,道:"要看了人才算。"

小弟们相互看了一眼,就都不作声了。陈明怕虎头当场打他们,说:"这样吧,虎哥看中谁,你们再去打听。"

小弟们如蒙大赦。虎头不再理他们,蹲在校门口,看着学生成群结队地回家。这些少男少女,大都脸上有种光芒。但虎头就没有,因为他心中没有什么希望和理想,虽然他跟他们中的有些人一样年轻。心里不晓得是什么滋味,他不时昂着头,眯起眼睛去搜寻那些长得漂亮的妹子。这些市里的妹子,让从县里出来的虎头感到自卑。虽然有过几个女人,但那都是做什么的?不算。虎头很想有个市里的妹子做女朋友,却觉得她们跟自己是两个世界的人,简直需要仰视。她们也很骄傲,像些小孔雀,从不拿正眼瞧虎头这样的人。但是虎头不晓得她们会偷偷地打量他,因为他虽然没读过什么书,却因为历练和体魄的关系,具有一种雄性气质,远非那些豆芽菜式的眼镜货所能比拟。

蹲累了,虎头站起来,伸展了一下筋骨,旁边陪驾的小弟们也赶快起立——他们实在佩服虎头的蹲坐能力。学生们也走得差不多了。大概没戏了吧。虎头有点懊恼,却看到一个女生独自拎着个包出来了。她那个包有点特别,不太像书包,倒像个比较大的休闲坤包。陈明还注意到她左手拈了一朵花,大概是刚从校园的花圃里折下来的。虎头却没注意这些,他只盯着这妹子的脸看——脸有点扁平,但五官可生得不坏,特别是眼睛,水汪汪的,转动起来可勾人咧。看到她,虎头身边的小弟们都鼓噪起来。

"刘艳梅,今天没留堂啊?"

"刘艳梅,又偷花了?"

"刘艳梅,去玩么?"

面对这些学生兽的号叫,刘艳梅一点都不怯火,笑骂着还嘴,眼睛却往虎头身上瞟。虎头被她瞟得精神大振,却不晓得说什么好,只是憨憨地笑。小弟里有个比较机灵的,忙介绍说:"刘艳梅,这是我们老大。"

"哦。"刘艳梅站住了,目光从上到下又从下到上把虎头刷了一遍,似乎有些不屑,但最后嘴角还是绽出了一朵小小的笑。这笑在虎头看来,太媚了。

陈明看到虎头似乎有点醉,生怕他错过时机,上前介绍道:"这是虎哥。"

刘艳梅又一笑,却走开了。

陈明捅了捅虎头,虎头才醒了过来,跟上去。起初还是隔了两尺,后来逐渐缩小,最后是并肩了。弟兄们簇拥在一旁,七嘴八舌地逗刘艳梅。虎头倒不太说话,只觉得这样子很好。一路上碰见四野猪一行。虎头骄傲地剜了他一眼。四野猪身边猛男虽多,却没有美女，自感资本不足，所以回瞪的眼神也不是那么足。他身边的弟兄，看到虎头钓了个漂亮女学生，目光中有着无法掩饰的羡慕。

这一次无声交锋，虎头觉得自己占了上风。他看着刘艳梅，觉得这妹子越看越美，简直是天仙。时间似乎是跑步过去的，很快刘艳梅就到家了。小弟们还在说："今天晚上出来玩喽。"刘艳梅笑而不答，瞟了虎头一眼，才转身走进去。这一眼很轻，但又很深。虎头不顾大哥形象地站在那里发了好一阵呆。

这天晚上，虎头梦见了哥哥和姐姐，他们在一间屋子里跑来跑去，对虎头的出现似乎视若无睹。他还看到妈妈坐在堂屋正中的椅子上，头上蒙了一块大红绸巾。这似乎不是在城里，而是在乡下。虎头感到很陌生，也很伤心。他觉得自己没有亲人了，孤零零的。他还觉得枕头边似乎一片冰凉。

虎头是个直人，所以他泡妹子的方法也很直，就是每天傍晚蹲在三中校门口等。很少等人的，虎头这下才晓得时间竟然可以过得这么慢，这么难熬。有时觉得自己就像蹲在一口大铁锅里，锅底下就是火，他也等得满身是火。刘艳梅又经常被留堂，有时到天快黑了才一个人慢慢地走出来。虎头在想象中早就不知骂了她多少遍了，但只要远远地看到刘艳梅的身影出现，火气立刻就消退得无影无踪。

心情好时，刘艳梅会跟虎头有说有笑，心情不好时，她就摆出一副冷冰冰的样子，让虎头有点惶恐。

"谁欺负你啦？"

嘴巴一扁，刘艳梅似乎觉得虎头问得很没水平，转眼就去看别的地方。虎头进退两难，只有抓着后脑勺嘿嘿地笑。不过就算刘艳梅一点都不理他，虎头还是觉得很有味。这妹子，无论笑还是生气，都好看。虎头唯一担心的就是她不准他陪着走。好在暂时还无此种迹象，所以虎头简直是感激刘艳梅。有几次他主动要帮刘艳梅提包，都被她毫不客气地打开了手。这时候虎头会觉得没面子，脸色就不太好看了。刘艳梅就对他笑，说："这样的包，我提着好看些。"

她的语调像红薯糖那么软、蜜，流到虎头心头，他就一点气也没有了。搜肠刮肚，他想找一句好听的话来弥补自己的脸色，刮了半天，他说了句："你比这个包还好看些。"

扑哧一笑，刘艳梅又白了他一眼，说："你怎么拿人跟包比？"

"是好看些。"

"那你是不是觉得这个包好看？"

"当然好看。"

"那好，以后你就陪着这个包走，不要陪我。"

虎头简直不晓得怎么回答，不过他也明白刘艳梅并不是真的不要他陪，所以只有抓脑袋。

看着他为难的样子，刘艳梅很得意。又瞟见旁边有卖棉花糖的，马上就舍弃了虎头，直飘过去。

棉花糖大概是世界上最好看的糖，一根小竹棍子缠绕着大团的糖丝，像云、像雪，不过云和雪还不足以形容出它的质感。拿在手里，刘艳梅总舍不得吃，总要先看看，再舔一口，入口就化，舌尖上甜甜的；再欣赏一下，再舔一口。虎头看在眼里，觉得她吃东西的样子就是不一样，就是比别人好看。等她舔完了，虎头把自己手中的棉花糖递过去。

"不要。"

"没吃过的。"

刘艳梅这才赏脸接过去。舔了几口，觉得腻了，就随手丢掉。那么好看的糖，弄到地上，粘了尘土，就不成样子了。刘艳梅却不在乎。她一路上要吃的零食多着呢，什么酸梅粉、辣椒糖、五香瓜子，都是些再怎么吃也填不饱肚子的东西。每次都是虎头要数钱，刘艳梅不让，两个人争了一下，还是虎头数了，但刘艳梅表示不领情。快要到家时，刘艳梅就挥挥手，说："你回去吧。"虎头目送她走进那仿佛是另一个世界的单位大院——有时会得到回眸一笑的奖赏；有时却只是一个轻淡的背影，让虎头好晚都睡不着。

有阵子，虎头发现刘艳梅对他很冷，很淡。不是表面上的，而是出自骨子里的冷淡。这感觉开始还细微，只不过觉得是有点不对劲罢了，后来就变得强烈，让虎头的心吊了起来。果然，有次两个人沿河走，刘艳梅停了下来，侧过身去，说："我有话跟你讲。"

眼睛却往河对面望去。

虎头不吭声。

"你以后不要来找我啦。"

打了个激灵，虎头一把抓住她的肩，把她扳过来，问："为什么？"

眉头蹙了起来，刘艳梅把虎头的手扫开，她又掠了掠头发，说："我现在要好好读书。"

"是不是被老师发现了，挨了批评？"

刘艳梅不作声，表情有些幽怨。顿时虎头的火气全转移到那个不知名的老师身上去了。

"是不是你班主任？"

"你别管啦。"刘艳梅似乎要哭出来，"反正我们不能在一起了。谢谢你。"

说完她就走了，步子有点急。虎头想冲上去把她抱住，却没有动，愣愣地看着她走远了。

整个长夜，虎头都没睡着。陈明问他什么事，他也不讲。第二天，他就找到三中的那几个小弟问情况。他们听到刘艳梅说要好好念书时，就都笑了起来，但见虎头板着张脸，勉强忍住了，结果一个个看上去表情都很古怪。

"班主任才不会管她呢。"

"她从初中就开始谈恋爱了。本来早就该开除了，不过她爸爸是当官的，才没有。"

虎头越听脸色越沉，原来他心中的仙女竟然如此不堪。

"她好像又跟谁谈起了。"有个小弟冒冒失失地讲了一句。虎头顿时脸色青得难看，目光钉在那个小弟脸上。

刘艳梅是跟别人谈起了。就是隔壁一中的，叫刘志高，读高二，长得有点像黎明，穿得又好。两个人不过就是偶尔碰见，互相瞄了一下，就对上了。跟他走在一起，刘艳梅觉得虚荣心得到了极大满足。不过刘志高不常走路的，他有辆单车，放学后就搭了刘艳梅，一路开往师专，两人在师专草坪上要待到天黑才打道回府。在大学里，只要不太过火，这样的事没人干涉。

这天卿卿我我完了之后，两人共辆单车，一路有说有笑。到了棋子桥下，就被两个青年伢子堵住了。

"快下来。"

刘志高赶快跨下来，腿上却挨了重重一脚。他赔着笑道："兄弟，有话好说。"

"谁跟你是兄弟？"其中一个眉毛竖了起来，在昏黄的路灯光下有点像个小鬼。

另一个更不耐烦，说："跟他讲那么多干什么？男的走，女的留下。"

听得这话，刘志高犹豫了一下。刘艳梅正看着他，那眼神让他有点承受不住。

"还不快走。"说话的人伸手往怀里,似乎在掏家伙。

跨上单车,刘志高再不看刘艳梅一眼。

"刘志高,你不是男人!"

刘志高只当没听到,单车踩得风快。

咬着嘴唇,刘艳梅冷冷地看这两个人:"虎头呢,叫他出来。"

两人互相看了一眼,其中一个赔笑道:"对不起。"然后拉着另一个转身走了。刘艳梅跺了跺脚,几乎要哭出来。

不晓得从哪个地方钻了出来,虎头双臂抱在胸前,看着她,也不作声。

"你这个剁脑壳的,你悟起你有蛮狠,你算老几?我随便喊个人就可以把你抓进派出所,看你雄?只晓得欺负妹子,你要不要脸?你不过是个小流氓,在我面前抖什么威风?告诉你,我跟你耍是看得起你,不跟你耍又怎么样?我就是不得跟你好,我就是要跟别人耍,你把我怎么样?你杀了我啊!你杀啊,你不杀你就不是个人。"

虎头没见过有人可以骂得这样一气呵成,还没回过神来,刘艳梅就捂着面呜呜地哭起来。回过神来,虎头连脖子都红了,大步走上去,啪,他甩手就是一个耳光,打得刘艳梅蒙了,然后一把抱住她,低头堵住她的嘴。刘艳梅用力推他,喉咙里发出呜呜的声音。铁箍一样,她哪推得开,于是就抓、掐、踢。虎头就不放手,用力吸她的嘴唇。渐渐没了力气，刘艳梅软下来，只有手还在拍打。这拍打力道全无，倒像是在哄小孩入睡。松开，虎头盯着她，问：

"你就喜欢那样的孬种？"

"不要你管！"

"我就是要管，我就是看不惯。"

"你到底想怎么样？"

"我要看你找一个比我狠的人。"

"是啊，就只你狠些，你以为你敢打就是蛮狠？"

虎头口齿又艰涩起来，从地上拾起书包，他拍了拍上面的尘土。

"给我。"

"我给你拿不行？"

刘艳梅看着他的满脸期待，发现他脸上被自己抓出两道血印子，便低下头，咬着嘴唇，慢慢地走，车子来了也不看。虎头替她着急，一把将她拉到路边上。

"你还对我这么好干什么？"

"我就是要对你好，我心愿。"

嘴角边一丝笑若隐若现，刘艳梅好像没事情发生过一样，又去东张西望。虎头觉得自己根本对付不了她，县里人的自卑又上来了，他几乎有点垂头丧气。

到单位大门口已经很晚了，刘艳梅抓过书包，也不看他，就走进去了。见她快要消失在黑暗中，虎头冲了上去，刘艳梅也站住了。

"你要是不喜欢我，就讲一句，我以后再也不会找你了。"虎头讲得很慢，他感到自己把自己推到了悬崖边上。

"莫讲得这么绝，我还当你是朋友呢。"刘艳梅讲完就快步走了。

事情过去的第三天，虎头就把刘艳梅干了。他发现她很熟练，也很享受。干完后，虎头往底下摸了一把，没有见红。刘艳梅却还在半闭着眼睛，说："你好厉害。"

想把她打一顿，至少也要质问她，但虎头什么都做不出来。晓得了这妹子是个烂货，但虎头就是喜欢她。愣愣地看着她，虎头很想哭。

"怎么啦，我不好吗？"刘艳梅睁开眼睛，伸手轻轻地抚摸他的脸。虎头笑了一下，却像在哭。底下又硬了起来。虎头又开始狠狠地操她——他想永远这样操下去，因为只有这样，虎头的报复和爱恋才能全部实现。

刘艳梅，虎头可没想到世界上还有这样的妹子：漂亮，聪明，家世好，明明可以有很好的前途，却偏偏不学好。何止是不学好，简直是很烂。问她为什么，刘艳梅总是懒洋洋地说："问这个干什么？"

但虎头就是要问，她就说："我讨厌读书，看到书就烦。"

或者说:"我喜欢这样子。"

她是真的喜欢这样子。才十七岁,她的需要就那么强烈,总是缠着虎头要。有时候干到深处,虎头就问她:"你第一次是在什么时候?"

"不晓得。"刘艳梅总是呻吟着这样回答。

她越说不晓得虎头就越想晓得,他停了下来。

"你不说我就不做了。"

"不要。"刘艳梅蹙起眉头,一副痛不欲生的样子,死死抱住他,自己动了起来。

虎头也忍不住,只好不问。但他心里总不舒服——他并不想自己的第一个女朋友是被别人开了,所以对刘艳梅,他也渐渐没什么好脸色看了。有一次,虎头故意不去接她。他等着刘艳梅自己找上门来。结果等了三天,刘艳梅连一根头发都没出现,虎头就忍不住了,跑去找她。刘艳梅见他来了,冷冷一笑,说:"你不要我了?你最好永远都不要来找我。"

虎头这才有了危机感,他觉得自己其实放不下这个妹子,赶忙解释是因为兄弟们有事,帮忙去了。

嘴巴一撇,刘艳梅表示不屑听他的谎言。沿着河往反方向走了一阵后,刘艳梅停下来,说:"虎头,我晓得你嫌我。"

"没有。"

"就是。你嫌我不是处女。"

虎头不作声了。

"那我告诉你,我初二就不是处女了。我喜欢一个老师,就在办公室和他那个了。你也不要去找他,他早就调到长沙去了。你怎么不作声?你不是很想晓得吗?我全告诉你。我现在是你的女人,我不想骗你。你可以不要我,我不会怨你,也不会缠你。"

"要得了,你还讲什么?"虎头吼了一声。

刘艳梅眼睛红了。她还想矜持,却终于忍不住哭了,肩头一耸一耸的。

被她哭得心烦意躁,虎头却不想走开,只有抱着她,说:"以前你怎么样,我不管。以后你要是不忠,我就会剁了你。"

止住了哭,刘艳梅抬起头,说:"虎头,其实我一开始就很喜欢你,不然也不会……"

这话让虎头大为舒坦,一笑,他勾下头去看着她说:"那你还玩那么多花样干什么?"

"人家是女孩子嘛。"刘艳梅声音娇滴滴的。

虎头无话可说了。

虎头喝酒的时候彻底想开了。他想自己又是个什么东西,有刘艳梅就很不错了,还挑什么挑?

他想起昨天在火车站碰见了姐姐——还是那么单薄瘦弱,衣衫破旧,却背了个大包,简直要被压垮。她快认不出他来了,见到虎头一脸惊愕。她是去外地上大学的。她问虎头在干什么。虎头没回答她,却把身上所有的钱都掏出来给了她。

临走前姐姐说:"老三,你回去看看吧。"

虎头一笑,他晓得自己笑得很勉强。

他不晓得自己会不会回去。那里已不是自己的家,回去干什么呢?见了面又说什么呢?难道说自己干了黑社会?

他也不晓得自己什么时候能把所有的仇都报了。王一川让他忍耐,他就只有忍下去。

夜已深,窗外的路上黑蒙蒙的,什么都看不清。虎头也不想看清什么。就这么过一天算一天吧,也许等时候到了,所有的事都会有一个了断。

猛灌了口酒,他冲出门外。

打铁打铁

一件家伙好不好，铁质当然很重要，打没打熟，打成什么样也绝对不能马虎，但最关键的是淬火。这是个火候功夫。早了或是晚了，快了或是慢了，一块好料也要变成虚坯子，绝对会崩角。这道理，关师傅闷在心里。几十年来，徒弟们进进出出，全靠他们自己悟去。自己悟出的才算真本事，才扎实，刀子刻在心里一样，永远不会忘掉。再说，猫教老虎也要留一手呢。多少年留下来的规矩，错不了。

铺子靠近西门，大同街上。西方金，大利，所以这街上两排有八九家铁铺，有两家还是关师傅的徒弟开的。关师傅这家最老，从他爷爷的爷爷手里传下来的，家传绝学，玩意最灵。两个徒弟虽然脑袋不坏，也用功，但还少那么一点灵气，所以生意永远比不上师父。"关大兴铁记"这块牌子，虽然旧，但敲起来还是当当地响。

龚建章从小就住在西门外。大同街穿过西门就叫化夷街，其实还不是一条街?这是条老街,八十年代中期还是一路青石板垫脚。多少辈人踩过的青石板,都能照得见人影了。夏天的时候,龚建章不穿鞋,早上穿过西门去紫气街的东方红小学上学,脚底凉冰冰的——两边的铁匠铺都开门了。打铁火气大,早上这段辰光清凉,最好。每次经过"关大兴铁记"时,龚建章总要喊一声关伯。关伯很严肃,但看见龚建章时脸上就不由自主有了笑意。龚建章还在妈妈怀里时,关伯就很喜欢他,说这孩子眼睛亮,骨子里有劲。龚建章也觉得关伯亲,没上学时经常在关伯门前玩,站在门槛边上看他们打铁,一站就是个把小时。关伯歇工的时候,就对龚建章说:"小四子,以后你就跟我学打铁吧!"龚建章很认真地想了想后,才点点头。关伯就笑着拍他的小脑壳。到了过年时,不用妈妈喊,龚建章就跑去给关伯拜年。关伯在过年这一天最和气,一张方脸笑得倒跟弥勒佛爷有点像,还会给龚建章一个小红包,里面是十张一分钱的小票,崭新。龚建章当宝贝一样收到怀里,过了一个晚上后才下决心拿去买小挂炮,拆下来用蚊香一个一个地点着放——到了中午,太阳照顶,学校的水泥操坪有些烫脚了,靠屋檐边的石板路还是凉,像是变硬了的大凉粉块子。

  西门洞子里有两个卖凉粉的老婆婆,摆了两只木桶、几把椅子。木桶够大,几乎可以让个小孩在里面洗澡;颜色黑黄黑黄的,只怕龚建章还没出世它们就摆在这里了。照例有块湿布罩着,掀开来,里面闪着一些透明的银灰色的块子。用小木刀划一块出来,盛到白瓷碗里，再划成一小方块一小方块，像是些透明的小银砖，那个诱人呀，瞧着都口流水。龚建章小时候就经常站在木桶边流口水。有时候他的妹妹也跟他一起站在那里，咬着小手指，一起流口水。他爸爸路过时，脸色总不好看。旁边的人就说："龚师傅，给小孩来一碗吧。"

"饭都没得吃了，还吃这个。"龚师傅横着眼睛，甩出一句。他才三十岁的人，背就有点弯。其实也不是累弯的，他就喜欢摆出个这样的态势——老街上的闲人总喜欢缩着头，哈着背，到冬天了还要把手笼进袖里，只有吃饭和打牌时才抽出来。老街上的闲人也是有祖传的。同治年间，小梁县的龚家开药材铺发达了。到了民国，家大业大，子孙多了，麻烦也多，老祖宗干脆就分了家。龚建章的曾爷爷承袭了西门外的铺面，却不用心经营，成天喝酒打牌，没几年就败了。到了龚建章爷爷手里，就剩下几间老屋了。也幸亏如此，"文革"时候躲过了一劫。龚家的其他后人，生意做得好，一九六六年就被揪了出来，批斗，游街，胸前还挂了块大牌子，号作是反动药霸。

龚建章的爸爸当时还没进二十，躲在人群中看，想起这些亲戚平时的威风，胸中未免有几分快意，同时下定决心向曾爷爷学习，做个逍遥自在的快活人——看准了，在共产党手里做穷人最划算。不是讲吃大锅饭么，大锅饭就是给穷人吃的，就是谁都吃不饱，谁都有一口。再精打细算，再起早贪黑，也没你的小锅饭吃。他是标准的无产阶级，而且响应人多力量大的英明号召，生了一堆娃娃。龚建章上头还有两个哥哥一个姐姐，都是张开嘴要饭吃伸出手没力气干活的年纪，一家人吃饭确实成问题。

不过懒人自有懒福，龚师傅讨了个好老婆，就是化夷街过去柳坪生产大队黎家的满女。虽然就在城边上，但还是农村，嫁到化夷街上就算是城里人了，所以她很知足，一点也不嫌龚师傅空有师傅之名，却什么都不会做。倒是龚师傅时常吼道："要不是我，你怎么能到城里来？"龚家娘子想到自己一个农村妹子，嫁了个白白净净的城里人，确实是高攀了，因此感恩不尽，里里外外用心操持着。她针线好，到处揽活儿，替人缝缝补补。邓大人出山开过会后，她又在门口试着摆了个摊子，卖些瓜子香烟之类的，居然没人来干涉。哪天要是实在揭不开锅，就跑回娘家，在地里扯些瓜菜，也算是一顿饭。

这样子居然也把一大堆小孩慢慢地拉扯大了。龚建章的哥哥姐姐居然还读完了小学。小学毕业后，两个哥哥一个跟木货街的龙木匠学手艺，一个在戴家园的白铁铺里打下手，姐姐就送到亲戚家开的面馆里做事。龚建章读书上心，成绩不错，龚家娘子就暗地里下决心，要送他读大学。经常千叮嘱万叮嘱，要攒劲，读个书不容易。龚建章懂事早，心疼妈妈太苦自己，一点不敢松劲，也不愿再提什么额外要求，想吃凉粉想得要死也不开口。妹妹龚建红人小，嘴更馋，吵着回家要钱，被龚建章甩手一巴掌，坐在地上哇哇大哭。这一掌其实是打在龚建章自己心口上。他很疼这个妹妹的,但又不愿惯了她,只在一边冷看着。龚建红无人搭理,哭得没劲,也就止了。龚建章把她拉起来,说:"不准问妈妈要钱,明天哥哥给你买。"龚建红抹了一把鼻涕,点了点头。

第二天中午放学回来,龚建章饭也不吃,把龚建红喊出来,急急忙忙地走到城门洞里,一只手贴在裤袋里,说:"宋奶奶,要两碗。"

他语气有点紧促。宋奶奶翻开眼皮,看了他一会儿,才慢腾腾地盛了一碗。龚建章要妹妹接着,说:"吃快点。"

碗很大,龚建红嘴巴很小,居然一下子就空了。不过龚建章比她吃得还快,一大碗凉粉,嗖溜就滑下去了,连水都没剩,碗给舔得干干净净。

龚建章从裤袋里挖出了一张毛票,两张五分票。宋奶奶笑着看他,说:"发财了?"

龚建章不吭声,拉起妹妹的手转头就走。龚建红仰着头问:"四哥,明天还给我买吗?"龚建章骂了句馋鬼。龚建红就笑起来,过了一下又问,"那明年呢?"龚建章也笑起来,他最喜欢妹妹这点小精灵。

到了傍晚,阳光从城郊那边照过来,化夷街显得半明半暗。从西边进城的农民大都沿这条街走回去了,没回的就留在城内的小旅馆喝酒打牌,跟女服务员调笑,也算享受了一遭,回去好在乡人面前抖一抖。龚家娘子坐在自家小摊边,想着补完这一件,就该收摊了。她是个能一心多用的人,虽然补得细心,城门洞子里出来两个人还是马上就晓得了。就瞟了一眼,但一高一矮,一女一男,穿着上没有乡里味,心里都清清楚楚的。兴许是去城边上走亲戚的吧。正想着,眼前暗了下来。没抬头,她等着暗影过去,耳边却听到:"请问这是龚建章的家吗?"

声音有点熟,抬看了一眼,她慌忙站起来,说:"谭老师,你怎么来了?快到屋里坐。"

屋里却黑,扯开了灯,四十五瓦的,还是显得黯淡。没多久,谭老师和她带来的学生就走出来了。谭老师边走边回头说:"龚建章还是个好伢子,跟他好好讲一下就行了。"

龚建章是看着谭老师和龚建国走出大同街口的。他想不回去算了,却又晓得躲下去只有更糟糕。反正要了结的,晚了不如早了,省得悬着个心又吊了块蛮重的石头。这么想清楚了,他就一步分两步地走到了家门口。龚家娘子正靠在门边,望着对面出神。龚建章怯怯地喊了一声,她似乎没听到。龚家娘子有点瘦,皮肤黑里透红,有些干,眼睛却很有神。这会儿她的眼睛有点空,还有点红。龚建章刚进门口,就挨了劈头盖脑的一顿竹扫子。他马上蹲在地上,用手护住头。竹扫子从背后急雨般地打下。

"我叫你去抢!我叫你去做强盗!谁不好抢,你去抢自己的亲戚干什么?人家有钱,我们穷,穷人也有穷骨气,我叫你去抢!我叫你去抢！"

龚家娘子骂得咬牙切齿，龚建章能听出她内心的愤怒和失望。一声不吭，也不躲，他只是努力抑制住眼泪。他想哭，不是因为妈妈打他，而是因为妈妈是如此伤心。耳边听得妹妹在哭喊："不要打四哥，不要打了。"过了一下又听到她喊："是我想吃凉粉，四哥才去抢的。"

"想吃凉粉，为什么不跟我讲？"

龚建章抬起头，看着他妈妈，半天才说："我再也不吃凉粉了。"

龚家娘子哭了起来。

说到做到，龚建章非但不吃，而且连看也不看了，每次穿过城门洞口时都是急匆匆的，一副不屑一顾的样子，让想做他长久生意的宋奶奶失望了好多次。

夏天的傍晚实在长。为了节省电，龚建章搬出条长凳到门外，把作业本摊开。龚家娘子这时候就把常坐的矮凳递过来，自己站着照顾生意。趁着天色还亮，龚建章一口气要把作业做完——八十年代中期中国小学的家庭作业还比较近人情，可以在一个小时内完成。街道上响着"叮当叮当"的声音，此起彼伏。如果仔细听，还可以听出其中的节奏各有不同。他就当是在听音乐。开始时还能入耳，慢慢地就浑然不觉了。

龚建章做作业的时候，龚建红就在一边看着，眼睛睁得很大，很专注，似乎是她在做作业。有时龚建章想翻页了，手刚抬起，龚建红就帮他翻过去了，并且注视着他，看是否能赢得表扬，至少是想看到赞赏的神气。龚建章不理她，心知她不过是借机会亲近一下他的课本罢了。龚建红对哥哥的课本无限仰慕，经常偷偷地翻出来看，有次还对龚建章说："你们老师写的字真好看。"

龚建章一愣后才明白她把书上印的字当成学校老师写的了，口里却说："那当然。"

龚建红从此对学校更加向往，经常缠着他问这问那的，并且一有机会就把他的书翻出来看，虽不识字，却也看得津津有味。爱看就看吧，龚建章无所谓，只是有次偶尔发现语文书的一页彩色插图不见了，而且被撕得干干净净，边缘很齐整，不仔细看还看不出来。放了学龚建章就冲回家里，把正在街道上跳绳的龚建红拖到屋里。见他凶神恶煞的样子，龚建红马上从小口袋里把那张彩页掏了出来——折叠得整整齐齐的，粘回去还严丝合缝。龚建章放了这个爱书的小可怜虫一马，只是从此不许她碰他的书。他在一面空墙上高高地钉了根钉子，作业做完了就把书包挂上去，龚建红非得长高一头再踩到高凳上才能摸到它。从此除非龚建章在做作业，否则她很难看到课本。街口的小人书摊她又没钱去看，只有守着哥哥做作业。龚建章心里早就原谅她了，但又晓得妹妹是个得一寸进一尺的小精怪，再让她碰书本，恐怕手痒之下，所有的彩页都要失踪。旧课本以后复习要用,早就压在箱子底下,也懒得翻出来。那就让她看着做作业也好,以后读书说不定会用功一些。

作业很容易,龚建章简直不把它们当回事。当天色暗下来时,就做完了。耳边的叮当之声变得很微弱,有时干脆是没有。铁匠们也要吃饭了。家家门口都飘起一股菜香味。现在是夏天,夏天大家都爱蹲在或站在门口吃饭,有的人家干脆连小方桌都搬出来了。龚建章家对面就是一家铁匠铺,老铁匠和小铁匠这时候总会蹲在台阶上,手里捧的大碗盛得下半斤饭。铁匠师傅们似乎都不爱说话,低着头用力咀嚼着。看着他们的一身肌肉,龚建章很羡慕。他想自己长大了也要跟他们一样强,他们的样子才像个男子汉。他不喜欢做爸爸那样的人,松松垮垮的,没劲。要像铁一样,结实,沉甸甸的,不用说话就让人觉出分量来。为此龚建章总有意无意模仿铁匠们的言行举止,想说话时故意忍住不说,吃饭时也捧了个大碗,蹲在地上。

龚师傅毕竟是世家子弟,身上有先人遗风,举止总要和寻常俗人区别开来,所以经常骂龚建章站没站相坐没坐相连吃饭也跟那些做工的人一模一样。龚建章不反驳,心里却不服气,觉得爸爸才是站没站相坐没坐相,走起路来飘飘的,一点都不扎实。倒是龚家娘子很看得惯,乡下农民蹲在地头吃饭不就是这样吗?她打趣道:"老四是像我们家的人呢!哪像你,城里相公,拿杯子还要跷个兰花指。"

说归说，她其实还是很爱男人这一点的。龚建章却讨厌得要命，他喜欢铁匠们的手，不做作，有力，像两把钳子。让他庆幸的是，自己的皮肤像妈，微黑，透着红润，跟铁匠们差不多，不像爸爸，简直是有点苍白。

饭吃完了，爸爸又要出去打牌，妈妈的事业就是串门，顺带捎些针线活回来。大哥三哥都回来了，二姐却还在店子里，要打烊才回来。对两个哥哥，龚建章没什么感情。他觉得大哥太拿腔作势，不亲近。三哥呢，跟爸爸是一个坯子里出来的，瘦长，小白脸，在女孩子面前走路居然跷着兰花指，什么东西？老大老三也嫌龚建章小小年纪就不活泼，眼神有点阴阴的，他妈的简直跟街上那些打铁的一样，也不爱搭理他，两个人凑在一起议论女孩子。听这个，龚建章倒是不讨厌，但他也不发言。听着听着，他就想到一个女同学身上去了。她叫王芬。

在龚建章眼中，王芬是城里最好看的女孩子。她斯文，白净，就像是龚建章家里供养的水仙。谭老师总夸她是个大家闺秀。在这个小小的大家闺秀面前，龚建章总有点自惭形秽，他觉得自己什么也配不上她——人家长得美，家里是县政府的，又穿得那么好。觉得她身上有一种光辉，龚建章总是不敢正视她，他只有找机会从侧面偷偷地打量她。王芬的眼里嘴角都似乎带着一点笑意。她总是静静地望着老师讲课，就算是举手答问，也显得娴静，不像其他女生那么急于表现。龚建章不敢看久了，通常就是一眼，但这一眼总能让他长久地感动。他从不主动跟王芬说话，下了课，只是暗暗地搜索她的身影——或是在跳绳，或是在踢田。远远地望着她的背影，龚建章就觉得满足。

龚建章晓得，班上许多男同学都喜欢王芬，他就亲耳听到其中几个公然宣称要跟王芬那个。对于这些才读小学六年级的小痞子，龚建章恨不得把他们痛打一顿。王芬是仙女，哪能动这种下流的念头？但几个小痞子脑袋里没有下流的概念，他们不但想，而且总是跃跃欲试。

这天王芬和几个女伴在跳套绳。王芬打桩，弯下腰去把绳子移到身上来，屁股就翘了起来。小痞子中的吴伟简直是个行动天才，别人脑袋还没转过弯来，他就走了过去，用那个部位去擦王芬的屁股，脸上露着享受的表情。王芬居然没有觉察。龚建章却一直靠着栏杆，在偷看她们跳绳。吴伟贴近王芬的时候，龚建章还没弄明白他想干什么。等他反应过来时，吴伟已擦了过去，然后转身朝龚建章这边走来，扬扬自得。脑袋一热，龚建章就冲了上去。这下轮到吴伟没反应过来，脸上挨了一拳。吴伟是从小打架打大的，有些经验，挨了一下后马上箍住龚建章，两个人就滚在地上，扭作一团。女生们尖叫起来。上课铃正好响起。两个人松开，站起。吴伟一边拍身上的灰一边指着龚建章说："你等着。"龚建章没拍衣服，眼睛瞪着吴伟。吴伟的眼神很凶，而龚建章的则充满了怒火。

下午放学后,照例是排队走出校门。王芬正排在龚建章一侧,她趁人不注意,小声对龚建章说:"你不要紧吧?"

"没事。"龚建章板着脸说。

王芬一笑,就转过脸去跟别的女孩说话去了。这一笑让龚建章几乎凭空飘了起来,本来心里还有点怕的,这下全没了。

走出一段路后,队伍就散了。在化龙寺前面的那条路上,龚建章听到背后有人喊他,一回头他就看到了龚建国。自从上回"借"了他次钱后,有一年龚建章没跟他说话了。其实若细细算起来,他们还是未出五服的堂兄弟。龚建国跑得气喘吁吁,说:"龚建章,吴伟他们在后面追来了。"

对他的报信,龚建章好像不感动,木着脸说:"来就来。"

"他们有几个人呢。"

"还怕他?"

龚建国急得不得了,似乎龚建章是他亲哥哥。远远地看到吴伟他们来了,龚建章把书包递给龚建国,站在那里不动。吴伟带的是班上几个打架能手,每一个都够龚建章应付的。龚建章却一点都不怕,他还在想着王芬那一笑。

吴伟本想把龚建章吓住的,却看到他若无其事地站在那里,微觉气馁,运了运气后,指着他说:"你今天充什么狠?"

"你要不要脸?"龚建章也把手戳了出去。

"关你屁事?"

吴伟身后蹦出个声音:"打啊!"

于是一团尘土滚起。

龚建国站得远远的,大喊:"不要打了。再打我就去告诉谭老师。"

他的威胁很到位。过了一下尘土就息了,几个人都是一身灰。龚建章流了鼻血,他抹了一下,脸上就有点骇人。吴伟被猛踢了一脚,肚子还隐隐作痛。但他不想打了,带着一帮人得胜回朝。龚建国这才走过来,从口袋里掏出块手帕。龚建章没接,走到个摇井边上,握住把手摇了几下,管子里就喷出一柱水来。把脸和手洗干净,拍拍身上的灰,又把书包拿过来,龚建章才正眼看了龚建国一下。

龚建国一笑,他的脸白里透红,很好看。龚建国也很喜欢王芬,对吴伟也很痛恨,只不过不敢上去跟他打架而已,所以他很佩服龚建章。何况他一直想跟他和好,他觉得上次为了两毛钱就告状确实有点过分。为了这事,他还挨了爸爸一掌。爸爸吼道:"再穷也是亲戚,你告什么告?"龚建国这才醒悟到他跟龚建章原来有亲。龚建章倒是早就晓得的,不过是妈妈告诉他的。爸爸从不讲这些事。爸爸虽然懒散,但这点子傲气倒还有。龚建章承袭了这点傲气,所以装作不晓得。不过现在龚建国做到这样,龚建章倒也觉得不能再板着脸了,他也笑了一下。他们一起过骧龙桥,插进五显巷,很快就到了龚建国的家门口。

"进去玩一下吧?"龚建国的口气恰到好处,毫无炫耀的意思。

抬头看看眼前这栋嵌着白色马赛克的楼房,龚建章摇摇头,说:"快黑了,我回去算了。"

天色其实还早,关伯的铺子还没收工。站在门槛边上,龚建章盯着关伯的一身横肉。快五十岁的人了,还是那么硬朗。天气热,关伯只穿了条大短裤,却套了件长长的皮护兜,把前面全部护住。火星不时溅出来,炉火也一跳一跳的。一条条的汗爬满了关伯的背。他一手持钳,夹住铁器,一手拿着把小锤,不停地在烧红的铁器上敲打。他敲到哪里,徒弟的大锤就落在哪里。敲得快,落得急,只听得满屋的叮叮当当之声不绝于耳,倒像是两个刀客在过招。在一边,龚建章看得有些发痴。不知觉间天色就暗了下来,关伯收工了。关伯一点也不累,声音中依然带铜音,他说:"小四子,最近考试得了头名没有?"

龚建章没有应,等关伯走到面前了,才抬起头问:"关伯,你怎么练手劲的?"

"练手劲?你每天天没亮就起来,莫撒尿,靠着墙倒立。晚上再吊门楣。练一百天劲就出来了。"

龚建章晓得关伯是练过两手的,不会说外行话,兴奋得脸都红了。他左右看了看,还好,除了关伯的徒弟,再没有人听到了。秘诀在心让龚建章整个晚上都亢奋,没怎么理会妈妈关于他回迟了的唠叨。就着昏黄的灯光做完了作业后他就去吊门楣。伸手还够不着，跳了两三回他才钩住，才做了四个引体向上，十指马上觉得生疼。勉强又做了两个，整条手臂都是麻的。还不罢休，龚建章又勉力向上，头只过了门楣一半，就撑不住了，一松劲，落了下来，差点摔着。龚家娘子坐在堂屋的桌边补衣服，眼角瞟了他一下，说："慢慢来，莫伤了筋。"

龚建章应了一声，就去洗澡，然后上了床，比平常要早。躺在枕头上他心里不停地念，一定要早起来，一定要早起来，却怎么也睡不着，眼前老是晃动着王芬那好看的鹅蛋脸，过了一会儿吴伟恶狠狠的眼神也进来了，然后又加入了方面大耳的龚建国。这些影像交织在一起，水波一样晃来晃去。迷迷糊糊间龚建章就睡着了。

也不知过了多久，龚建章半睁开眼，打了个激灵他就弹了起来。还好，天色没亮。洗了把冷水脸，龚建章就蹑手蹑脚开了堂屋的门。其他人都睡得沉，倒是龚家娘子很精灵，在里屋喊道："谁？"

"是我。"龚建章回了一句，就走出去，把门掩上。

门缝里漏出龚家娘子一句话："起这么早干什么？"

龚建章暗自一笑，心中有种偷练绝技的窃喜。屋外清凉，飘着点寒气。老街之上的天空幽蓝，高悬一钩冷月。深深地吸了口气，又重重地呼出，龚建章这才明白原来早起可以有这么好的感觉。紧了紧皮带，他就靠着墙倒立起来。没过多久，手倒不累，脑袋却重了起来。闭上眼又支撑了一会儿，全身的血都往脑袋那里冲。龚建章睁开眼，感觉好过了一点。很快他就发现只要去想点别的什么，就没那么难受。于是王芬就飘到了眼前。王芬注视着他像是在注视一个少年发奋的英雄，目光中满是仰慕。龚建章得以多支撑了一会儿，方才落地。

天色依然很早，长长的老街上浮动着一股雾气，像条幽蓝色的河流，轻柔流淌，穿过西门无声而去。龚建章活动了一下手脚，他不想回屋，就站在门口。门前的石板上有点点清冷的反光。踩在石板路上往郊外方向跑去，拐个弯就到了尽头，再转过身回跑，还没到拐角处他就听到隐约有叮当之声。心跳了起来，龚建章猫着腰，探出头，前面的老街空寂依然。但响声仍旧在继续，隐约但清晰。那声音似乎来自屋顶上。他抬起头，眼睛立刻睁得老大。

两把短刀正在老街的上空搏斗。两把深蓝的刀在月光下翻滚飞旋，像是有两只无形之手在操纵。它们之间仿佛有深仇大恨，且武艺十分了得，劈、削、撩、拖，身法快捷，不时恶狠狠地碰撞，恨不得一下子把对方拦腰砍断，溅起一星一星金色的火花，在寒白的月光下煞是好看。龚建章揉了几次眼，才相信自己没有看错。他看到其中的一把刀往街心沉下，另一把刀立刻追来，两把刀一前一后，在两排老屋之间飞驰。龚建章连忙退回去，抱成一团。他深信自己要是被这两把刀发现了，项上人头定然不保。还好，两把刀又上了天。龚建章听了一会儿，又放出一只眼睛去看。这两把刀正缠作一处，互相绞杀，声音嘎嘎的，听得龚建章牙齿都酸了。这时远处响起了鸡叫，两把刀一下子分开，一把飘进关伯的铁铺，一把钻入斜对面的刘铁匠屋中。又等了一阵，龚建章确信它们不再现身后，才走了出来，心想："关伯跟刘长子不和气，连他们的刀也打对。"

整个白天龚建章都神情恍惚，上课时靠在座位上，脑袋晃来晃去的。龚建国在一边看着，倒担心他把脑袋晃掉。谭老师正在台上讲人是万物之灵，龚建章隐约听见了，嘴里嘀咕道："不对，不对，每样东西都有灵性，人也有，刀也有。"

谭老师耳朵尖，说道："龚建章，你在讲什么小话？"

他打了个激灵，赶快端正坐姿，眼睛看着黑板。

下了课后，龚建章把头埋在桌子上，正睡得有点深度，耳边响起个女孩子的声音："龚建章，你没生病吧？"

龚建章抬起头，就看到王芬的脸。他是第一次跟她贴这么近，却什么也没看清楚，只感受到一种似香非香的味道袭来，几乎醉倒。

"没有。"他说话时明显感到呼吸不畅。

"你昨晚上没睡好吧？这样对身体不好。"王芬嗔道。

龚建章只有点头的份。等王芬直起腰走开，他才松了口气，浑身自在起来。

下午放学，照例是男同学一队，女同学一队，排成两排走出校门。没走多远,队伍就照例散了。吴伟他们几个把王芬围住,说:"王芬,去耍么?"

王芬白了吴伟一眼,绕着走了过去。吴伟他们不敢硬拦,却像糨糊一样黏在后面。龚建章和龚建国走在前面,回头看见了,龚建国就喊道:"王芬,一起走吧!"

王芬提着书包快步走了上去。龚建章和龚建国马上分开,让王芬走到前面,又立刻合拢,正好把吴伟挡在后面。几个成绩好的也跟他们走在一起,一群人有说有笑,让吴伟他们在后面恨得牙痒痒。到了骧龙桥,王芬就要跟他们分道走的。但王芬没动,也不说话,眼睛中有种忧色,显得楚楚可怜。龚建国说:"我们送一下你。"

三个人穿过南门口城门洞子,沿着都梁路一直走。县政府在都梁路一侧,还要上个坡。坡下有卖凉粉的,王芬侧过头来说:"吃凉粉吧,我请客。"

龚建国马上说:"我来请。"

龚建章本来也很想说这一句的,但他口袋是空的,说不出。第一碗凉粉盛好了,王芬看着他,说:"你先吃吧。"龚建章本想最后吃的,但为她的眼神所动,默然接过。凉粉的口感纯净明爽,龚建章吃在肚子里,却什么滋味都有。

接下来的日子过得飞快。龚建章总是在鸡叫后爬起来练功,下午放了学他就和龚建国一起送王芬到县政府门口。王芬在玩熟了的人面前其实很活泼，龚建国嘴巴子也会讲，就龚建章话最少。王芬和龚建国都穿得好，人也漂亮，和他们走在一起，龚建章总觉得有点自卑。但王芬似乎毫不理会这些，总是和他挨得很近，说东说西，显得龚建国倒像是个小电灯泡。不过龚建国一点都不介意，有机会就插话。三个人的友谊发展得很快，他们约好，一起考上一中，争取分到一个班上，以后再一起考大学。他们的约定看上去很容易实现，因为这三个人在班上成绩都排在前五名。

毕业考试过后，王芬就没再看到龚建章。有次在路上碰到龚建国，她开口就问："你看到龚建章没有？"

龚建国说："我也在找他。"看到王芬一脸失望，他说，"我们去他家里找吧。"

王芬咬着下唇，想了想，用力点点头。

城边上王芬很少来。城边上很少有王芬这样的女孩子。也不是穿得好不好的问题，主要是神态和举止。城边上的女孩大都过早地染上一股小市民的味道，显得尖利而轻佻。龚建章家门口就倚着个这样的小女孩，守着个小摊子；七八岁的样子，身上的衣服有点脏，脸瘦小，眼睛却大，有股精灵劲。她斜着眼剔了王芬一眼，不客气地问："你找谁？"

"这是龚建章家吗？"

"你是谁？"

"我们是他同学。"

"他出去了。"小女孩似乎对他们不再感兴趣,低下头去玩弄着手里的橡皮筋。

"他到哪去了?"王芬依然很有耐心。

"不晓得。"

龚建国在一边说:"他要是回来,你就说他的同学王芬和龚建国来找过他。"

小女孩漫不经心地应了一声。龚建国有点气恼了,说:"我们走吧。"

现在正是铁匠铺里最热闹的时候。王芬还没见过有这么多铁匠铺聚在一条街上,她很感兴趣的样子,慢慢地走,慢慢地看,其实也是想延长点时间,期盼能正好碰到龚建章回来。他们经过一个最大的铁铺,里面正干得满屋子是火气。王芬也感受到了那种迫人的热意,往后退了一点,突然眼睛一亮,叫道:"龚建章!"

铁铺里有三个人。一个半老头,一个十八九岁的小伙子,最矮的那个在拉风箱。听到这一声喊,谁都没偏过头来。火继续在往上蹿,锤子继续一上一下。王芬又喊了一句。半老头瞟了他们一眼,对着里面说了句什么,拉风箱的才迟疑着从暗影里走出来,光着膀子,套着件过于长大的护罩,额角的汗珠直往外蹿,不是龚建章又是谁。看到王芬他们,他的脸变得跟黑屋中闪动的火光一样红,半张开嘴,也不晓得说什么好。见他这样,王芬眼睛立刻红了。龚建国见两个人都不讲话，遂道："晚上七点半，我们在骧龙桥等你。"说完就拉着王芬走了。

王芬又回头看了一眼，龚建章站在那里看她，木头一样。王芬喊道："你一定要来啊！"

龚建章低着头走回去，继续拉风箱。关伯看了他一眼，没说什么。倒是关伯的徒弟二和尚笑嘻嘻地说："听到没有，你一定要来啊！"后面一句他是模仿王芬的腔调说的，显得怪里怪气。龚建章把脸藏在暗影里，理都不理他。关伯瞪了二和尚一眼，二和尚吐了吐舌头，抡起了大锤。

整个下午龚建章都没说一句话。歇工后回到家，龚建红报告道："四哥，今天有两个同学找你，我……"

话还没说完，龚建章就扇了她一耳光，吼道："我要你莫告诉别人的！"

龚建红大哭起来，一边哭一边喊："我没告诉他们！我没告诉他们！"

龚建章一愣，意识到自己可能是打错了，闷不作声地走向屋后。屋后有口露天井，不一会儿那里就溅起了哗哗的水声。

吃饭的时候，龚建章给妹妹夹了筷菜。龚建红眼睛还是红红的，并再次申冤——她没有告诉那两个人。龚建章点点头，三口两口吃完饭，撂下碗就走了。

夏夜的街道总是热闹非凡，不但人多，蚊子也多，在昏黄的路灯光下聚众旋舞。龚建章头上也跟着大批蚊子,一抓就是一把,只是他无心理会,脚步有点艰涩。他走得并不快,却浑身燥热。很想转身回去,但想起王芬的眼神,龚建章还是硬着头皮往前走。只有寄希望于这路已改了道,并没有通往骧龙桥。然而道路依旧,骧龙桥很快就到了。桥上人来车往,但站在那里的只有一个女孩,穿着红裙子。看到她龚建章心就跳了起来。王芬一直往这边望,有时还微微踮起脚。见到龚建章,她就转过身去,面向栏杆。龚建章也不说话,就站在她身边,看着栏杆下的流水。过了一会儿,王芬横着眼看他:"你是不是不想读书了?"

"没有。"

"那你去打铁?"

"挣学费。"龚建章吐出这几个字很艰难。

王芬的心立刻就变软了。她猜到龚建章家境不好,但没想到上个初中还要龚建章去帮工攒学费。她轻声道:"你为什么不告诉我呢?"

"我已经告诉你了。"

王芬含嗔带笑地看了他一眼,她就喜欢龚建章这股倔强和傲劲,像个大人。

"你们来得这么早?"龚建国飞跑了过来。

王芬哼了一声,说:"迟到了要罚!"

"罚什么?"

"吃凉粉。"

吃凉粉的时候他们碰见了吴伟。吴伟是一个人,衣服披开,露出肚子,一晃一晃地走着,纯粹是个街头小流氓。看到龚建章他们,他眼里闪了一下凶光,却又装作没看见,自个儿走进灯光球场。

灯光球场在坡的一侧,"文革"时县里用来开批斗大会的。有人试着在这里摆了几张乒乓球桌,还有一张罕见的台球桌,结果生意狂好,晚上都是吊起电灯继续做。灯光既然茂盛,飞蛾之多也就可想而见。往往是一球拍下来,球没接住,飞蛾倒是扫死几只。但这丝毫不影响小城青年们的兴致。他们光着膀子,带着各自的女朋友在此现身,高声打招呼,奋力击球。据说县里为此开了次会,反对者认为不成体统,但终究还是赞同者多——这也是改革开放的繁荣景象嘛,以前就没有嘛,哈哈。消息传出,球桌越摆越多,竟占据了半个操场。这操场便被称为灯光球场。那些卖瓜子的,卖冰棍的,卖水果的,卖卤菜的,也都聚集在这里,用实际行动证明着改革开放好。

吃完凉粉,龚建国数钱,王芬也不客气。龚建章眼睛看着操场那边,突然感到触动,似乎有什么东西往他裤袋塞。侧过头他就看到王芬对他一笑,然后挥手说拜拜,急急地走上坡去。龚建章伸手往裤袋里一摸,马上明白过来。抬头看坡上,王芬的红裙在暗影中一闪而没。龚建章对龚建国说了句:"你等一下。"就冲了上去。

王芬正在林荫道中轻快地走着，为自己的举动而微笑，不防后面响起急遽的脚步声，接着自己的手被人抓住。

"龚建章，你别这样。"

"我不能要。"

"你别。"

王芬终究拗不过龚建章，一只手被强迫捏成拳头，里面是自己攒下来的五十元钱。

"谢谢你。"龚建章说完就走了，走得很快。

县一中的录取通知书如期到达，让街坊邻居称羡了一番。龚建红抬起头问："妈妈，我什么时候上学呢？"

龚家娘子抚摸着她的头，无言以对。学费一天天贵起来了，单为老四，就够费劲的了，老五怕是读不了书了。这话，她却不能说。龚建章在一边听了，很难受。等妹妹走了之后，他说："妈妈，把老五送到乡下去读吧，乡下便宜。"

龚家娘子想了一阵，叹了口气。

对于到乡下读书，龚建红一点意见都没有。相反，她还高兴得很，不要人送，两条小腿走得飞快。中饭就在外公家吃了，要到下午才回来。乡下小学放学放得早，三点多钟就散了。往往龚建红回到家做完作业龚建章还在上课。

龚建章跟龚建国分在了一个班，王芬却在另一个班。起初很不习惯，老是在想王芬在隔壁做什么。有一次因走神回答错问题，惹起哄堂大笑后，龚建章才决心控制自己，尽量不去想。中午和下午放学后三个人照例一起走，让王芬班上的男同学很不满意，说是钓走了他们班上的班花。其中有个胖大小子，仗着有几斤肉，做完课间操就来挑衅，结果被龚建章两下就放倒在地上。那小子事后被同学大大地嘲笑。他把两眼一瞪，说："你去打一下看？他的手跟铁一样，你去试一下看？"

结果没有人去试，龚建章因此威信大增。班上几个比较调皮的男生都来奉承他，想捧他做头。龚建章既没推辞也没答应，有时也跟他们玩一下，但大部分时间还是在学习——他不敢忘了妈妈深夜在灯下替别人缝补的场景，也不敢忘了王芬就在隔壁。何况身边还有个很用功的龚建国，就为了不被他甩下，也得努力才行。龚建国是班上的学习委员，他变得越来越斯文、白净，循规蹈矩，深得一帮乡下女生的倾慕和拥戴。龚建章是数学科代表，虽然穿着上陈旧了一些，还是很得老师宠爱。总之，在这样的重点中学，成绩是唯一重要的。所以大家都还算发狠，并体会到了一种无形的压力。小学时代的那种无忧无虑像只珍贵的飞鸟一去不复返了。

每次经过关伯的门口，龚建章还是要打声招呼，不过很少守着看了。初二了，作业越来越多，往往做到天黑也做不完，只有吃了饭后再继续做。老大和老三似乎在外面找了妹子，吃完饭就出去了。爸爸没钱打牌,经常在屋里骂东骂西,这一阵迷上了下象棋,也是一抹嘴巴就出去了。龚建红做完作业,家里又没电视看,只有在门口玩。龚建章就和妈妈共一盏四十五瓦的灯泡,各自低着头做事。

龚家娘子近来显得有些憔悴,也不太爱说话了。她的脸上有一种奇怪的潮红,时常咳起来。别人劝她上医院看看,她总是笑着说:"我身体好得很,从小到大都没进过医院,未必现在还去进么?"她是真的相信自己挺得住,直到有一天咳出了血,她的心才有些凉了。她很清楚地记得,自己的三姨就是这样咳血咳死的。但她不跟任何人讲,照样每天忙上忙下,显出一副很精神的样子。她还是相信自己扛得住——自己的身体,不是三天两头生病的三姨所能比的。看着龚建章用功的样子,她心里一阵熨帖。她对自己说:"这才是最好的药。"

龚建红在门口玩厌了,走回屋里,说:"四哥,你以前的书还在吗?"

"就在柜子里,你要干吗?"

"我要看。"

"先看完你自己的书再说。"

"我已经看完了。"

龚建章心头一震,明白妹妹是个读书种子,心下庆幸自己当初的提议。龚建红是太聪明了,不用功也能考第一。有次龚家娘子回乡下，碰见了系副断腿眼镜的老班主任。班主任说："龚建红灵性得很，是要放到城里重点小学培养的，送到乡里来干什么？"

龚家娘子只笑了笑。她倒觉得无所谓——女孩子家，认识几个字就行了，关键是要能干，读那么多书干什么？

很晚了，老大老三都没回来。龚家娘子心里有点急了，嘴里念叨着。

龚建章说："我去找找看。"

龚家娘子说："我去，你睡。"

"我不想睡。"龚建章说完就走了出去。天气有点冷了，月亮也没出来，夜色中的老街不再是幽蓝，而是沉沉的黑，路边人家漏出的几点微弱的光根本无力捅破这种沉黑。穿过西门，走了长长的一段路，才到街口。龚建章正犹豫着该往哪边走，一旁小巷里钻出两个人，几乎把他吓了一跳。龚建章还没看清他们，其中一个就开口叫道："老四。"声音透着凄楚。

走近一看，龚建章吃了一惊，平时很威风的老大居然靠在老三身上，一件新中山装开了个大口子，脸上颜色比较复杂。老三倒是很齐整，但脸色很难看，似乎挨打的是他。见龚建章站在那里没动，老大吼道："还不来扶我！"

龚建章没扶他，说："你现在不能回去。"

老大老三都睁大眼睛看着他，似乎他是打人凶手。

"你这样子，怎么向妈妈交差？"

想想也是，两个人都垂头丧气。

"老三，你店子里不是有个铺，让老大到那先睡一晚。"

老三还在犹豫，龚建章已走上去扶着老大走了。他这两年长得快，个头比老大没矮多少了。看着老大一边脸肿起，龚建章心里还是痛了一下，问："怎么回事？"

老大没作声，倒是老三说了。还不是跟人争妹子。那妹子本来跟老大好了有一个月了，突然有个人跑来称她是自己的女朋友，虽然闹了点矛盾，却还不想分手。那妹子倒偏向老大，不愿跟那人走。于是争起，在灯光球场那里动起手来。本来看着他只有一人的，没想到旁边一下子冲出五六个小混混。老大还算能打，但到底双拳难敌四手，被一帮小毛子给收拾了。老三说："那些小混混跟你差不多大，对了，有个人好像是你小学同学。"

"是不是鼻子很塌的那个。"

"对，对。"

"你那同学叫什么？"老大问，眼睛中射出一股凶光。

"叫吴伟。你想报仇也要养好伤再说。"

把老大安顿好后，老三留下来陪他。龚建章怕妈妈担心，几乎是小跑着回去的。刚进大同街，他就碰到了二和尚。二和尚住在迎春亭，离这远着呢，他不是关了铺就回去了吗？龚建章满肚子疑问。二和尚对他笑了一下，慌慌的，低着头快步走了。龚建章回头看了他一眼，二和尚的光头在夜色中闪着幽光。经过刘长子家时，龚建章发现临小巷子的那一间窗子还是半开着,里面的灯光似乎还在微微晃动。他晓得那间屋是刘长子家的杂屋兼澡堂,心想:"他家也不怕贼?"

回到家,龚建章说老大在老三店子里打牌,今天就在店子里睡了。龚家娘子也没起疑心,只是骂道:"一屋子都是牌鬼!"

龚建章也不作声,上了床,他担心睡这么晚,明早上能不能爬起来练功呢?现在可是练到能撑十多分钟了,正是长劲的时候,不能断了。

第二天下午放了学,龚建章就跑去看老大。他好了很多,还好,只是些皮肉伤——那帮小混混手上没有透劲,伤不到筋骨。老大火气依然天大,扬言要把他们一个个砍死。龚建章说:"算了算了,他们都是些社会渣滓,你去跟他们争?"

"你以为我不敢?"老大鼓起眼睛。

龚建章不说了,他晓得老大胆量还是有些的。

这一阵龚建章都心事重重,有次在街上碰到吴伟,很想跟他打一架。相信自己能打赢,不过还是忍住了。他对自己说:"读书才是正道,不要跟这种人做一样。"

王芬看出他不开心,课间休息时悄悄对他说:"明天九点我在水南桥等你。"

"明天是星期天。"龚建章有些愕然地看着她。

"你别告诉龚建国哦。"

龚建章的心怦怦跳起来。他不明白王芬为什么会选他而不是龚建国。一直以来,龚建章认为他们才是一对,都是那么白净、斯文,家里又有钱,不像自己,换件衣服就是副打铁的相。这天晚上,龚建章拿了家里唯一的镜子照了很久。这面镜子从中间斜着裂开一道缝,把龚建章的脸分成两半。镜中的龚建章脸形有点窄,鼻子像斧头劈出来的,一双眼睛幽然生光,看上去像一只年轻的鹰。

水南桥又叫梯云桥,其实后者才是它的本名。桥这头有家著名的粉店,从清朝传到现在,做出的粉细腻莹白,口感上佳,周边几个县的人都晓得,来小梁县总要到这里吃上一碗。过了桥,那头就是去云山的路了。

龚建章八点半就到了桥上。天气有点阴,远望云山,只见一片白雾中露出几条蓝线。听过世的爷爷讲,云山是什么道教福地,秦朝时上面就住着神仙在修炼,所以现在还有秦人古道、卢仙岭什么的。有仙人就有仙女,要是自己和王芬住在上面,那不也成了一对神仙了?再生一大堆小孩,不就是仙童了?对自己突然冒出的这些个念头,龚建章感到好笑,他对自己说:"王芬还是个仙女相,你住在山上,就纯粹是个土匪。"这时背后嘿了一声,龚建章扭头一看,真的看到个仙女,脖子上还系了条粉红色的绸巾。

"你怎么来得这么早?"

"我晓得你会来得很早,所以也就早来了。"王芬眼睛一闪一闪的，腮帮故意鼓起来，粉雕玉琢的，像个瓷娃娃。龚建章很想在上面亲一口，只是碍着桥上人来人往，再者又怕王芬生气。正在胡思乱想，王芬已经往沿河路走了。

沿河路通往自来水公司。自来水公司旁边是一大片河滩，一直通向郊外。河水很浅，蹚着就可以到对岸。对岸的草长得几乎跟远方的树一样高，掩映着不远处的村庄和田野。龚建章经常跑到这里抓泥鳅、摸田螺，有时也用烧弯的针穿上蚯蚓钓鱼。要不是王芬约他，今天就会在这里摸泥鳅的——家里打牙祭多半就靠这个。心里正想着，王芬问："这里有螃蟹吗？"

"靠碰。"

"你帮我抓一只喽。"王芬口气娇娇的。

龚建章顿时动力无穷，明知希望很小，还是蹲下去东翻西找。拳头大的鹅卵石被一块块地掀飞，大多落进水里，"扑通"之声不绝。王芬也蹲了下去，却不动手，看着他找，脸上微微笑。生怕找不到，在王芬面前丢脸，心里急，龚建章额角上竟然出了汗。他这一通乱舞，居然把只小螃蟹吓了出来，仓皇往河里逃窜。王芬先看见，伸手去抓。螃蟹虽然小，在王芬这样的嫩妹子面前还是很凶，一钳子就夹住伸过来的手指。其实力道有限，但王芬条件反射似的叫了声。龚建章见机不可失，出手如电，把小螃蟹甩在滩上，然后抓住王芬的手，一边问道："没出血吧？"一边凑过去看，看见两道浅浅的印痕。他抬起头，还抓着不放。王芬的脸几乎碰着他鼻子了。王芬对着他笑,露出整齐洁白的牙齿。龚建章也傻傻地笑,很想再做点什么,却不晓得如何行动。两个人笑得脸都红了,也不晓得过了多久,手才分开。小螃蟹早就逃得无影无踪了。

两人在河滩上一直玩到中午,肚子饿了,就到粉店要了碗五毛钱的粉。粉是过了几道汤的,好吃,汤,更好吃。龚建章连汤都喝了个干净,王芬却还只吃了一半。王芬皱起眉头说:"我吃不了这多。"然后就把粉往龚建章碗里赶。有人重重地咳了一声,龚建章和王芬一瞟,顿时像被兜头浇了一桶冰水——教他们两个班的英语老师侯小杰正看着他们,一双鼠眼闪动着正义的光芒。

走出店门时,两个人都不说话。过了一会儿,龚建章说:"要是谁问起,你就说我们正好在粉店碰上的。"

"那他看见我给你夹粉呢!"

龚建章默了一下,说:"他又没录像,怕什么?"

"你真的不怕?"

"不怕。"

"那我也不怕。"王芬很勇敢地说。

龚建章情不自禁拉了一下她的手,王芬像触了二百二十伏的电,马上甩开。龚建章心里一沉,把手放进裤袋,脸也不由得硬起来。

"是在街上呢。"王芬小声说,偷眼看他,有点怯怯的。龚建章没作声,不过心里原谅了她。

走到大同街口，龚建章说："我回去了。"

王芬点点头，有些六神无主的样子。前面一辆警车呼啸而去，让龚建章顿感心烦意躁。

还没进门洞子，龚建章就感到气氛不对。加快脚步，穿过西门他就看到家门口围了一堆人，妈妈哭天喊地的声音从人堆里进出来。

"我个崽啊，你为何这样不灵性喽！你杀了别人自己也要偿命的啊！"

龚建章马上明白了七八分，他三步并两脚，撩开人群。龚家娘子正瘫在地上，看到他，马上又号起来："老四啊，你是读过书的，你去跟人民政府讲，把你哥哥放出来，他不是故意要杀人的啊！"

眼睛一红，龚建章马上把妈妈扶起。一直木在旁边的老三见状，也来帮忙扶。老二和老五在一边哭，他爸爸就在那里高声骂人民政府不清白，也不看杀的是好人还是地痞流氓。龚建章几乎不想听事情的经过，但还是闷着头听了。是对方说老大撇了他女朋友的油，要老大陪一千块青春损失费。老大不理，他就带了几个小混混跑到老大的店子里闹，惹得老大的师父很不高兴，发话说你再不摆平就不要在这做了。老大涨红了脸出去讲理，却被迎面扇了一巴掌狠的。这一掌把老大的真火扇了出来，转身捞起把斧子就是一下。

只一下就要了那人的命，其他的小混混马上一哄而散。见出了人命，老大跑回屋里收拾衣服要跑路，还没出门几个警察就到了门口。他想从后墙翻过去，却被一电棍电了下来，铐走了。

这一夜，龚建章都没有睡，陪着妈妈在堂屋里坐着。龚家娘子哭得喉咙都嘶哑了。她不住地责怪自己，说不该让老大去当学徒，要是还在读书，怎么会出这种事？龚建章听得心酸，他想老大读不起书还不是因为家里穷，要怪就只能怪爸爸。但爸爸在里屋睡得正香，鼾声一起一伏的，用他的话说，就是天大的事也不能耽误了瞌睡。老二老三明天还要上工，也都睡了。龚建红靠在妈妈坐的竹椅边不肯睡，小脑袋却一点一点的，被龚建章赶到床上去了。龚建章一点睡意都没有，他呆呆地望着门，他看到一团黑云从门上方涌进，他感到深重的阴气伴随着妈妈的哭泣声正在四周无可阻止地弥漫，内心顿生一股悲凉之感。

第二天一早，龚家娘子抹了把冷水脸，就出门去了。龚建章学也不上了，跟着妈妈到了县政府大门口。守门的一脸恶相，喝住了他们。

"找谁？"

"我找县长。"

"哪个县长？"

"就是电视里那个张正官。"

"张县长忙得很，哪有空见你们？快走！快走！"守门的一脸不耐烦,似乎不愿跟这些平头百姓多说话。

"当官的就是要为人民服务,毛主席讲的。"

"你算什么人民?"

龚家娘子不理他,往里面冲。守门的一把揪住她:"你还不走?"话还没说完,他就被斜着来的一股大力冲翻在地上。龚建章正对他怒目而视。

"造反啦!造反啦!"那人并不敢还手,大喊起来。

这时正是上班的时候,门口围了一大堆人,人又堵住了一大串车。有领导的秘书下车来过问,把龚家娘子和龚建章劝到一边,然后又领着他们到间办公室问了一阵。最后这个戴眼镜的白面书生认真地说:"我们会秉公处理的,你们要相信人民政府嘛!"

因为这句话,龚家娘子才落了心。虽然没见着县长,但是人民政府还是有人讲了话,她相信老大不会被冤枉。只有龚建章对那个眼镜货不太信任,心存疑虑。但他不敢讲出来,他怕妈妈担心。

因为担心老大在里面吃不好,龚家娘子天天去送饭。她却没想到这饭菜根本没传到老大手里。饭是好饭,菜是好菜,花的都是她辛苦存下的私房钱,预备给老四读大学用的。为了补上,她只有更刻苦,每天都做事做到深夜,双颊迅速陷了下去,咳得更厉害了。她每咳一次,龚建章心就跳一回。他要妈妈去看病,龚家娘子死活不肯,还说什么自己命硬,死不了。她确实还不会死,因为她还没等到老大被宣判的那一天。

龚建章家里出了事，学校的老师都晓得了。没有人来责问他跟王芬在店子里吃粉的事，只有侯小杰有时还瞟他几眼，似乎有点不甘心。龚建章没心思去理会这些，连王芬他也放在角落里。下了课他就独自走了，龚建国动作慢点，就赶不上他，王芬就更别说了。不过课间休息龚建国还是找得到他。他通常就在走廊的栏杆边上，一个人站着出神。迎面吹来的风有点寒意了，龚建章却挺得笔直。龚建国缩着脖子，在一边小心翼翼地问："没什么事吧？"

龚建章没作声。

"要不要我帮忙。我爸爸认识检察院的人。"

龚建章搞不懂检察院的人跟这案子有什么关系，在他脑袋里，好像只有公安局和法院才管这事。摇了摇头，他说："谢谢你。"

拍了拍他的肩膀，龚建国叹了口气。

龚建章没去找王芬，但他内心深处还是希望王芬来看他。但王芬没有。龚建国告诉他，王芬被家里打了一顿。至于为什么被打，龚建国也不清楚。龚建章听了，再没有怪王芬的意思，但是一种愈来愈深的无助和悲凉攫住了他，让他骨头里都发冷。

秋天的第二个月，老大因为故意杀人罪被判处死刑。家里没有上诉，也不晓得上诉。龚家娘子听到消息后吐了半盆血。龚建章狂奔到紫气街找到开诊所的王大夫。王大夫看过之后摇摇头，说："怎么不早点来看，晚期了，没救了。"龚建章整个人都僵了，他费了很大的劲才转过身面对着屋子。他看到这栋祖传的老屋在一片蓝光中缓缓倒塌,屋中的人一个个都飞离而去。

老大被枪毙后,政府的人来要子弹费。龚建章拿了把菜刀就要砍人,被老三和妹妹死死拖住。龚建章大吼道:"你要子弹费,杀了你把我也枪毙算了!"来收的人脸有愧色,退了出去。

把妈妈和老大送上山后,龚建章走到关伯铺子里,说:"关伯,我不读书了,跟你学打铁。你给我一口饭吃就行了。"

关伯看着他,眼睛有点红。关伯是条硬汉,多少年了,没流过泪。但他觉得龚建章实在惨。连二和尚也一改平时的嬉皮笑脸,低头看着地下。

龚建章自动休学,班主任上门来劝过两次。龚师傅指着空荡荡的屋子说:"你看看,我们家里还交得起学费吗?"

两鬓已见白发的班主任无言以对。

龚建国在班上发动大家捐款,凑了两百块钱。王芬晓得了,送来五百块钱。龚建国诧异她哪来这么多钱,王芬却叫他不要问,只管送去。但龚建章坚决不要,他对龚建国说:"我是不想读了。我不是读书的命,真的。你和王芬才是读书的命,你们要考个好大学。我晓得你喜欢她,你们会在一起的。"说完他就对龚建国一笑,这笑凄凉得让龚建国简直想哭一场。

王芬后来也来找过龚建章,但龚建章不理她。龚建章在学打铁,他学得很投入,已经能够使用中号锤子打在点子上。火光映照着他沉浸在暗色中的脸,一半是火红一半是黝黑。王芬扶着门框,咬着下唇,就那么站了一个多小时。最后龚建章对她吼道:"你还不走?这不是你站的地方,以后不要来找我了!"

王芬的脸一下子变得惨白,转过身去的时候眼泪像断线的珍珠一样直往下坠。龚建章晓得她哭了,那一瞬间,很想冲上去抱住她的,但他没有。他只是把全部的冲动、愤恨和悲哀倾注在手中的铁锤上,不停地锤着那通体透红、已渐渐成形的刀。

正如关伯所预言的那样,龚建章是块好料。只有半年,他塑铁成形的技术已经相当不错。这半年里,龚建章的食量大得惊人,没一天吃饱过。饥饿感常常迫使他半夜里醒来,肚子隐隐作痛。二姐到广州打工去了,音讯全无。老三搬出去住了。龚师傅早上就出去游荡,很晚才回来,也不晓得他是怎么应付肚子的。龚建红待在乡下,跟着外公过。这样屋里就没有一丝烟火味了。看着墙壁都是空的,再想起死去的妈妈,龚建章忍不住失声痛哭。怕邻居听见,他就闷在被子里哭。谁也想不到,白天里的那个龚建章,跟深夜里这个无助的少年是一个人。

白天的龚建章看上去就像一件铁器:硬挺,沉默,整日辛勤劳作。对他,关伯很满意。倒是二和尚,关伯越来越看不上眼了。这家伙,铁不好好地打,倒跟对面刘长子的老婆眉来眼去。刘长子跟关伯是打过冤家的。本来这条街上的铁器价格都是由关伯定,为的是防止同行互相拆价，卖贱了。刘长子却偏不听，说自己跟关伯对面，价格一样，别人就只会到关伯铺子里去打。最后是大伙把他硬压了下去，总算没有私自降价，但那口气总憋在心里，时不时要露出来的。现在二和尚却跟刘长子的老婆勾上了，关伯担心出事。他也点过二和尚几次。但二和尚总不接招，让关伯很是气闷。

二和尚，人聪明，眉眼好，力气也有，就是飘了点。刘长子的老婆，水灵灵的，一双眼睛透着狐相，和二和尚正好套起。这件事，龚建章最先看明白，而且认定他们已经成了事。龚建章只是纳闷，刘长子也是个精明人，怎么就没看透？龚建章是个想事的人，他想到刘长子老婆结婚有五六年了却只开花没结果，就隐隐觉得这里面有文章。

说实在话，刘长子老婆那凹凸有致的身体，对龚建章也很有吸引力。他已经快十五岁了，身体已经开始起了一些奇异的变化，那种隐约的欲望越来越明显。但关伯告诫他，男子二十岁之前不能近女色，否则就会大伤元气。关伯的话，龚建章一向信服，所以他只有强行抑制住那股迷狂的冲动。每天鸡叫后醒来，他那里胀得简直是有些痛。尽量不去想，他几乎是从床上弹起，洗把冷水脸就去练功。他已经能够不靠墙倒立二十分钟了。再练一年，他相信力气就会定下来，融入筋骨，再也不会跑掉。现在呢？用关伯的话说，还有一半是浮的。

龚建国有时候也来看他。他们坐在一起，长久地沉默着。有时龚建国也会说说自己的苦恼。他们之间已经有种兄弟般的默契。龚建章诚心希望他能够上大学，当大官——在内心深处，他已把龚建国当成另一个自己。龚建国呢，尽管在班上深得老师宠爱，当干部，当三好学生，但他觉得自己没什么朋友，心里有些话只能讲给龚建章一个人听，甚至王芬也不行。他和王芬已经很好了。现在他的苦恼是，吴伟这个流氓，经常到校门口等着他们放学，骚扰王芬。"那家伙自从他老大被你哥哥杀了后，就成了老大，现在很有势力了。"龚建国说着，叹了口气。在这一点上，他自认软弱，没用勇气去保护王芬。龚建章没接口，只抬头望了望老街上的天空。天空中有一个黑点在移动，龚建章眼睛尖，看出那是一只山鹰。

这个晚上，他梦见了王芬。王芬就站在他面前，没穿衣服，身上有光，是那种乳白色的光，很柔和。王芬轻轻咬着下唇，看着他，眼神幽怨而纯净。龚建章偏着头，不敢去看那片乳白色的光。但他感到王芬在慢慢地靠近，他又闻到了那股熟悉的处子幽香。反身紧紧抱住她，龚建章感到自己下面突然裂开了，一股洪水喷涌而出，畅快难言。

第二天早上，阳光照进屋里，龚建章才爬起来。打开门，外面乱糟糟的。穿过城门洞，他看到了一摊紫色的血迹，还有几只嗡嗡飞舞的苍蝇。

二和尚的死神秘离奇。据验尸报告，他是被一种锋利的类似镰刀的利器割下了头颅，横死在半夜的街头。这种镰刀形的铁器整条街都有，所以每个人都被带到公安局审问，连龚建章也不例外。但最后连最有嫌疑的刘长子也被放了出来，因为那天深夜他岳母得急性阑尾炎动手术，一家人都在医院里陪着。最后这件案成了疑案，不了了之。龚建章却陷入了长久的思索。他在想象中看到半夜里前来偷情的二和尚在月光中东张西望。他看到刘长子家中的刀被激怒已久，早已跃跃欲动，而主母的突然离去使它没有了顾忌。可怜的二和尚被情欲之火烧得昏头涨脑，忽略了空气中潜藏的那股杀气。而关伯铺中的刀却因为二和尚的淫行而感到丢脸，失去了挺身而出的勇气。于是刘长子家的刀得以理直气壮，呼啸而起，临空一击而取淫贼之首，为主人雪了耻。龚建章甚至能看到二和尚在临死前的那一刻，脸上充满了惊疑和不信。

几个月后，龚建章看到刘长子的老婆挺着个大肚子走来走去，心里暗自叹了口气。

龚师傅近来形容灰暗，一张白脸早已失去了光泽，像一条被抽空的米袋在街道上晃来晃去。有时候他蹲在路边看人下棋，有时又袖着手看人打牌——他现在连参加的资格都没有了。很看不惯他，有一次龚建章忍不住吼道："你就不晓得自己找点事做？"

龚师傅眼睛一翻，血液里潜伏着的那种少爷脾气就要发作。但他实在有点怕老四了。老四现在抡得动大锤了，天气冷，却只穿一件衣服，还敞开着，里面的肌肉很有些威势。何况他确实觉得自己没什么底气，嘴里咕哝着什么，走开了。

他去找老三。老三像他，是个只顾自己的人，虽然口袋还装着张大团结，头发也梳得很光滑，却死也不松口，硬说自己没钱。龚师傅骂骂咧咧地走开了。经过穿城河时，他有想跳下去的念头。不过也只是一闪念的事情，何况他也晓得，穿城河跟条沟差不多，淹不死人。好死不如赖活，能多吃一天饭就多吃一天吧。穿过大同街时，龚建章正在抡锤子，没看见他。龚师傅怕他看到，加快了一下脚步，到了家门口，欲进不进的。抬头看看天色，还早，他想了想，沿着化夷街往乡下走去。

打完铁，吃了饭，龚建章把刚领的月钱藏到神龛的香炉里。他晓得爸爸迷信得很，就算没钱买香了，神龛始终要供的，而且碰都不敢碰。再攒一个月，老五下学期的学费不愁了。看着神龛下方那副业已破旧的小对联：苏才郭福，姬子彭年，龚建章叹了口气，他想人要是不努力，不做工，就什么都不会有。这时门口有人喊龚建章，一听就晓得是龚建国。今天不是周末，他居然有时间来？开了门，就看到龚建国低着个头，肩上尽是灰，额头上见了红。看到龚建章，他的眼睛立刻就红起来，鼓着个腮帮不说话。把他让进来，拖出条长凳，招呼他坐下。刚开口问他怎么回事，龚建国就呜呜地哭了起来。龚建章倒觉得他这做派像妹子，觉得好笑，又有点看不上眼，就坐在一边不说话，等他哭完了再说。

"吴伟去抱王芬，还去亲她。"龚建国取下眼镜，擦着眼睛，终于蹦出了这句话。

龚建章心里像是碰着了烙铁，全身筋骨都紧了一下，问："他亲着了没有？"

"我没看清。我就看见王芬在骂他、踢他。"

龚建章尽力不去想当时的情景，但心仍像被一只手揪着，痛得很。本来在他心里，这个世界上只有一个人可以碰王芬，那就是他自己。因为不得已，他放弃了，那么也只有龚建国能够。吴伟是什么东西，垃圾一样的货色，脏得不得了，也配去碰王芬？龚建章很想提把菜刀冲出去，把吴伟剁碎。但他晓得自己不能由着性子来，所以他只是坐着，尽量让自己残忍一点，不去应承龚建国什么。龚建国也不说，两个人就这么呆呆坐着，直到深重的夜色从门外挤进来，把他俩包围。冬天的夜色总是过早地降临。

在关伯所有的徒弟中，龚建章是学得最快的。关伯很想把最后一点诀窍传给他。但还没满三年，还没出师，关伯只有忍住不说。关伯喜欢让徒弟自己去悟，他相信龚建章会悟出来的。小四子，灵性足着呢！关伯又想起了二和尚，有点伤心。男人啊，最过不了就是女人这一关。过了这一关，就好像一把家伙最后炼成，什么都砍得动，破得开了。不想了，不想了，关伯只想让心里平和一点。人老了，求的就是这个。什么雄心，什么霸气，都冷了灭了去。他看看龚建章，这小子正在把玩一块铁。这是昨天收的货，好铁啊！关伯有十多年没见过这种材质的货了,他想:"打把什么好呢?"

龚建章的外公就是在这时出现的。外公七十多的人了,瘦,但身体硬朗,短短的白发一根根竖着,精神得很,天气好时还可以下田,把式还是很利索,让后生小子佩服。龚建章打小就尊敬外公,他觉得自己身体里流得更多的是外公家的血。放下手中的铁,龚建章一步就下了五层台阶,迎了上去。

外公劈头第一句话就是:"红妹子呢?"

龚建章蒙了,问:"她不是在你那吗?"

外公顿时跺着脚,口里嚷道:"我就晓得不对头!"

龚建章赶忙把他扶进屋子里去,倒了杯茶。外公不喝,只大口大口地喘气。

原来两天前龚师傅突然出现在外公家门口。这是他第三次来——第一次是相亲,第二次是迎亲。外公倒还觉得惊喜,起身要到塘里去打两尾鱼,龚师傅却说要带龚建红回家,检查一下身体。外公没去想龚师傅怎么有钱给红妹子检查身体,只觉得这是好事——红妹子身体是不太好,要看看——所以吃过饭就让他带走了。本来说好第二天就送回来的,外公在门口盼到天黑,没个人影,还以为是检查身体要这么久。今天早上老师来问红妹子怎么没上学,学生的作业也没人收了,外公才感到不妙,赶了来。

才听到一半,龚建章头就炸了。爸爸这两天都没归屋的,天晓得他会干出什么事?龚建章不敢往深里想,只有安慰外公,要他在这里住两天。

龚师傅在失踪了三天后,才带着满身酒气出现在老街上。还没进屋,他就看到岳父端坐在堂屋里对他怒目而视,顿时酒意就去了一半。他怯怯地赔着笑,又东倒西歪地去找杯子,要给岳父倒水。对他的殷勤,岳父丝毫不领情,盯着他问:"红妹子呢?"

"到,到外面打工去了。"龚师傅不敢正视他的眼睛,嘴角抽动了一下,算是笑,难看之极。

"打工?她才多大的人,去哪里打工?你是不是把她卖了!"

龚师傅被戳着了痛处,顿时恼羞成怒,仗着酒意,他嚷道:"她是我龚家的人,我想怎么样就怎么样,你管不着。"

"那我呢,管得着么?"

龚师傅回头一看,龚建章不晓得什么时候进来了,眼里全都是火,灼得他不敢看。

"你把老五卖到哪去了?"

龚师傅还在迟疑,脸上就挨了重重一下。他立刻大号起来:"不得了啦,儿子打老子啦!"

龚建章一下就把他掀翻在地上,转身把门关死了。

"你讲自己还是不是人?我打你是正打。"龚建章没办法控制自己,抬起脚就要踩。外公冲上来死死抱住他。龚建章怕把外公弄伤,没敢用力挣,哑着嗓子说,"你把老五卖到哪里去了?你不说出来老子今天就砍死你。"

龚师傅号啕大哭起来:"我也是没办法啊!"号了一阵后,他又转过去,对着神龛连连磕头,骂自己是败家子,对不起列祖列宗。祖宗积德,讨了个贤惠的婆娘,也活活累死了。外公在一边听得老泪纵横,连连跺脚。龚建章就像是站在个大火炉上,五脏六腑都快被烤干了。

龚建红是大前天被个操外地口音的人买去的。那时天色已晚,外地人的面目看不太清,只是当着龚师傅的面用药把龚建红熏得迷迷糊糊,跟着他走了。龚师傅得了一千块钱,当晚就赌输了一半,喝了两天酒才回来。龚建章始终问不出那人到底说的是哪里话,带着妹妹是往哪边走的。他急得差不多要动刀子了,龚师傅还是说不上,只说就在迎春亭那里卖的。迎春亭是个路口子,往哪边都可以走。小梁县又是个大路口子,往哪边都有路:可以通云南,可以去广西,也可以往昭市再去长沙,如果是往大山里卖,那就更没边了——小梁县四周都是如海的大山,有的小山村就仿佛是在化外,外人根本找不到。报案吧,这个人毕竟是自己爸爸。何况自从老大出了事后,龚建章对公安就种下了恨,更谈不上去找他们帮忙了。怀着一丝侥幸之心,龚建章独自一人,满城地走,满城地问,连不远的乡里也去了。

"你们有没有看见有个男的带了个小妹子?那妹子大概十一二岁,眼睛很大,人很瘦。"

被问的人大都茫然地摇摇头——一个男的带着个小妹子,他们每天都能看到很多,谁晓得是其中的哪一拨呢?也有的说看到了,但答案太多,东南西北都有。龚建章绝望了,他回到家,往床上一躺,就睡了过去。

再次拿起铁锤时,龚建章发现自己没有了动力。他这才明白一直以来,自己是为别人而刻苦的——以前是为妈妈,后来是为妹妹。现在妹妹也没有了,他又是为谁?心里空空的,手上就乏劲。关伯呵斥了他一下,龚建章才勉强提起神来。这一天的铁打得很糟糕,老是跟关伯套不起。

吃了饭回去,龚建章往床上一躺,才合上眼睛,就听得有人在敲门。门其实没关,那人却不推开,只是轻轻地敲。龚建章不理,响声过了一下就停了,有个女孩的声音响起:"龚建章。"

龚建章浑身一震,劲道立刻恢复,弹了起来。

王芬看上去有点憔悴,但她依然让龚建章有种魂动神摇的感觉。坐下来没多久,王芬说:"我是来向你告别的。"

龚建章所受的打击太多,似乎麻木了,看着王芬,目光直直的。

王芬低下头去,过了一会儿,又抬起来,轻声说:"我下个星期就要转到飞龙县一中去了。"

"你爸爸调到哪去了?"

王芬摇摇头。

龚建章默了一下，缓缓道："是不是因为吴伟？"

王芬眼睛红了，显得哀怨可怜。

"你爸爸不是县政府的吗，怎么摆不平？"

"他又没当官。我家里都是老实人。"王芬的声音越发低了。

血涌了上来，龚建章扶住她的肩，说："你自己想不想转？"

"我不想，我那边只有个小姨在那。"

"要是吴伟不再来找你，你可以不转么？"

王芬泪光涟涟地看着他，用力点了点头。

"那你可以不转。"龚建章的语气中有种让自己都心惊的冷。

王芬没说什么，扑在他怀里，紧紧地箍住他，像是小鸟找到了最可靠的大树。龚建章低下头去，放肆地亲她。王芬热烈地回应着。她似乎在后悔，为什么不早点让他亲到自己。只一下，龚建章体内的火种就被王芬温软的身体捂燃了。他犹豫了片刻，就抱起她，往里屋走去。

"不要。"王芬挣扎了几下。但龚建章的手臂如同铁铸，她根本挣不脱。想喊，但她却不忍心。等到内裤被扯下后，有一种莫名的快感攫住了她，王芬反而不动了——她感到自己很早以前就等待这一刻了。双腿间痛了一下。那一痛让她这么久以来所受的屈辱和害怕顿时烟消云散。

进去的那一下，龚建章竟然对着床头的墙壁笑了。他感受到一种施行邪恶所带来的快感，很深，很透。

两个人起身后,王芬要穿上短裤。龚建章却一把抓过去,说:"送给我。"

短裤很普通,棉布制,乳白色,上面被血染出了一朵红云。看到这朵血,王芬像是突然明白了什么,又倒在龚建章怀里,呜呜地哭了起来。

第二天,龚建章浑身是劲地抢着大锤,令关伯一扫胸中不快。中午吃饭的时候,龚建章指着新收的那块好铁说:"关伯,这铁我要了,抵这个月工钱。"

关伯愣了一下,点点头。两个人都蹲在门槛上,很响地嚼着饭菜。有一片白飘在饭钵上端堆积的腌白菜上,然后迅速就化了。望了望天空,龚建章兴奋地说:"下雪了。"

真的下雪了,而且是鹅毛大雪。一眨眼的工夫,青石板路上就是一片白,整个世界都开始变得冷冽而干净。关伯估算着时令,心想:"这雪是不是下得早了点?"

吃过饭,休息了半个钟头,龚建章站起来说:"关伯,你帮我拉风箱,看我打。"

他竟脱了衣服,光着上身,左手持钳夹铁,右手选了一把中号锤子。看着铁在火焰中慢慢变红,锤子就落了下去。眯着眼,关伯审视着他的身手。龚建章没辜负他的调教,桩子站得端正、到位,手中一把锤子抡得圆,落得稳,意到眼到,眼到手到,只是转动之间稍微有点僵硬,那是因为还有一小半力没有融入筋骨里去。这没关系,再练练就好了,童子功嘛,快得很。关伯这样想着,脸上却不露笑意。

不到一个时辰,一把两尺长的家伙就成形了。这是一把很像刀的剑,扁而阔,两面都有刃,中间却很厚重,几乎没有护手。其实刚开始龚建章并不晓得自己要打把什么样的家伙,他只是由着性子,一锤一锤地打下去——反正是自己的铁,不怕打坏。眼前这件家伙却很合他的意,似乎他一开始要的就是这种样子。最后一锤落下去的时候,他感到自己的心剧烈地跳了一下。

大铁桶里盛着水,龚建章拒绝了关伯的帮忙,自己用钳子夹着剑放进去。他完全模仿关伯的手法,开始时很慢,像是在试探着什么,然后猛然全部浸入水中,只听哧的一响,一股青烟冒起。关伯心里暗叹了一口气——龚建章手法完全正确,但他没有先试水温。这是真传一句话的事,但关伯现在还不想说。

剑被提出来,悬在半空中。清冷的水沿着剑身流下来,在剑尖上汇聚成珠,再一颗颗滴下。铁铺外面白得耀眼,在半明半暗之间,剑身闪动着幽蓝的光。握上去的那刻,龚建章的心中产生了一种奇异的感觉——他感到这把剑融入了他的生命,从此相依相伴,同进同退。从那一刻起,他下决心要变得像手中剑那样冷酷无情。

吴伟的无头尸首是在南门口城楼上被发现的。白雪掩盖了它整整三天。如今血早已随雪化作脏水流去。没有人能找到他的头。头与脖子分开的地方很齐整，证明凶手有非凡的手劲和眼力。

听到这个消息后，龚建国按不下心中的狂喜，跑去找龚建章。但龚师傅告诉他，龚建章三天前就已经出去了，去找他的妹妹去了。望着黑而空的屋子，龚建国突然感到一种恐惧，转身他就跑了出去。

老街两边的打铁声还是依旧。关伯的铺子里火焰仍然在烧。关伯又收了个徒弟，很精灵的样子。这是块好铁。关伯心里掂量着，又想起他前面的徒弟，眉毛就蹙了起来。好铁还要看火候，不然再好，也是糟蹋了。关伯思量着，微微叹着气。这道理，悟不悟得到，要看各人的造化，所以关伯不说，不说。

江湖传说

乡村老教师刘满堂说

你说王一川啊,认得的,认得的。他屋里和我屋里只隔了几步路,你看喽,前面竖起的那栋新屋就是。那屋就修得客气喽,厕所里都是雪白的,跟电视里的一模一样,是他前几年寄钱回来修的。我还教了他两年初中,何解不认得喽?去年他开起三部车回来,穿起西装打起领带,好雄的样子。看到我还握手,出去十多年了,他还记得我是他老师,还送了我几盒古汉养生精。这伢子,过得旧,过得旧啊!

你还想多了解一下他?那你是找对人了,我是看着他长大的。王一川这伢子,从小就不爱作声,人又矮,老是被别的伢子欺负,但他就是不哭。有次被他爸爸踩在地上猛打,打得鼻子血都飙出好远。咬起牙,他就是不哭。何事要这样打他?还不是原来他被别人欺负,也不作声,夜里跑到别人屋后放了把火,差点就把那一屋人都烧死。从那时起,就没有谁敢去惹他了。大家在背后都说他是蛇变的,阴毒,长大了要咬人的,哪晓得现在开了公司,当了董事长。看人啊,难得看得准的。不过话说回来,他是有点像蛇。蛇也是不作声的,只要缠上你就跟你没完。你一不留神它一下子就扑上来了。就算不扑你,昂起个头看着你,你心里也发毛。王一川看人,就跟蛇一样,连我都怕被他看,上课时尽量不去瞟他。还好,他不吵,不像别的学生,屁股在板凳上坐不稳,跟山里的猴子一样。农村里的学生,哪像你们城里的那么听话,都是些圈不住的野东西,快莫说了。王一川,算是最好的了。

那时他好大了?是读初中啦。王一川脑子活得很,学什么都快,数理化尤其厉害。但他对读书没好大兴趣,我要他当数学科代表,他作死都不肯。他喜欢做什么?练打啊。我们隔壁村子里有个把式,也姓刘,在国民党手里开过武馆的。解放后就不干了,跑回来,也不讨老婆,一个人住,又不跟别人打交道,怪得很。王一川听说了,就跑到他门前跪下,要跟他学打。那人不肯收啊。他说我早就不练了,你还是回去吧。王一川就跪在那里,不肯起来。他从早上跪到中午,又从中午跪到晚上。那是三伏天,太阳毒辣得很。到晚上又落了阵大雨,只听得天上的雷作死地响。这一热一冷,王一川居然没事,还是标直地跪在那里。他妈妈去拉他回来,他硬是不肯。他妈妈就站在那哭。这时候刘师傅才把门打开,跟王一川说:"你是块练打的料,但我不得教你。你这人带煞。听我一句话,回去好好读书,从正道上走,出息大得很。千万不要走歪路。路走歪了,人再狠,也是空的。"

话说到这个份上,王一川只有死心。但他还是要练。师傅不教他就自己琢磨。早上天还没光他就起来了,晚上也在坪里练。也不晓得他从哪里翻出对石锁,练得两臂肌肉鼓鼓,摸起来跟铁打的一样。又拿只木桶,倒满河沙,拿手去插,插得皮都烂了,一双手血糊糊的。等手结痂好了后他又去插,最后手指上都是茧。但人没有练高,跟同班人一比,还是算矮的。以前跟他打过架的那帮人,有的不读书了,跟着大人做田。其中有个长得猛高猛大,跟头牛似的。有次王一川在路上跟他碰上了,那人就撇着嘴说:"王一川,听说你在作死地练打,何解,想报仇?"

王一川翻了翻眼皮,没作声,也不动。那人以为王一川怕了,拍着胸脯说:"就你这矮坯子,再练得狠也是空的。你以为谁真的怕你。你除了晓得放火,还练得出什么?"

他说得口水四溅。旁边也围了几个看把戏的,都以为王一川怕了,起哄道:"打喽!打喽!打一架把我们看喽!"

王一川还是铁紧地闭着个嘴巴,要走过去。那人就推了他一把,嘴里还说:"你今天莫想走。"话还没说完,他肚子上面就被插了一下,当场疼得在地上打滚。旁边的人赶快喊来他屋里人,七手八脚把他抬到乡卫生所。卫生所的人给他打针止痛,没得点用。看着看着那人脸就发青了。有人说要马上送县人民医院。立刻就有人反驳说:"这里离县里有四五十里,等一下还没送到,人就没气了。"幸亏里面有个脑壳转得快的,说:"何不请刘师傅来看看。他是练打的,应该晓得疗伤。"就有人马上飞跑着去请。

刘师傅一听,二话没说,就走来了。看了看,皱起眉头,伸手在他身上推了几下,那人就吐出口血,乌黑的。满屋子的人都夸刘师傅是神医,妙手。刘师傅不理会,只问了句:"是谁这样歹毒,下这样重的手?"有人就把事情的因果说给他听。刘师傅听到说不是王一川先动的手,就叹了口气,说,"这个人,你们以后不要去惹。"

其实不要刘师傅说,你说以后还有谁敢去戳王一川?不要说戳,那些学生连靠得他近一点都格外小心,挤出副笑脸来,生怕哪里不对头,肚子上被他插一下,那就凄惨。别人还好,那个跟他同桌的学生,本来也是个野东西,不服管的,在王一川面前却动都不敢动。过了几天,他来找我,一副愁眉苦脸的样子。我问:"你何事喽?"

他说:"刘老师,你做做好事,帮我换换位置。"

我问:"你何事要换位置?"

他说:"我怕跟王一川坐。"

我说:"他又没戳你又没对你鼓眼睛,人家上课认真得很,你怕什么怕?"

这小子就说:"我还是怕。只要挨近他,我就寒毛。"

我就问:"把你换了,谁跟他坐?你找出个愿意跟他坐的人,我就换。"

这小子没话说了,勾起个脑袋走了。没过好久,我发现他成了王一川的跟班,王一川要他做什么就做什么。不仅是他,班上有一批这样的学生,团聚在王一川身边,都是些调皮得翻天的人物。这帮人连老师的话都不太听的,在王一川面前却服服帖帖,成了学校一股不小的势力。最后连我想管教这些人,也要跟王一川去说,要他帮老师的忙,维持一下课堂秩序。没想到王一川那么小就懂得谈条件,说维持秩序没问题,但下了课就请老师不要多管,而且有什么事不要动不动就告诉家长,他们自己会解决。唉,我只要他们上课不捣乱,就阿弥陀佛了,下了课,就随他们去。

你别说,王一川还很有手段,压得住人。谁跟谁打了架,都是他私下里摆平的。他一般不先作声,抱着手臂站在那里。等双方诉完因果后,他就发话了。谁该向谁道歉,谁该赔好多钱,两句话就说清楚了。有不听话的,他也不当场发作。但这学生以后就会倒霉,三天两头被人打,直到他跑到王一川面前求饶为止。我们这些当老师的,私下里开玩笑,封王一川为学生校长,说起来也惭愧。不过王一川很顾老师的面子,要那些人打架到外面打去。他又拿我们来吓唬那些学生,说要是被老师抓住了,告到家长那去,他也没办法。那些人是些野猴子,猴子是最怕蛇的。王一川就是那条蛇,而且是条"五步倒"。"五步倒"你见过没有,性子烈得很,动起来比风还快,咬你一口,你走不出五步就会把命送掉。

王一川虽然在学校里称王,但说到底还是个伢子。村里乡里那些大人,虽然承认他有狠,但到底不是从心里怕。隔壁村里有个二流子,从小就不学好,书又没读书,地里的功夫也不会做,就仗着有些力气,专门搞赌博,放高利贷。我们村里有个年轻人,也不学好,赌输了钱,想扳本想得恼火,忍不住就借了他的高利贷,结果又输了。高利贷,那是滚雪球,利滚利,今天借二十,过几天就是两百,你还得起?这二流子跑到我们村来,对这屋人说:"杀人偿命,欠债还钱,你屋里欠了我的钱,就算告到国务院也要还。不还也要得,只要准我跟你屋里云妹子谈对象,我还要往你屋里送钱呢。"

要说这屋里的云妹子,长得那个乖态,就跟山里面的黄莺一样。这样好的妹子,哪肯跟这狗屎一样的人谈对象。就算他屋里肯,我们这些旁边看着的人都不肯。不肯?那个二流子就天天来催,催命一样,还说不还钱就要掀他们的瓦。云妹子从门口过的时候,这个不要脸的就去黏人家,还动手动脚。云妹子的弟弟看不过眼,上去拦,被这家伙一拳打翻在地上。这屋人也火了,拿的拿锄头,动的动扁担,把这家伙轰出村口。这家伙就扬言要喊派出所来抓人,搞得这一屋人都愁死了。到底是欠了别人钱啊,理亏。还?这家人穷得很,拿什么还。要不云妹子那么灵性,也不会读了初中就不读了。云妹子的弟弟跟王一川玩得算好,苦着个脸去向他诉苦。王一川听完,冷哼一声说:"我早就看那家伙不顺眼了,经常看到我就把个头昂起,悟起自己蛮有狠。不过就是坯子大,其实蠢得像只猪,还跑到我们村里来耀武扬威。"

旁边的几个伢子就叫了起来:"搞死他!"

王一川点点头说:"是要搞死他,就看何解搞。"

有人提出等他来了,埋伏在村口,用扁担抢他一顿饱的。王一川却不同意,说:"要等他闹。他一闹,我们打他就有理。"

过了几天,那家伙把衣服披开,露出凸起的肚子,横着走来了。他径直走到别人屋里,抓住云妹子的手,满嘴喷着酒气,说:"云妹子,我想死你了。"

云妹子正在剁红薯,一张俏脸板得铁紧,说:"你放不放?不放我一刀剁死你。"

那家伙也不放手,嬉皮笑脸地说:"你剁,你就这么狠心,要剁你男人。"

云妹子烈性得很,当真一刀就剁了下去,却被那家伙抓住手腕。那家伙就去亲她。云妹子又叫又踢,惊动了在后面喂猪的妈妈。她妈妈跑过来,从后面作死地扯那家伙,却被那家伙一甩就甩到地上。这妹子的爸爸哥哥都在地里做工,你讲何得了?好在王一川布置好了人报信。接到信的时候,他正在上我的课,话都没说就冲出去了。我看有六七个人都跟在他后面,怕出什么事,也跟了上去。他们这些细伢子,飙得飞快。过自己屋门口的时候,王一川进去了一下,出来时手里拿了只大化肥袋子。冲到云妹子屋门口,只听得里面在叫。王一川猛地射进去,那家伙还没看清是谁,脑袋就被罩住了。他反应也快,起脚踢在王一川肚子上。这一脚就踢得重,发出很闷的响声。王一川却不等他收腿,作死地抱住,把这家伙掀翻在地上。后面这些伢子也都扑上去,扭的扭胳膊,按的按头。空出手来,王一川想也没想,并掌为刀,就往这家伙心口上作死地一插,那化肥袋子顿时就染了一片红。云妹子裤带都被解了下来,等系好裤子,她拿起刀对着那家伙的下身戳了进去。只听得一声惨叫,那家伙剧烈地扭动了两下,就硬了。

死了的这家伙,跟乡派出所有点关系。一辆警车怪叫着开进来,要抓云妹子。一村的人围住警车,要云妹子快走。云妹子却不走,昂起头对那些警察说:"你抓,你抓,坏人你们不敢抓,专门抓我们这些老百姓。"

那些警察就你看我,我看你,都不动手。

我也火了,走上前去说:"未必没得王法了。云妹子她是正当防卫,正当防卫,我可以做证。"

王一川他们也马上说:"是正当防卫,我们都可以做证。"

那几个警察就松下脸,跟我们打商量,说人还是要带走,但绝对不会让她吃亏的。等事情搞清楚了,再放出来。云妹子听了,就自己走到车上去了。

后来验尸,发现其实在云妹子戳他那一刀前,那家伙就快没戏了。他心口上有一处瘀青，口角有血迹，像是被什么铁器重重地打了一下，力量直透到里面的心肺。于是又抓人，把王一川那一伙都抓起来。你别看这些细伢子小，比大人还要义气，没有谁供出到底是谁带的头，谁下的手。王一川，当然是重点怀疑对象，被关得最久，大概也挨了打。什么，派出所不准打人？记者同志，你就不晓得，不打人还叫派出所？王一川是细伢子，也照样打。不过他很硬桩，出来后一个字都不提，只是走路有点拐。

要说云妹子，她也是命硬的人。那家伙其实还只脱了她外裤，没有得手。但这已足够激起很多人的义愤。你要晓得，暗地里喜欢云妹子的人有一大片。为了救她，全村人都出动了，跑到县里去上访，隔壁村里有不少人也跟着去了，可见那家伙在他村里也坏事干尽，没结善缘啊。我们这些当老师的，就在后面替他们出主意，还要求校长放两天假，发动学生跟着去。那场面就壮观啦，有几百人。晓得的还好，不晓得的，还以为是农民起义了。我要他们分成两拨，一拨到法院，一拨到县政府。法院院长以为是打冤家的上门了，骇得躲在里面不敢出来。县委赵书记倒还有点量，走出来喊话，要我们放心，先回去，法院会公正处理的。书记发了话，大家就不晓得怎么办了。就这样回去吧，不甘心，再闹下去，好像又不给书记面子。正为难的时候，王一川就走到前面，说："赵书记，我们要看到你亲口对法院院长说这句话，才走。"

其他的人马上起哄："对，把法院院长喊来！把法院院长喊来！"

没想到一个伢子敢出面将他的军，而且神色镇定得很，一点也不畏火，赵书记实在觉得意外，甚至有点窝囊。但他到底是在官场上修炼有成的，懂得小不忍则乱大谋，就把法院院长喊来训了一顿，要他做出保证，秉公办理。这法院院长也倒霉，对这事还不太清楚的，稀里糊涂就成了书记眼中的添乱鬼，那个气呀，怕要把肚子都胀破。但再气他也要挤出笑脸，保证会亲自处理，不让底下的人有舞弊的机会。正好省里有两个记者在这里，就是《湖南日报》的，你肯定认得的。看到有这样的事，马上现场采访，写了个通讯发了回去。这通讯我现在都收着，翻出来给你看看。你看喽，题目就起得好：县委书记体察民情，法院院长当众承诺。这两个记者还采访了我，给我留了他们的电话，要我把审判结果告诉他们，真是过得细，我佩服。

开庭那天，又有几百人去了，审判庭挤得满满的。我们全村凑钱请了县里挂头牌的马律师。马律师，那就叫作好口才，又是蛮过细的一个人，把那家伙平时干的坏事打听得一清二楚，起码有两箩筐。在法庭上他讲得口水四溅，那些法官连个屁都不敢放。马律师跟对方的律师说："要照你这么讲，等你老婆被别人强奸的时候，最好喊都不要喊，最好自己主动把裤子脱下来。"我们就在底下鼓掌。他又说："歹徒横行乡里，派出所管都不管。一个弱女子被逼无奈，出于维护自己的尊严和贞洁，为民除害，还要判她的刑，请问这符合设立法律的初衷吗?"底下很多人就猛点头。

这时王一川就振臂高呼:"无罪释放!无罪释放!"

全场的人都喊:"无罪释放!无罪释放!"

云妹子就在台上喊:"让他们把我关起来算了!让他们把我关一世算了!"

那些法官你看着我,我看着你,作声不得。

对方律师一个劲地喊:"我抗议!我抗议!"但没人听他的。

云妹子最后是被定为防卫过当,判有期徒刑两年,缓刑两年,实际是没判,当庭释放。我们像接英雄一样把她接了回去。云妹子又是哭又是笑。大家也很激动。只有王一川还是像往常一样,不作声,只是在旁边看着云妹子。他的眼神告诉我,他喜欢云妹子喜欢到骨头里去了。

你说也怪,本来喜欢云妹子的人,随便一棍子就可以打出十几个来。云妹子回来后,却没人去黏她了。以前上门提亲的,跟那门前的麻雀一样多,但云妹子心性高,再加上年纪小,都回绝了。现在呢,麻雀影子都没看到了。我晓得,云妹子的烈性吓倒了很多人,人家都在背后说她带煞,不是随便哪个男的能罩得住的。还有些人心里想什么,我也晓得,是怕云妹子当时不单是被剥下外裤。只被剥下外裤,会戳那样一刀么?这些话,不晓得云妹子听得到么。这妹子,心事重,要是听得别人这样说,真不晓得她何解想得开?

刚开始有人说云妹子不好的时候，王一川也在场。一听他就走到那人跟前，盯着他，目光好射人。那人也四十岁的人了，骇得腿发软，挤出一脸苦笑："川伢子你莫这样看我喽！我是随便乱讲的，你莫当真喽！"

王一川说："你晓得自己是乱讲，那还讲什么？"

那人说："我不讲了。"就挑起一对空粪桶走了。从此再没人敢在他面前议论云妹子了。生怕惹火了他，挨上么一插，那就真的是背时。但王一川听不到，他那些跟班听得到。他也相信云妹子能听得到。就我们这，屁股大的一块地方，别人半夜里放个屁都能七弯八拐地钻进你耳朵，谁还能真的瞒住谁？云妹子假装不晓得，但眉毛间生起一道愁云，明眼人一眼就看得出。王一川大概觉得这是个机会，把云妹子喊到屋后桃林里。那时他多大？十五岁。云妹子好大？十七岁。他说了些什么，我们都不晓得。只晓得里面有棵老桃树被王一川赤手空拳打得稀烂。没过几天，云妹子就走了，到广州那边打工去了。王一川呢，有一个星期没来上课。听他爸爸说，一起床他就跑到后面山上去了，硬要等到太阳归巢了才回来。我有点急，等他来学校，就找他谈话。还没开口，他就哑着嗓子说："刘老师，你不要担心，我不得出事。"

见他这样，我也只说了一句："没什么就好，继续用功，明年争取考到县里一中去。"

王一川确实没出什么事，只不过比以前更不爱说话了，目光也更阴沉。说到带煞气,他其实是煞气最重的一个人。连我们校长跟他讲话都还要试着试着,生怕哪句话没说对头。我们都在背后说:"这伢子要是读书读出来,以后不得了。"

说真的,当时我一门心思想多送几个学生到县一中去,他们前途好,我脸上也光彩。王一川,我寄的希望最大。他在家里是老大,底下还有弟弟妹妹。我就跑到他家里跟他妈妈说:"你屋里再穷,也要勒紧裤带送一个出来。现在这社会,光读个初中是没用的。"

他妈妈说:"你放心,我再不吃再不喝,也要把他送出来的。"

听到她这样说,我才落了心。王一川他妈妈,干瘦,利索,做农活,那是里外一把好手。王一川,像他妈妈,也最听她的话。

说到穷,记者同志,我们村是真的穷。包产到户是包产到户了,但要缴的税费太多了。麻烦你向上面反映一下。什么,中央下令禁止乱收费?靠文件是禁止不了的,要有领导下来,处理几个才刹得住。你想想,我们一个乡,就要养五六十个乡干部。那些人,有个卵用,就是要吃要喝,是些造粪机器。他们不乱收,哪有钱去吃,哪有钱去喝,又哪有钱买小车?乡政府砌起好大一栋新楼,那还不是从我们身上榨出来的。娘卖姿,连我们当老师的每个人都扣了三百块钱去,连个商量都不打。

你会向上面反映的?那太谢谢了。王一川后面怎么没读了?

哎呀，就是这些收费的乡干部害的。那些剁脑壳的干部，硬是毁了一棵大学生苗子啊。本来王一川家里的人把身上的油都熬出来，一直送他到初三。会考之后，王一川显得很轻松。我问他："有把握么？"他就望着我笑了一下。他是很少笑的，要笑也是冷笑，阴笑。像这样明朗的笑，跟梅雨天的阳光一样稀罕。我心里就有数了，也替他高兴。

碰到他妈妈，我忍不住说："你要准备好钱，好送他到县里读一中去。"

他妈妈说："刘老师，这一年我做死做活，总算余了点钱。万一不够，就再卖掉一头猪。反正只要他考得上，我就送他读。考到县里送县里，考到北京送北京。"

这话，说过还没两天，几个乡政府的干部开着辆车就下来了。为首的一个晃着大肚皮，说要修什么路，每家每户收五十块。五十块，那时抵得现在好几百啊。要真的拿去修路，倒也算了。问题是年年喊修路，那条路还是老样子。没有谁肯再交这笔冤枉钱。不交？那就冲进屋里，拖猪的拖猪，捉鸡的捉鸡。那真的是鸡飞狗跳。老一辈的人说，这比过去的保长还要过去十里路。过去的保长来收钱，面子上还是客客气气。进门还要拱手，坐下来喝杯水，扯扯白话，再从从容容地把钱收了。有一时凑不起的，也会说定个期限，到时再来。那就叫乡里乡亲，那就叫讲人情。现在这些卵人，哪是什么干部喽，简直是日本鬼子。

后来交了没有？哎呀，我们是胳膊扭不过大腿，总是要交的。只有王一川他妈妈不肯，拦在门口，叉着腰，说："修路？你们修了三四年了，怎么还没看到修好。你们哪里是去修路？告诉你们，这不明不白的钱，我是不会交的，我还要送崽读书呢。"

为首的那胖子鼻子哼了一声，说："你这个婆娘，还敢抗税？"上去一掌就把她推在地上。王一川他妈妈就在地上滚了起来，放肆号。

王一川他爸，老实巴交的一个人，三棍子都打不出一个屁，这下也火了，走上去说："领导，你不要打人！"

那胖子抬手就是一巴掌，响得很。也是那胖子背时，正好碰到王一川从屋后面桃树林转出来，一脸阴沉。看到有人欺负他屋里人，想也没想，他就冲上去。这一冲快得无法，跟射箭一样。那胖子哼都没哼一声，就栽在地上，身子不住地抽搐。旁边几个干部被吓住了，木在那里。这些人，其实跟兔子一样，没什么胆的。村里人就在旁边鼓噪："打死他们！打死他们！"

王一川她妈妈被扶起后，就使劲抓着王一川，哭着道："崽啊，你千万莫动手，他们是政府干部。"

王一川没作声，只是冷冷地看着眼前这几坨干部肉。没一个敢上前的。过了两分钟，这几个人甩下一句话："你等着。"就把胖子抬上车，一路扬灰地开走了。

王一川他妈妈大哭起来，要王一川快走，不要等到派出所来抓。村里其他人也劝王一川快走。他妈妈转身走进屋里，拿出一个大荷包塞给他，流着泪说："崽，这本是送你读书的钱，你收好了。"王一川的爸爸抱着头，蹲在地上，猛哭了起来。两个弟弟也跟着哭。那场面，真是惨啊，我在一边看着眼泪都出来了。王一川转身走的时候，我看到他眼睛血红，充满了刻毒和怨气。这是我第一次看到他哭，也是最后一次。

派出所没抓到人，把他屋里能拖的东西都拖走了，还把王一川他爸关了半个月。等放出来时，一条腿被打折，养了两个月才下得了地。要不是王一川她妈妈硬气，这个家当时就毁了。那个胖子，听说救是救过来了，人已经废了，上不得班了，提前退休。也不晓得王一川打在他哪里。这样的人，纯粹是祸害，打死一个少一个。乡政府要派出所去抓人，派出所说没经费，要乡政府出钱，乡政府不肯，结果就不了了之。说起来也好笑，去年王一川回来，乡政府的人围着他摇尾巴，像些狗一样。何事？还不是想要王一川多投点资。他现在真是雄得不得了，连市里的领导都跟他称兄道弟。王一川开了句口，我们村那年就少交了好多钱。

那些人是不是当初那几个干部？不是。那几个，早就死了，而且死得莫名其妙。那个胖子死得最好笑，是掉到屋后的粪坑里闷死的，喊都不晓得喊一声，你说出鬼么。派出所里也失踪了两个。他们是到市里面去玩，无缘无故就消失了。告诉你喂，你莫告诉别人，这两个人就是打王一川爸爸那两个。真是恶人有恶报啊。

什么？王一川被抓起来了。何事？他是黑社会。你不要乱说话啊。我们村里好容易出一个人物，怎么会是黑社会呢？我们村里的砖厂就是搭帮他投资的，赚了不少钱，我们日子也好过一点了。你莫在这里造谣要得么？我看你也不像个记者，记者都是领导开着小车陪起来的，一个个态势十足，哪像你，坐小三轮来，一身都是灰。什么，是真的？你说是真的就是真的啊，你以为我是三岁小孩。你快走，你快走，跟你白说了半天了，浪费我好多口水。

王一川的手下扁毛说

记者大哥，本来我是不再谈江湖事的。既然你是朋友介绍来的，那我就说说吧。

我是一九八七年离家出走的，跑到昭市去混世界。为什么不读书了？读不进，不是那块料。家里为什么不管？我家里那时很差，爸爸是个拖板车的，赚不到什么钱，又最爱喝酒。妈妈得病，一年四季都躺在床上。我不读书，家里负担还轻一些。到现在我还只是个初中文化，你是知识分子，让你见笑了。

到了昭市，一开始就是搞些小偷小摸。饿了买个烤红薯吃，晚上就窝在桥洞里睡觉。有时偷又没偷到，还被人抓住，打得半死，苦啊。但我不想回去了。我天生就是个烂人，喜欢过这样的生活,自在。再要我去读书,除非是杀了我。这样的日子过了差不多半年。有次我实在太饿了,跑到面馆里要了两碗面,一下子就倒到肚子里。有钱数没有?哪有。吃完我就想溜。哪想老板一直盯着我的,一把就抓住我。想硬挣,我马上被扇了两耳光。那两耳光真的扇得重,像是要把我的半边脸打脱。老子也火了,也不管打不打得赢,对着他乱踢一气。我人小,又经常挨饿,瘦得很,那老板一胚肉起码有两百斤,我哪是他的对手。没两下我就被推倒在地上,老板用脚来踩我。这时有个人走到老板面前,说了句:"算了。"

老板马上住了手,还挤出笑容来,说:"川哥,你看到了,这伢子实在是不晓得好歹,吃了白食还要还手。"

川哥也不作声,掏出张大团结出来。

老板不敢接,说:"就两碗面的钱,小事。"

我已经爬了起来。川哥伸手摸摸我的筋骨,就把大团结给了我,说:"以后没钱,就找我,不要干这些没出息的事。"

我把钱甩到老板脚下,跟着川哥出去了。就这样,我上了那条路。

川哥那时也只二十一二,但他皮肤黑,又爱想事,额头上皱纹好多,显得老气。他不爱说话,看人也不多看,就一眼,但那一眼像是看到你骨头里去了。反正从一开始我就怕他,又愿意跟着他。这样的人,就是当老大的料。像我这样的货,就只配做跟班。

川哥收留了几个像我这样的小打流,金老四,龚建章,陈明,半年以后虎头也来了，再后来就是楚小龙。这几个，以后都成了大川帮的骨干。做什么？打架嘛。川哥那时主要做白沙烟的批发生意，就在金湘市场那里。他做，就没有别人做的份。要进货，也只能从他手里进。有不听话的，他就去踩别人摊子。当然，他一般不出面，他是老大嘛。主意是他出，我们执行。一般先是吓别人，弄些死猫死狗放在别人门口，算是警告。还不通味，就上门去闹，倒屎倒尿，搞得别人做生意不成。不过那些出来做生意的，都不是什么善人，这样做，一般是吓不倒他们的。那就打。打得赢打，打不赢也要打。川哥说了，高手也怕不要命的。我们这号人的命，烂得很，本来也没怎么看得重，经常是打得头破血流。打架嘛，打起来就好像疯了一样，什么都不顾了。有次我额头被打烂了，就把血往脸上一抹，抡起斧头继续砍，把所有人都镇住了。他妈的真是过瘾。我这样的烂人，别人都是看不起的，但那次我是出足了风头，一辈子我都记得。

　　打架这回事，越打得多就越会打，而且上瘾，三天没摸家伙手就发痒。我们那摊兄弟，哪一个没打过上百场架。你说得对，我们就是川哥的打手。但有时候碰上硬扎的，就得川哥亲自出马。金湘市场有个做大生意的，叫大炮头，什么烟都批。我们去找他麻烦，哪想到他早有准备，十几个人一下子冲出来，把我们围住。都是牛高马大一个，手里都有家伙。那一次我是被吓毛了，和金老四他们背靠着背，打算一有什么不对就拼着命冲出去。幸好有人通风报信,没过好久,川哥就来了。他就一个人,看到这情形,也不慌张。不紧不慢地走上前去,他对那老板说:"大炮头,喊这么多人干什么,开会啊?我们两个人的事,我们自己还不晓得解决?"

大炮头比他高一个半脑袋,从上面看下来:"你想何解搞喽?"

摸出两把短刀来,甩了一把给大炮头,川哥说:"我们就站在这里,你砍我一刀,我砍你一刀,谁也不准躲。想认输,就喊停。我输了,马上就走人,永远不进这个市场半步。你输了,就把白沙的生意让给我。你敢不敢?"

大炮头没想到川哥会出个这样的样式,不想比吧,这么多双眼睛都在盯着他。只要摇摇头,那就是怕了川哥。他也是在道上混的,名声要紧,咬咬牙就应了。这家伙也下手辣,一刀就戳在川哥肩头上。他是想要川哥举不起刀。川哥声都不吭一声,反手一刀就扎在大炮头腿上,抽出来,血就飙起好高。大炮头吼了一声,往川哥脸上扎去,这一刀,把他的腮帮子扎了个对穿。在一边看着,我心里发紧。川哥眼睛眨都不眨,等大炮头收回手,一刀又捅进他的肚子。把刀收回,川哥站在那里不动,脸上淌着血,等着大炮头戳下一刀。大炮头瞪着他,像是不相信世界上还有这种人。川哥半截脸成了血脸,居然还对他笑了一下。那是我看到过的最骇人的笑。这一笑,把大炮头的胆气骇跑了。把刀一丢,他说:"王一川,算你有狠。"

就这样，川哥包揽了市区白沙烟的批发生意。票子简直不是赚回来的，而是滚进来的。挨那两刀，值。说起来也奇怪，他脸上好了后居然没留下疤痕，连印子都没有。我们是看到的，他又没上医院，就用自来水冲了冲，到药店里买了瓶酒精涂了一下，肩膀也只是用布条包扎了一下，这样也能好，真是神了。不像大炮头，在医院躺了足足有一个月。要说这家伙，也不简单，大概在医院里悟通了什么，出来后成立了一个帮派，叫黑虎帮，就是我们大川帮的死对头。

大川帮什么时候成立的？一九八九年，或者是一九九〇年。不瞒你说，当时轰动全国的剁手剁脚就是我们搞起的。至于挑断人的脚筋，那就更是川哥的发明。在这方面，他是行家，研究出一种铁钩子，专门用来断人脚筋。为了教会我们，他还抓了个人给我们示范，就那么一下，利索得很。那种铁钩子，内侧锋利得很，看准位置，钩过去，再往外一扯，人就废了。你不要说我们残忍哦，你想想，既不要人死，又要把他做到家，当然只能用这些办法了。

为什么要这么干？还不是争地盘。什么，有了金湘市场还不够？开玩笑，既然出来混，地盘当然越大越好。何况川哥那个人，胃口大得很，就那么一点点地方，他一屁股坐下去都嫌小。要争，当然就要砍人了。当时昭市有四五个大帮派，我们大川帮在里面还不算顶大。川哥跟其他帮派的老大关系搞得好，经常坐一起打牌，就是跟大炮头对着搞。川哥还派人把大炮头的得力手下四野猪给干掉了。为什么？因为他的地盘就挨着我们。

要说大炮头，也是个猛人。一次派出所有个警察抓走了他的人，他居然把那警察砍死在一条巷子里，还在墙壁上贴了张大红纸，写着：黑虎帮处决警察一名。这简直就像掷下了一个原子弹，把整个昭市都掀起来了。黑虎帮这三个字，连公安部长也晓得了。有些人吓小孩子，就说黑虎帮来了，那小孩子马上就会跑回屋里躲起来，你说威不威风。那阵子，黑虎帮的人走路那个头都是看着天上。妈的，我们也想那么干一下，让全国人民都晓得大川帮的厉害。他黑虎帮杀警察，我们就杀个当官的，还要把红纸贴到广场去，写着：大川帮处决贪官一名。但川哥不让，他还冷笑，说大炮头蠢得像只猪，这么做简直是自杀。果然，公安局下了狠心，连省里都来人了。黑虎帮被抓了十几个。大炮头还算跑得快，溜到广州躲风去了，后来就死在那边，有人说是川哥派人去刺杀的。川哥帮公安收拾残局，把黑虎帮剩下的人灭了，他们的地盘就归我们了。不过我们也付出了代价，我的一个兄弟，虎头，就在这场大火拼中死掉的。

记者大哥，混帮派，我从来没后悔过，因为我认识了几个好兄弟，都是一起出生入死的那种。我一直在白虎堂，虎头是我们的堂主。他是最豪爽的一个人，打架经常冲在前面。突然就这么去了，我很难接受，到现在想起都难过。川哥带领全帮兄弟为虎头送行，出动了二十辆车子，什么叫风光大葬，那就是。凭这一点，我们就愿意为川哥卖命。他就是这样，你有功劳，就算死了，他也不会亏待你，要是你对不起他，他也绝不会忘记你的。

我们是白虎堂，还有个青龙堂，里面都是些年纪比较大的人。这两个堂是帮里的主力。青龙堂的堂主，是最早帮川哥打江山的。川哥对他绝对信任，把很多生意交给他打理。哪晓得这家伙贪污了不少钱。按帮规，这是要处死的。我们都以为川哥会念在往日情分上，放他一马。何况青龙堂势力很大，轻易也不能动手。没想到查出来的当天，川哥就把这人喊来，亲自动手杀了他。川哥杀他前对他说："你以为青龙堂的兄弟多，你就敢乱来。告诉你，青龙堂的兄弟是我王一川的兄弟，你以为他们会跟着你乱来。"

我记得当时在场的有一大半是青龙堂的人，但没一个出手救他，全都木着脸，站在那里。那家伙没办法，只有跪下来求饶。川哥说："以我们的交情，我会放了你。但为了大川帮的发展，我必须杀了你，不然我以后没办法管教这些兄弟。你家里的事我会管，你放心上路吧。"

杀了那人之后，川哥马上任命了新堂主，也是个老字辈，然后吩咐他把葬礼搞好，不要有什么顾忌，又送了一大笔钱给前堂主的家里人。这么棘手的事，他眼睛都不眨一下就处理了，而且处理得干净利落，让人心服口服，你说我们怎么会不佩服他？

是的，我承认他很有心计，而且很毒辣。但干我们这一行，本来就是玩命，不是学雷锋，不狠一点怎么行？川哥是我见过的最狠的人。他这人绝对自信，让人相信他会赢的。凭这一点，就能控制局势。有好几次他都明明处于劣势，就是凭着他的镇定和自信，把局势扳了回来。我记得最险的一次是杀江北老大。

江北老大是昭市黑道上最有势力的人物。刚出道的时候，川哥还拜过他的门，跟他关系一直很好。等到川哥扫荡了资江以南的几个帮派后，两个人就开始有矛盾了。你晓得吗，川哥最大的梦想就是统一昭市的九县三区，把所有帮派都收归他门下，只由他一个人指挥。但江北老大出来混了二十多年，一直都是别人听他的，哪里肯听进别人半句。川哥曾托人传话，说江北老大辛苦了这么多年，应该好好享受了。他愿意拿出两百万来，算是孝敬江北老大的。江北老大当场就呸了那人一脸口水，说："我拿三百万出来，王一川肯不肯走人？"

那人回了信后，川哥脸上看不出来表情，只是说了句："他年纪不小了，火气还是这么大。"

一个星期后，川哥带了五个人去拜访江北老大。他也是没办法。因为江北老大从不过江半步，永远都待在他的老窝里。临走时川哥也没说要干什么，只是一个发了我们一把"五四"手枪，二十发子弹，是从广州那边花重金买的。当时我就晓得，我们这一去，很难有活着回来的机会。但川哥都豁出去了，我还能说什么。何况同去的五个人，都是老兄弟，能够死在一起，也算是应了那句话：不求同年同月同日生，但求同年同月同日死。哪五个人？我，扁毛，龚建章，陈明，还有楚小龙，虎头死后他当了堂主，是我们这一摊中最能干的角色。我们五个，当时都是二十左右，正是血气最旺的时候。都晓得是去死，但没有一个害怕，那种感觉，真是悲壮。

那天很冷，江边的风好大。我们就在临江的酒楼上拜见江北老大。整个酒楼没有其他客人，从门口到楼梯、到走廊，都是对方的人。江北老大在二楼包厢里，我们跟到楼梯转弯处，就被挡住了。对方只准川哥上去，还要来搜我们的身。那时候我真不晓得怎么办。还没回过神来，川哥嗖地就蹿了上去。楚小龙马上掏出枪，指着那些人，对我们大喊："快上去！"

当时一股血唰地冲上来，我边掏枪边往上冲，浑身的肌肉像是要撕裂了一样。紧接着也不晓得是楚小龙开枪还是川哥开，反正听得砰砰两声，好像子弹就要打在自己身上一样。冲上三楼时，川哥正撂倒门口的两个人，往包厢里冲。门突然打开，一管铳伸了出来，正指着他。那个时候，我真不晓得是退还是进。川哥却根本就没停，一闪就上去了，那个快，就跟蛇一样。只听得轰的一声巨响，那管铳竟然爆了开来。原来就在那刻，川哥对着铳眼开了一枪，正好打了进去。铳手当场眼睛就被炸瞎了。川哥又打了一枪，冲了进去。龚建章抢在我前头飘了进去。我回头一看，楚小龙和陈明正在楼梯口用枪挡着下面的人。金老四拍了我一掌，也蹿了进去。等我跟进去的时候，里面像是炸开了一样，只听得砰砰之声，火花四溅。连我自己都不晓得开了好多枪，肩膀上被砍了一斧头。倒下了六七个人，但没有一个是我们的。这是外包厢，里面还有一个，隔着帘子。我看看金老四，又看看龚建章，他们也看着我。川哥想也没想，从地上抓起一具尸体，掷了进去，然后人紧跟着蹿了进去。我们也豁出去了，一拥而入。里面竟然是空的。

这下麻烦了。不用说，江北老大根本就不想跟我们谈判，根本就是要在这里做了我们。昭市的第一把大角，竟然做得这样卑鄙，我们实在想不到。川哥微微笑了一下。人到了死路，但一点都不怯场，还要拼一下，就会那样笑的。转过头，他要龚建章守住这边窗口，带着我和金老四冲向对面阳台。我操，楼下黑压压的一片，有一百多人在围着。靠窗的一边临江，难爬上来一些，阳台这边就很危险了。川哥却说："幸亏这里没天台，不然他们在天台上埋伏了人，冲下来，就没戏了。"然后掏出手机，拨通了，问了一句："到哪里了？"顿了一下，又哑着嗓子说了句，"十分钟赶过来。"就挂了机。

底下有人在喊话："王一川，你放了枪，我们就放你一条生路。"

川哥回了句："我再悟一下。"

底下又喊："你不要拖延时间了。给你五分钟，再没想好我们就冲上来了。"

我以为川哥会打手机催的，没想到他坐在那里，给自己倒了杯茶，慢慢地喝起来。这也是他一贯的风格，发命令，从来只说一道，没想到在这样的关头，也能保持。他这么镇定，也感染了我们。本来心在胸膛里猛弹个不停的，这下安定了一些。我就站在通往阳台的门口，监视着左半边。金老四把窗户打开，从窗户里伸出枪，指着右半边。那五分钟似乎过得很慢，每一分钟像是一小时。又似乎过得很快，我还没意识到就过完了。只听得楼梯口又响了一声，然后是一片寂然。肯定是有人想冲上来，被干掉了。但子弹只有那么多，就算每一发都能打死一人，我们也只能做掉一百二十个人，何况刚才不晓得打了多少。我回头看着川哥，他不晓得到哪去了。再回过头，阳台外似乎有响动。打了个激灵，我就蹿出去，冒死探头一看。我操，有两三架长木梯靠在阳台外侧，几个人正在上面爬。但我只敢看一眼，马上就退后。奇怪，没有听到铳响。

这时川哥已到了我身边，递给我一把砍刀，说："不要怕，他们不敢放铳。"是啊，铳的子弹打出来是散成一片，稍微不准，就会打着他们自己人的。而且据这种情形来看，他们人虽多，但没有枪。看来川哥花那么多的钱搞枪，而且搞得那么急，是想在武器上取得优势。要是没这枪，只怕我们这个时候已经被剁成肉泥了。金老四也蹲了出来，左手拿枪，右手提着把斧头，上面有血迹。那恐怕是我的血。想到这点，我浑身的血就燃烧起来，真正起了杀心，右肩也似乎没那么痛了。川哥自己拿着把开山刀，说："尽量不要用枪。"话音刚落，阳台上冒出半截人身来，像是底下有很大的浮力把他一下子托上来。我还没反应过来，川哥就飙了过去。那个人继续往上蹿，头却从脖子处跳了起来，一股红血往上狂喷，像是要托住那颗头。然后人头和尸身都往下滚。这下把那些在爬的人都镇住了。有两个到了阳台边上，却愣在那里。这样的机会，我怎么能错过，一刀戳下去，戳到一个人的脸上。那人惨叫一声，就摔了下去。另一个人反应快，金老四的斧头还没砍到头上来，自己就跳了下去，也是惨叫一声，大概是伤了脚。有个三十多岁的汉子上前一刀就把这家伙砍死了，然后逼着那些人继续上，又命令多找些梯子来。川哥突然抬起左手，对着那汉子就是一枪。他眼法奇准，那汉子的脑袋立刻像灯泡一样炸开，红的白的溅出好远。底下顿时有些乱。

有个光头在远处喊了两声，立刻有十几杆铳对着我们开火。马上蹲下去。只听得窗户一片咔咔响，肯定是被打得稀烂了。有些铁砂从墙壁上反弹到身上，疼得很。耳边听得川哥喝了一声："快站起！"

我条件反射一样地站起来，有几个人已经上来了。我眼睛还算尖，看到有个人手里拿着铳，马上开了一枪。这一枪其实打偏了，那人却以为自己死了，脸色惨白地自动往后倒下去。我想笑，又笑不出。越来越多的梯子已经搭上来了，楼梯口又响起枪声。我想今天就死在这算了。这时远处响起了喊声，有六七十个人从大桥那侧冲了过来。肯定是我们的人来了。顿时我精神一振，一刀又劈翻了一个。

六七十个人少是少了点儿,但个个都猛,拼了命冲。川哥在阳台上喊话,指挥他们往酒楼这边打,把对方硬顶了回去。有几个人在酒楼里面,来不及退出,就被我们的人活活砍死了。双方摆开阵势,拿铳的托铳,带刀的横刀,要恶战一场,川哥却对天开了一枪,大家都望着他。川哥向江北老大喊话:"你人是多,但不一定搞得我们赢。为了避免不必要的损失,我看我们还是谈一下。"见对方不作声,川哥把手中的刀和枪都摆在阳台上,然后举起双手,喊道:"我是空着手来跟你谈的。就算是为了你的兄弟,你也要跟我谈一下。"

那边就有人喊话:"你过来。"

川哥二话没说,就翻身从阳台上跳了下去。我和金老四赶忙反身,喊上龚建章,跑下楼去,跟上川哥。楚小龙和陈明已左右护住川哥,青龙堂几个头目也跟在一边。人群自动让开一条道。走到阵前,川哥向对方喊道:"我们各向前走二十米。"也不等对方答应,就慢慢地走了过去。

我们都紧张得要死,手指都扣在扳机上,一有不对就会开火。对方阵中也走出一人,就是刚才那光头,五十来岁,依然精悍得很。二十米很快就走到了,两个老大隔着四五米的样子,就停住了。江北老大张嘴想说什么,川哥却猛扑过去。这是谁都没想到的。那一下太快了,等我们反应过来,川哥已经夹着江北老大的脖子,倒着走了回来。那边的人就骂,但谁也不敢开铳。回到阵中,一放手,江北老大就瘫在地上,脖子那里一片红,像是被戳了个洞。这样的大人物就这么死了,像一摊牛屎一样地倒在地上,不晓得为什么,我心里很不好过。川哥却从旁人手中拿过刀,一挥手,我们就冲了过去。那边人虽多,但当头的死了,没有谁能压得住阵,人心也散了,打了几下就有人开始跑了。我们这边齐心得很,个个都在玩命。记者大哥,那就真的是叫打仗了。把人不当人砍,纯粹是当作菜来剁。

什么,公安局为什么不管?唉,江湖事江湖了,江北老大肯定事先打了招呼,他们绝对不会出面的。只不过他们不晓得最后赢的不是江北老大。对方已经被我们把胆气打掉了,最后能跑的就跑了,没跑脱的就被我们围着打,有的无路可走,就跳到资江里面去了,淹死了好几个。这就是有名的"一一六"火拼,因为那天正好是一月十六号。这一战后,川哥就成为昭市第一老大,再没有谁能跟他抗衡了。当时打完后,川哥一点表情都没有,看着江边,风很大,他身上的一切都像铁打的,纹丝不动。那一刻,我对他佩服到了顶点。

打完这一仗后,川哥大肆发赏,却当众把青龙堂堂主狠狠地骂了一顿,因为他晚来了五分钟。他骂得很难听,问:"你是不是想我死?"可怜青龙堂堂主本来打架时就受了伤,勾着个头站在那里,一个劲地耸鼻子。没有谁敢上去说半句好话。至于我们五个人，每个人都是两万块钱。可惜我没有福气拿这两万块钱去潇洒，因为我的右胳膊不行了。那一斧本来就砍得深，再加上我后面又放肆砍人，用力用得太狠，伤了筋骨。虽然川哥把我送到长沙的湘雅医院去治，但没用了，我这条胳膊废了，就捧得起只碗。我不晓得哭了好多场，兄弟们也难过得很。没办法，我只有提前退休了。

川哥又给了我三万块，我就拿着这些钱在河西路口开了个店子，专门租影碟。说是我开，其实是我马子在打理，我整天就是打牌。弟兄们有空也来看看我，喝喝酒，倒也过得爽。但我料不到后来会出那些事。先是龚建章想上位，暗算楚小龙，结果被楚小龙杀了。没过好久，楚小龙为报私仇，杀了个县委常委，跑到沿海那边去了，一直都没有音信。然后陈明也失了踪，他跟楚小龙很好，估计也是不想干了。剩下个金老四，当上了白虎堂堂主，一门心思想接川哥的班，很卖力，结果有次去砍人，被公安抓住了。正好碰到严打，川哥都没能保出他，被判了十年徒刑，现在还蹲在牢房里。

这摊老兄弟一走，我再留在那里也没什么意思，就带着马子回家乡来。我爸爸妈妈本来以为是掉了个儿子，突然看到我回来，还带了个老婆，那个欢喜啊，真是让我惭愧。我是彻底收了心，老老实实开我的影碟店，还生了个儿子，虽然没有以前那样风光，但心里安稳。说起来，在那一摊兄弟里面，我算是最没狠的，最后反而是我结局好些，人啊，是说不清的。

川哥被抓起来了？好久的事？就这个月。唉，走上那条路，本来就是把命吊在裤带上了。我只是没想到川哥也会出事，我以为他会永远那么威风。江湖险恶，连他都栽了，我还有什么话说。我现在唯一的想头就是把我儿子培养好，以后走正道，当干部，不要像我这么烂。

王一川的情妇陈香姨说

是啊，我以前是当小学老师的，教音乐。你从哪里打听来的？你们记者真的是厉害，鼻子比狗还灵，嗅什么都嗅得出。我可不是在骂你，我只是打个比方，你莫见怪。

为什么会跟王一川？我就晓得你会问的。很多人都以为我是看上他有钱。这也没错，有钱没什么不好？但有钱人多的是，我干吗偏偏要跟他呢？不是吹牛，我以前教书，课余还带学生，钱虽然不是很多，但过舒服日子，够了。但我没有安全感。我以前那个男人，一米七八的个子，长得跟周润发差不多，看起来很有男子汉气概，其实呢，是个胆小鬼，根本不能保护我。他是干什么的？也教书，教数学，跟我一个学校。我师范毕业，一分到学校，他就开始追我。我看他一表人才，嘴巴又甜，就动了心。女人嘛，尤其是年轻的时候，最容易被男人的外表打动。当时追我的人起码有一个排，我选了他，以为是找到了幸福。没想到他平时表现得很像个男人，一到关键时候，就现出是个草包来。我那学校校长，是个色鬼，老是找机会来骚扰我。我的饭碗在他手里，能忍我都忍了。有次他实在太过分，我就告诉他，没想到他根本不敢去找校长，还要我忍着点，你说气不气人。从那时起，我对他的心就淡了。要不是那校长实在是让人恶心，长得像只癞蛤蟆，我还真跟他好了。过了没好久，我和他晚上去散步，在个僻静的地方遇到打劫。对方就一个人，我们有两个。你猜他怎么样？居然反身就跑，好像忘了还有我。要不是我又叫又喊，惊动了路边的人，把那个打劫的吓跑了，还真的会出事。你猜他事后怎么说？他说去打110。我听了，当时就甩了他一巴掌，转身就走了。第二天我就提出要离婚。他怎么肯？发动所有的亲戚来劝我，还在我面前下跪，苦苦哀求。他越是这样，我就越看不上眼，打了半年冷战，硬是把婚离了。学校我也不想待了，就停薪留职，在外面开了个精品屋，一个人过，还自在些。我那时真的是心灰意冷，觉得世上没有一个好男人。很多人又向我做介绍，我都回绝了。一个人心冷了，就是这样。

  精品屋开了有个把月，生意还不错。没想到在月底的时候，就有两三个年轻伢子，把衣服披开，肩膀一晃一晃地进来了。我开始以为他们是来买东西的，但又觉得不像，再仔细看，觉得他们眼睛中都有股凶光，心就跳了一下。你猜他们是来干什么的？收保护费。工商税务我都交了钱的，你说我还要交什么保护费？我说我有警察保护，不用向你们交钱。他们听了，哈哈大笑。我也不作声，看着他们。他们笑完了,为首的一个,叫虎头,说:"大姐,这条街是我们川哥罩着的,每个到这里做生意的,都要向川哥交保护费,就算是擦鞋的也要交。你把公安局长喊来也没用。公安局长跟川哥是哥们,会帮你?"

我一听,头皮就炸了,说:"那你们岂不是黑社会?"

没想到这几个年轻伢子听了这句话,居然都现出一副扬扬得意的样子,齐声说:"对,我们就是黑社会。"

他们这么说,我倒看出他们的幼稚来了,心里也就不那么怕了。都是毛还没长全的人,要在学校里,只怕还是读高一高二,居然也自称是黑社会。镇定下来后,我就说:"要交钱,没问题,把你们那个川哥喊来吧。"

虎头听了,很不屑地说:"川哥事多得很,会来见你?大姐,我看你是女的,才好声好气跟你说。"

我对他们一笑,说:"你们这些小老弟,大姐我也是好声好气跟你们说。"

听我这样说,他们互相看了一眼,大概以为我有什么后台,有些摸不准,不晓得下一步该怎么样。这时其中有个最小的,往屋外瞄了一眼,就像遇到救星一样,大喊一声:"川哥!"

我以为他是什么三头六臂的人物,远远地看去,没想到却是个一米六的二等残废,还没我高。他不紧不慢地走进来,瞄了我一眼,我心上就好像被针刺了一下,再也不敢小看他。

王一川当时脸上没什么表情，问明了情况后，就说了句："她就算了。"然后又看了我一眼，转身走了出去。

那几个年轻伢子个个都现出一副恍然大悟的样子，争相向我献出笑容来。我晓得他们怎么想的，又好气又好笑，索性不去理会。

以后这几个年轻伢子有事没事都爱到我这里来转转，香姐香姐的喊得亲甜。说实在话，和他们熟了，就发现他们其实一个个都很单纯，那副凶样是硬装出来的。他们几个老是在我面前谈论王一川，说他如何如何厉害，一副无限崇拜的样子，倒让我起了好奇心。但王一川却没有现身，让我多少有点诧异。

大概过了有半个月，有次我到同庆路去买衣服，手上拿着个包。走到路上就有些内急。我晓得旁边小巷子里有个公共厕所，就拐了进去。从厕所里出来后，三个流里流气的年轻人就围住我。一个去抢我的包，一个抓住我脖子上的金项链，还有一个使劲抓住我的头发，让我根本动不得。这可是大白天，巷子里虽然偏僻，但也有人走过。但过路的人好像没长眼睛，看不见一样，从一旁飞走过去。只有个小孩扭过头来，睁着黑亮的眼睛，指着我们大声说："有坏人！"

他旁边的大人像是被吓了一跳，神情紧张地硬拖着这小孩走了。那一刻，我真想哭。这时只听得抓我头发的年轻人喊了声哎哟，手立刻松了，捂着肚子蹲在地上。其他两个人也松了手，从身上摸出了电工刀。我一侧头，就看到了王一川。他站在那里，一双眼睛紧盯着这两个人，目光好射人。他比这两个年轻人都矮，但看那气势，一米八的人也要被他压倒。

僵持了大概有一分钟后，那两个年轻人就从两边同时扑了上去。王一川根本就不躲，箭一样射了上去，三个人撞在一起，马上又分开。那两个年轻人都捂着肚子，倒在地上。王一川冷冷地看着他们，像是在看着两只受伤的猎物。我发现他左臂的袖子被划开了，有血往外面冒，就叫起来。他侧头一看，用手一抹，一巴掌都是红的，却笑了笑，说："没事。"又问我："你没事情吧？"我没事，但他的血却流得厉害，我要他去诊所看看。他点点头，又看了那三个人一眼，甩下一句："下次不要让我再看见你们。"就往巷子外面走去。我想也没想，就跟了上去。

陪王一川到附近诊所里包扎好，他说有事，要走了，又对我说："出来逛，还是找个人陪好一些，起码有个照应。"这句话，勾起我的伤心事，真不晓得该怎么回答才好。他看我发愣，伸手在我肩膀上拍了拍，转身就走了。他的手很硬，却拍中了我心底最柔软的地方。看着他不紧不慢地走远，我觉得这个人才是真正的男子汉。

你说这件事有可能是王一川刻意安排的？你们记者，心思真的是毒辣，像刀子刮骨头一样，没有肉也要被你们刮出肉来。不过说实话，后来我也这么想过，而且心里不太舒服。但再想想，就算是他安排的又怎么样？他肯为我用这份心思，肯为我流血，就证明他是真心喜欢我。对一个女人来说，尤其是对我这样的人来说，这就够了。

刚才说到哪了？哦，就是王一川走后，我逛了一下街，最后却只买下一件黑色的男式真丝衬衣。我当时也没别的意思，只是觉得人家为我受了伤，总得感谢一下吧。只是怎么送出这件衣服，却让我犯了愁。本来是应该亲自给他的，最好不要让第三个人晓得。但他的行踪简直是有些诡秘，我根本找人不着。向虎头他们打听吧，那岂不是更加引起误会了。想来想去竟然没有个好法子，这件衬衣就收在店子里，收了起码有个把星期。以为是送不出去了。没想到有天坐在柜台后看门外的世界，就看到马路对面有个人勾着个头，一边吸烟一边走着，像是在想什么事。我马上就探身冲着门口喊了声："王大哥。"声音才出口，我就觉得这一声喊得未免太大了，喊得全世界都晓得了，就住了嘴，胳膊靠在柜台上，心想："我就喊这一声，听不听得见就是你的事了。"

王一川耳朵灵得很，往我这边瞄了眼，就走了过来。他总是这样不慌不忙，而且脸上看不出什么表情。不过他看我的眼神比较柔和，那里面藏着的针已经不见了。女人嘛，对这些细节是最敏感的。把衣服送给他的时候，我脸有些发烧。我对自己说："干什么嘛，只是表示感谢而已，又没有别的什么意思。"王一川没推辞，说了声谢谢就收下了。两个人又聊了十几分钟。其实多半是我在问他。他是个不爱说话的人，你问他三句，他回你一句，但是说得很直截，很清楚，一点也不拐弯抹角。他的声音低沉，带点磁性，男子汉味道十足。后来他看了看表，就说还有事。我其实想再跟他聊聊的，他这样突然把话截断，倒让我有些失落。要晓得，在跟男人的交往上，从来只有我先把话头打住的。当时我就有点不服气，心想："未必你就真的对我不动心？"女人就是这样的，就算并不想跟那个人好，但那个人要是对自己视而不见，一点反应都没有，心里总是不舒服的。心里虽然是这么想，但我还是不由自主地说了句："有空来玩啊。"像是碰到鬼了。

过了几天，王一川又到我店子里来坐了坐，身上穿着我买的真丝衬衣。这件衬衣跟他的气质很相配。但我故意提都不提。他也不说这件衬衣穿着怎么样，坐了两支烟工夫，跟我扯了一会儿，就站起身。我怕冷淡了他，就留他吃中饭。他问我："你平常就吃盒饭吧？"我说是啊。

他真的喊了两个盒饭，打开来和我一起吃。

我过意不去，说："要吃到店子里去吃，你还怕我请不起？"

他说："有盒饭吃就很好了，我小时候天天吃红薯。"

我说："红薯很好吃。"

他抬头看了我一眼，说："吃一顿是好吃，天天吃，看着就反胃。你不信，试试看。"

我听出他语气中有种辛酸，就不作声了，低下头去吃饭。我吃饭算秀气，一个盒饭要吃半个小时。没想到王一川比我还慢，他好像要把饭菜嚼到没有才肯吃下去。就像一匹饿极了的狼,每一丝肉每一片菜叶都不肯放过。我看着他把最后一粒饭舔进嘴里,忍不住笑着说:"你也太节约了吧。"

他很严肃地说:"你要是种过田,就绝对不会浪费饭菜了。"

我说:"我晓得,不是说'谁知盘中餐,粒粒皆辛苦'吗?我小学时就背过了。"

他说:"你没有亲身体验过,就不是真的晓得。"

我说:"难道晓得还分真假?"

他点点头,说:"当然。真的晓得,就是刻在骨头上,你不用想也会记得,而且会照着去做。不然就是假的晓得,没往心里去。"

我说:"哟,看不出你还蛮有思想的。"

他看了我一眼,抿起嘴不作声。过了两分钟,他手机响了。看了看来电显示,他说声我走了,人已到了店门外。

以后每隔三五天,王一川都要来我这坐坐。有时跟我聊聊,有时只是闷在那里抽烟。我们之间也没有什么多话讲。但也奇怪,他要是几天不来,我有时还真有点挂念,他进了店子,就算不说话,我心里也踏实。在理智上我想得很清楚,我跟他是两个世界的人,但在感情上我却有点把他当作靠山的味道。虽然没有明着帮我什么,但他肯在我店子里坐坐,大家都看在眼里的。街上那些生意人,哪一个不是眼睛亮心里明。我走在路上,无论认识的还是不认识的，都对我打招呼。就连隔壁过去几家那个胖女人，也是开精品屋的，以前看着我总是横眉冷对，这下好了，特意挤出一副笑脸来把我看。我装作没看见，就是要气气这种小人。我在这条路上擦鞋，擦鞋的不肯收我的钱，还说什么要我多关照。我哪肯省这一块钱，硬是给了，但心里很舒服。别说是他们，就连工商税务那些杂碎，以前经常来店子里撇油的，现在晓得王一川在罩着我，也来得少了。就算是收公家钱的时候，脸上也有了点笑，不像过去那样，一张阎王脸，看着就烦。唯一没对我现出笑脸的就是王一川。但我晓得他是真的对我好。真的对我好就不会经常摆在脸上，我已经明白了这个道理。

我那时把房子让给了原来的丈夫。为什么让？这是他肯离婚的条件，再一个我也不想住在学校里了。回娘家住，我又不愿意，就在外面租了房子，离店子不远。我自己懒得很，不怎么爱动手做饭菜，十餐有八餐在外面吃。王一川就经常在吃饭的时候过来陪我。开始是我请，后来变成他买单。久而久之，我也习惯了。有时候天晚了，他送我回去，每次都在门口打转，不肯再多迈半步。我摸不清他到底怎么想？这个人，真的跟别人不一样。

有时躺在床上，我也在想："他究竟是个什么样的人呢？"想着想着就睡着了，梦中总是看见他拿把刀单枪匹马跟一大堆人对砍，浑身都是血。这样的梦把我吓醒过几次。最后一次吓醒的时候，我听到了敲门声。

这是深夜两点了，我本来就有点寒毛，哪敢去开，缩在被窝里面。门外停了一下，戳进句："香姨。"

我打了个激灵，赶快从床上爬起。打开门，王一川就走了进来。反手关上门，他马上把灯熄了，沉声说："不要作声，睡你的觉去。"

本来还想问两句的，听到他这一说，我又回到卧室里去。门，我只带上一半。没别的意思，只是让他晓得，我信得过他。他果然没跟进来。有很急的脚步声从屋子附近掠过，起码有五六个人。我的心又一次快从嗓子里蹦出来。还好，他们没来敲门。等脚步声渐渐远去，我的心才稍稍定下来，却再也睡不着，只在床上翻来覆去。客厅里也没什么响动，似乎王一川已经走了。也不知过了多久，我忍不住了，起身走到卧室门口。客厅里黑得很，只看到一点红光在闪动。开了灯，我看到王一川坐在沙发上，皱着眉头，狠狠地吸烟。抬头看了我一眼，他说："还没睡啊？"不等我回答，接着又问："有没有香油？"

我虽然自己很少开火，但厨房里该有的还是有。捧着半瓶香油出来，王一川已脱了上衣，背对着我，说："替我搽上。"

我这才看清他背上乌青一片，像被什么东西狠狠打过。把香油倒在手上，我轻轻地搽在他背上。他的肉好紧，好硬，一身都是肌肉。他说重一点。我就重一点。我慢慢地仔细地搽着，心里却酸得很。搽完后，他也不穿衣，转过身来，说："打搅你了。"

我低下头，说："没关系。"然后又抬头看着他，说，"你不要再去打打杀杀了。"

他笑了笑。我是第一次看见他笑，他的笑中有种说不出的嘲讽，还有一种冷酷。没想到他会这么笑，我几乎要哭出来了。他却摸了摸我的脸，动作温柔得不像他了。

王一川在我这躲了三天。白天，他要我去店子里，就当什么事也没有。晚上，我们不开灯，不看电视，就在黑暗中聊天。这三个晚上，很可能是王一川这辈子话说得最多的时候。他跟我聊起在农村里的生活，比起他来，那我小时候简直是在天堂里过日子。但对现在这种生活，他一字不提。我主动问他为什么要走上这条路。沉默了很久，他说："我恨这个世界。"

虽然是在黑暗中，我还是能强烈感受到他脸上迸射出的那种深沉的愤怒。我不作声了，一桩一桩地回想起自己这二十多年来所遭受的烦心事。是啊，我心中也有恨，我也觉得这个世界不太公道，但我没有胆量和勇气主动向这个世界挑衅。

两个人挨得很近。黑暗中只看见王一川手中的烟头忽明忽灭。那点红光熄灭后，我已被他箍紧。我没有反抗，也不觉得兴奋，似乎早晓得会有这么一天。虽然这一天并不是我所期待的。

你说我并没有爱过王一川。我想不是爱不爱的问题。因为我觉得爱在这个世界上，是种过分奢侈的东西，大多数人都没资格享受到它。这些男男女女在一起，更多的是一种实际的需要。我需要王一川的力量，王一川需要我的漂亮和身体。我们彼此需要，并能满足对方，我想这就够了。至于爱情，已经成了一个越来越遥远的梦想，大概永远是停留在少女时代了。

我说话很有文采？开玩笑。不过我喜欢看《知音》《家庭》，还有《读者》。我在师范读书的时候，还参加过文学社呢。不过那好像是上辈子的事了，不提了。王一川爱没爱过我？我不晓得，我真的不晓得。也许我只是个替代品。我晓得他心中有一个人，叫云妹子。他从来没有跟我提起过她。但他说梦话的时候，我总能听到这三个字。我还能听出他语气的痛苦。我猜想他很爱这个女人，但这个女人不爱他。我还猜想这就是他的初恋。初恋总是很受伤的，也许王一川受的伤比谁都重。也许那个云妹子不觉得是伤害了他，但王一川伤得很深。我觉得那个云妹子不了解王一川是个什么样的人。他看起来很冷，很恶，其实内心非常敏感、细腻，而且非常自尊。那种自尊简直有点病态，有时候像是自卑。什么事他都往心里记，而且时间越久，记得越牢。所有得罪过他的人，都会被他记住的。这些人被砍伤或砍死的时候，可能根本想不到王一川头上去，因为他们早已忘记这回事了。我也不敢跟他说我过去的事，怕他做出什么过激的行动来。但不晓得为什么，我和他好了没多久，我原来学校的那个校长就突然失了踪，至今都是生不见人，死不见尸。我从来不敢去问他是怎么回事。他真的令人害怕。

我很了解他？也谈不上。只不过我是最接近他的人，多少会有点了解。但就连我,也进入不到他的内心深处。他的心里有一扇门,永远都是关得死死的,无论是谁,都进不去。他从没有完全信任过谁。很多时候,他都是独来独往,你根本不晓得他会到哪里去,也不晓得他什么时候又会出现在你面前。对我,对他的手下,他都是这样。我晓得,这样做可以增加他的神秘感,让人摸不透他。但这样有时也会害了他,因为要是被对头碰上,他身边又没有人,那就很危险。上次就是这种情况。虽然后来他又找到那几个人,用钢管把他们的脑袋一个个敲碎,装进麻袋扔进河里,但不能保证没有别的人想害他了。我劝过他几次,他总是不作声。等我讲得口都干了,他就说了一句:"你放心,我命硬。"

这一点我倒承认。别人要像他那样,有十条命也玩完了。不说别的,后来他又遭受了一次伏击。那是他发了之后,一个人开车去双峰县。干什么?去赌啊。那里有个大地下赌场。在回来的路上,就在火车站那里,他被一辆运煤大卡车拦住了。王一川按了几下喇叭,但那卡车就是不动。他马上就觉得不对头,赶快倒回去。当时只听一片咔嚓响,车窗玻璃全碎了,几把刀从两边戳了进来。一把刀横着插进他太阳穴,卡在骨缝里,拔都拔不出。王一川勉强熄了火,往后一靠,就不动了。那些人见得了手,马上就飞起逃走了。他们却没想到王一川命太大了,这么狠的一刀都没能报销他,送到医院里又给救活了,疤子都没有一个,只有一道浅浅的白印子,不是有心去看,根本看不出来。

这件事过后，他才算改了一点，出去总要带几个手下。但无论是去干什么，王一川都不会跟他们讲，到时才晓得，甚至到时也不会晓得，因为王一川会把他们留在外面。那几个手下唯一能做的事，就是准备好随时拼命。他们有个共同点，就是不但能打，而且不多嘴，不然也轮不到他们来做王一川的贴身小弟。王一川对付他这些手下，就是六个字：赏得重，罚得重。这个，说起来容易做起来难，王一川却是说到做到，不打折扣，所以那一帮恶人才会对他又敬又怕，服服帖帖。

说出来怕你不相信，王一川除了会主动跟我说话外，根本就不会先开口。就算是碰到一些头面人物，他也是装作没看到，硬要等对方向他打招呼，他才会点点头。他真的是这个世界上最不爱说话的人，不到迫不得已，根本就不愿开口。我觉得这一半是天性，一半是他故意这样的。因为这样，他一旦说话，大家都会支起耳朵听。他说出的话总是那样简短有效，就好像铁锤敲钉，每句话都会钉在别人心上。我真的很欣赏他这一点。男人嘛，就应该是这样。嘴巴太多的男人，太女气，我不喜欢。

王一川后来修宾馆，开地下赌场，想要我帮他管账。我都不肯。我对他说："我还是开我的店，你的事，我不会插手。"因为这一点，他对我比较敬重，觉得我不像别的女人，都是很贪一个的。其实我是个比较理智的人，我晓得凡是做这一行的，最终都不会有什么好结果。我不想陷进去。他愿意来我这，我好好地服侍他。他给我钱，我也拿着。正因为这样，我们之间才比较长久。他对我，算是很专一了。别人不说，光只他手下那些人，好多都好花一个，女朋友三天两头就换。但我跟他好了这么多年，好像他从来没有想过要换。冲他这一点，我就不会去找别的男人。至于结婚？我没想过，他也没想过。我们都觉得这样子过，很好。要是两个人心不在一起，那一张纸又有什么用？

现在他被抓起来了，只要他还没死，我就还算是他的人。送烟，送吃的，这些我都不会少他的。昨天我去探监，他对我说了一句话："香姨，这辈子我真正开心的，就是和你在一起。"

他的语气从来没有那么凄楚过。那一刻，我好想哭。真的，你们不晓得，他其实是个很可怜的人。别人都说他像蛇那么狠毒，却不晓得他心里也有条毒蛇。这条蛇一直在咬他，让他一辈子都没放松过。有时我想，如果他死了，那对他，说不定是种真正的解脱。他的心就不会被蛇咬，他也不会像蛇那样去咬别人。他这一辈子真的活得很累，很苦。

刑警队大队长王耀祖说

王一川这个人，罪大恶极，死有余辜。记者同志啊，为了把他抓捕归案，我们前后牺牲了两个兄弟，还承受了巨大的压力啊。你说我们抓他是天经地义,哪有什么压力?这话,只能放到报纸上去说的。记者同志啊,今天我在这里斗胆说一句,王一川长期逍遥法外,跟个别前任领导的包庇和纵容是分不开的。当然,他现在终于被抓起来了,也是跟领导的英明决策和大力支持分不开的。

我跟他熟不熟?太熟了。我当刑警,当副队长,直到当队长,这十多年来,我是一直在跟他打交道。这个世界上,比我对他更了解的人,没有。王一川,他是飞龙县北坪人,初中文化,今年三十六岁,屋里世代都是农民。他刚刚到昭市来的时候,只有十五六岁,跟着当时昭市一个流氓头子混。那流氓头子混名叫李逵,是个只长力气没有脑筋的家伙。那一年我正好考上警察学校,王一川算是考上黑社会大学。等我毕业出来,因为在学校里表现好,射击、格斗都拿过名次,被当时的老公安局长看中,直接就分到刑警队。王一川这时还没毕业,因为他还没自立门户,跟着李逵踩账。

踩账你懂么?就是帮人收钱,然后从里面提成。那些钱可不好收,一般来说,都是欠账的比要账的凶,有些本身就是黑社会,你去收,搞不好自己的命都会送掉。所以那些债主最后都是迫不得已,请李逵这样的角色去收,这时不单是要回钱,而且也是替自己要回面子。像李逵他们,你说他们违法吧,他们好像还占了点理,你说他们不违法吧,他们经常把人砍得断手断脚。有次在棋子桥上,李逵拿了把砍刀,把个欠账的从桥头追到桥尾,连续砍了三十多刀。砍死没有，没有。干他们这一行的，都有手法，轻易不会杀人，不然人死了，钱问谁要去？三十多刀都是皮外伤，但被砍的那个人浑身都见血，样子骇得死人。当时围观的起码有上百人，把桥堵死，车子都通不过，影响实在太坏了。我们下了狠心，把李逵抓了起来，判了十年徒刑。没想到抓了个李逵，却出了个宋江。这一抓，就给了王一川机会。当时他们那一伙有三四股势力，谁也不服谁。谁当大哥，就必须用刀子说话。不过到底是一伙的，有个商量。商量来商量去，就想出了个法子，谁把那笔钱收回来谁就当老大。

要说那个欠账的，真的是个硬角色，被砍了三十多刀，眉头都不皱一下。他身上背的可不只是这一笔账。俗话说："虱多不痒，债多不愁。"谁找他他就逃，逃不掉就挨刀子，也不晓得挨了多少次了，反正是要钱没有，要命有一条。李逵手下那几个想出头的，都去找他，反正都被顶了回来，有个还受了伤。轮到王一川，他就单枪匹马，找到那人，一刀把他的左耳朵割下来，然后当着那人的面生吃下去。吃了后，他问了句："你还不还？"

那人脸色惨白，凑了十万，双手捧上。王一川拿到这十万，又找到债主，说："为了帮你收钱，我老大都进去了，你说，怎么办？"

债主早就听说了王一川是怎么要回账的，看到他，整个人就都是木的，挤出一丝笑说："川哥，你说怎么就怎么？"

王一川就伸刀把那堆钱划作两半。债主也没再说什么，拿了一半就走人。就这样，王一川成了川哥，那一年，他正好二十岁，出来混了四年，算是黑社会大学本科毕业吧。

　　五万块，就是王一川起家的资本，他开始做白沙烟的批发生意，就在金湘市场那里。没过几年，整个市场搞白沙批发的，就只剩下他了。不是他做生意有多厉害，而是他拳头硬，把同行都打了下去。他要是就这样走上正道，也好。偏偏他野心大得很，广收门徒，招了许多十五六岁的小混混在身边。他把原来那一摊划作一组，号作是青龙堂。这些新招的小字辈划作一组，号作是白虎堂，其实是他的嫡系部队，只听他一个人招呼的。还有个朱雀堂，其实就是些鸡。这就是有名的大川帮的雏形。势力大了，他的手也开始到处伸了，主要是入干股。

　　干股你懂不懂？就是看到你做生意，不出钱，也要到你那占一股，每月坐地收钱。凭什么，就凭手里有刀。其实这就是收保护费。河西路那些开电游厅的，开餐饮店的，甚至那些摆小摊的，王一川都占了一股，每个月都能抓到不少钱。收这种钱的不只他一个，但那些生意人就认他。为什么？因为王一川虽然霸道，但守信用，一是说好是多少就是多少，绝对不准手下乱收。有次他有个手下因为赌输了钱，霸蛮多收了一倍，王一川晓得了，砍了他一根手指，又要他把多收的钱送回去，从此再没有谁敢多收了。二是他收了你的钱，就是真的在罩着你。别的人想再来伸手，他会出面挡着。这样肯定会打起来，有一段时间河西路天天都会见血。王一川一般不出面，他把这边的事完全交给那摊小字辈，其实是在练兵。王一川的理论是：你要学会打架，那就要真的去打，关在屋里瞎练是没用的。那些十六七岁的年轻伢子，个个都是血气旺盛。这样子天天玩命，打个两三年，只要没有倒下去，那肯定就是一把硬手了。那一摊年轻伢子，真的出了几个狠角色。

他们这样在大街上砍砍杀杀，我们当然不能袖起手，站在一边看把戏。王一川，我们抓不到他，因为他主要是躲在后面出主意，很少拿把刀站到前台来。要想搞倒他，就必须先抓住他的手下，再由他们供出王一川来。我们就在河西路布网，一旦他们打起来，就马上抓人。哪晓得布了一个星期的网，都没有动静。我们刑警队事情可多得很，没时间来奉陪，就留下一个便衣看风向，撤。那个便衣是我的同门师兄，比我早进来两年，对我算比较关照。他在那守了两天，就被辆摩托车撞死了。我接到消息，马上赶去现场。我这个师兄死得惨啊，他先是被撞在腰上，腰椎骨当时就断了，然后整个人飞了起来，一头撞在石头栏杆上，脑袋里面撞粉了，搞尸体解剖的时候是一窠糊。让我感到奇怪的是，现场居然没有一个人看到那摩托是什么样子，上面坐着什么人。这个肇事的人后来一直都没找到。我当时就怀疑是王一川喊人干的，我甚至怀疑我们内部有人走漏了消息。但这一切只是怀疑而已，我没有丝毫证据。这时江北出了另一件大案，省里领导都做了批示，全市的警力都要动用，我师兄的事，只能先摆在一边。但我那时暗暗发誓，这个仇，老子一定要报。

　　江北那件案子，就是死了个人。江北鸡店遍地，这个人就是死在按摩床上的。嫖娼把自己嫖死，或者是把别人嫖死，这样的事，都不算稀奇。就算立案，也很难侦破，因为那种地方太烂了，几乎人人都有作案可能，你去把他们一个个都抓起来？何况死在那种地方的，也多半不是好人。替这种人出力，说实话，我们积极性不高。唯独那一次，我们的积极性很高。为什么，局领导积极性高啊！死的这个是省里一个领导的公子，他积极性能不高吗？这家伙到昭市来，据说是找市长谈笔投资的。说实话，他要嫖，就算是在市政府门口嫖，也没人管，而且是市财政出钱请他嫖。偏偏这家伙要一个人偷偷跑到江北去，这下好了，把命也嫖掉了。他倒好，总算是风流快活而死，却害得我们连觉都睡不上，挖地三尺，几乎把整个江北都翻了过来。那里有个老大，是昭市黑社会的祖师爷，势力之大，连政府领导轻易也不敢去惹他。这次没办法，我们局长撕下脸皮，把他请到局子里来坐了三天。但他坚决否认这事是他干的。我们也不指望他招认，也不敢逼供，把他请来，意思就是把老虎调出来，我们好去整治山里的那些狼。在江北，有一批人被抓起来了，其中有几个手上有命案的，但没有一个我们能肯定是这次的主。不仅是江北，整个昭市的黑社会都被我们刨了个干净，效果远胜于严打，但找不出来，真的找不出来。现场几乎没有留下任何作案痕迹。死者表面也没有什么伤痕,他的父母又不准进行尸体解剖,侦查难度太大了。最后尸体是送到长沙的湘雅医院,由一个专家组动用各种先进设备进行分析,最后才推断出他是被一根类似于长针的物体从右耳插进去,直刺入颅内,迅速毙命。凶手非常冷静,手也很稳,他杀人后,又慢慢地把凶器抽出来,伤口迅速凝结,非常细小,又是在耳朵深处,很难看出来。专家们水平高,能找出伤口,却也找不出凶手。我们是没办法了,但上面的领导有办法。有个领导说了一句很有水平的话:"找得到要找,找不到也要找。"

底下的领导也很有水平,一听这话,马上就领会了,硬逼着我们把凶手找了出来,整个事件就是谋财害命,这个凶手也被迅速正法,以告慰领导公子在天之灵。江北老大被放了出去,不过他的势力几乎被铲除了一半,元气大伤。局长受到了嘉奖,不久就得到提拔。市长半年后就被免了职,也没说什么原因。至于我们,无功无过,照样上班,抓贼。我则始终悟不清,到底是谁杀了这个倒霉的公子哥?这个谜底,现在我才晓得,就是王一川。当时他想借刀杀人,把江北老大拱倒,所以就派人做掉了那家伙。那家伙来昭市,王一川蒙领导相召,陪他喝过酒。就是在酒席上,王一川想出要借他的头来除掉江北老大。这事,王一川不说,就没人晓得。但他晓得自己肯定是一死,所以什么都说了,生怕漏掉一件英雄事迹。这个人,真的是谁都敢杀。我怀疑有必要,他连政府领导也敢杀。可怜个别领导，还以为可以驾驭他，让他为我所用，现在看来，没把命送掉算是好的喽。

领导请客，为什么要王一川陪？你不晓得，王一川是削尖了脑袋往政府里钻。领导总有些不方便告人的私事吧，王一川就抢着给办了。不管你是不是黑社会，只要有用，领导就喜欢。我告诉你，某个前任领导玩了一百多个女人，有大半是王一川提供的。他如此卖力，能没有回报？他后来带人和江北老大火拼，在光天化日之下杀了十几个人，伤了六七十个人。这事，外面竟然没什么人晓得，被有些人捂盖子一样捂得死死的。我们这些到现场勘查的人都被打了招呼，说要把安定团结放在第一位，家丑不可外扬。我操，还家丑呢！我什么时候跟王一川成了一家人了？当然，我们公安系统里也有人被王一川收买了。王一川，他是无孔不入啊。连我，当时只是普通一兵，他也要请去喝酒，玩女人。但我说什么也不肯去，我跟他做对头做定了。我心里也明白，要想搞倒他，单凭我的地位，绝对不行，我必须往上爬。等我能够指挥一批人的时候，我才有机会。所以我憋足了劲，办案总是冲在前面，记了几次功，又注意跟领导搞好关系，慢慢也就上来了。但我在上，王一川比我上得还快。他修大川宾馆，用了一千多万。他哪有那么多钱？大部分是贷的款，他居然也贷得到。他开地下赌场，里面有间密室，在里面豪赌的都是昭市有头有脸的大人物。等我好容易熬到副队长，他已经成了大川开发有限公司董事长，优秀民营企业家。他那哪是什么民营企业，根本就是黑社会开发公司。每当我在电视上看见他那张阴沉沉的脸，就恨不得把电视机砸烂。这个世界，真是倒过来了。

是的，我承认他很有头脑。他对大川帮进行现代化管理，全部套用公司管理模式。青龙堂成了事业发展部，白虎堂成了保安监察部，朱雀堂就成了公关营销部。堂主们都成了部门经理，一个一台手机兜起，比我们还神气。原来那些衣冠不整的流氓地痞，全都统一穿黑西装，打领带。你只要在河东路河西路看见黑西装，保险就是王一川的人。他的人，我们真的懒得去抓。因为就算好不容易抓进去，没隔多久就会被放出来，搞得我们心灰意冷。他的势力当时就有这么大。

我气馁过吗？当然。不过我这人性子倔，"舍得一身剐，敢把皇帝拉下马"。我晓得，"打蛇必须打七寸"，要搞王一川，必须抓住他的要害，一下子把他搞倒，千万不能让他有喘气的机会。要做到这一点，我必须要有内线。所以当队里新分了一个人时，我马上派他去做卧底，在大川宾馆做保安。这名同志叫肖毅，是警校毕业的。他的事，就只我和队长两个人晓得，队里其他人，根本连他的面都没见过。做这事，就要保密，不然就会害了他的。

你别说，要想混进大川宾馆做保安，还真不容易。那地方，一般都是用他们自己的人。外人要想进，得跟大川帮有点关系，起码要有两个帮内人推荐。这个，倒是难不倒我们做警察的。通过关系，我们找到他们的青龙堂堂主，由他推荐。青龙堂堂主在帮内地位很高，仅次于王一川。他说话，还是有人听的。没想到当时的白虎堂堂主楚小龙并不买账，说要王一川点了头他才能收。青龙堂堂主当场就红了脸，跟楚小龙吵了起来。官司一直打到王一川那里。王一川立刻把青龙堂堂主训了一顿，说："亏你比楚小龙大，做事还这么不老成。就算是堂主，也不能一个人推荐，必须是两个人。"训得青龙堂堂主脑袋都栽到地上去了。

　　肖毅在旁边眼看着没戏，心里一急，就站了出来，大声说："我以为王老大是个人物，才来投靠。收不收，凭你们一句话。"

　　王一川盯着他看了半天，然后冷冷一笑，说："你凭什么要我收？"

　　肖毅把胸脯一拍，说："就凭我的身手。"

　　有个叫金老四的，当场就跳出来，说："身手不身手，打了才晓得。"

　　肖毅在警校可是得过散打冠军的，金老四虽然猛，但没出十个回合就被肖毅一个靠背摔摔在地上。金老四不服气，从地上弹起来，又打了起来。他心浮气躁，章法有点乱了，三个回合后又被肖毅摔在地上。王一川叫了声好，就问肖毅是在哪里学来这身功夫的。这个，肖毅早就想好的，说是在河北沧州的武术学校学了两年，现在出来闯天下。王一川点点头，这事就成了。

　　保安也分好几种。肖毅这种，就是在大厅门口站着，根本就是配相的，他们的内部事务，插手不了。好在肖毅性格豪爽，容易跟人结交，慢慢地也就晓得了一些事情。大川帮内部有本手册，上面记录着帮派的纪律和分工。肖毅搞到一本，拿来给我们看。那真是切实有效，比我们那些难以执行的规章制度要高明。从这本手册里，可以看出王一川大权独揽。他规定三堂堂主要互相监督，互不买账。堂与堂之间的交涉，必须通过他，不得私下里协商。青龙堂堂主就是违背这一条，才被他骂了个狗血淋头。堂主下面设副堂主一名，据肖毅说，三个副堂主都跟堂主有点矛盾，王一川就是利用这点，达到分而治之的目的。堂以下的小组长，也由他直接任命，并且可以不通过堂主，直接向他报告。这样的话，他就根本不用担心被架空。这些规定显示出王一川疑心极重，不相信任何人，做什么事都是从最坏处着手。但他也很注意收买人心。比如手册上规定，帮内任何一人过生日，由帮里统一送花和生日蛋糕，帮主亲自到场祝贺。副组长以上的，父母生日，帮里以公司名义送礼金祝贺——副组长是五百，组长是六百，副堂主是八百，堂主是一千。通过这种方式，王一川跟基层的那些手下在感情上联系了起来，并且促使他们努力往上爬。因为那些五百八百，不单是钱，而且是面子问题。拿到那五百，就想争那六百，拿到那六百，就想要那八百。看来王一川很懂得人的心理。

肖毅还跟我说过一件事，说王一川的爷爷解放前在上海滩搞过，是杜月笙的手下，快要解放时才溜了回来。这事，在大川帮人人皆知。有些没文化的小喽啰，还把他爷爷说成是许文强的手下，差点没把肖毅的肚子笑破。其实呢,王一川家里世代务农,守着那一亩三分地,他爷爷可能连昭市都没来过,更不要说什么上海滩了。王一川这是在搞自我神化。也不晓得他从哪里学来这一套的,也许是天生的吧。这家伙,真的可以算作是黑社会大学的博导了。

肖毅在大川宾馆干得很卖力,但再卖力也就是站在门口,替那些趾高气扬的人物开车门,向他们鞠躬。不过他是个细心的人,把那些经常在宾馆出入的车子的牌照号码背下来,再带给我们。我们拿来一查,他妈的,真是不查不晓得,一查吓一跳,市委、政府、人大、政协,四大班子都有份。看来大川宾馆的水深得很啊。不过就算再深,老子也要去踩一趟。我指示肖毅,要想尽一切办法,尽快打入他们的内部。肖毅苦笑道:"有什么办法,除非你们出面。"

我懂他的意思,第二天就带人去检查。肖毅把我们挡在大门口,高声大叫,给里面示警。为了把戏演得逼真,演得让人深信不疑,我当众给了他一巴掌。五根手指印在他脸上,也是打在我心上。我在心里对他说:"小伙子,当一名警察,就得受委屈。你受,我也要受。"

肖毅挨了我一下,很深地看了我一眼。我相信,他懂我的心里话。这时里面冲出一帮人,为首的那个英气逼人,论形象气质应该是咱们这边的,怎么就成了黑社会了呢?这人,我晓得,楚小龙嘛,杀手级的人物。他对我一笑,说:"王队长赏脸,怎么不通知一声。市委焦书记、人大陈主任都在里面打牌，王队长要不要去看看他们？"

我哼了一声，说："今天算你们运气好。我告诉你，书记主任忙得很，并不是天天都会在这里的。"然后就带人走了。

我给肖毅这一巴掌，好像还有点作用。没过多久，楚小龙交给肖毅一个任务，要他去砍人。对方也是黑社会的，据说是到王一川马子开的精品店买东西，说了句不太恭敬的话。肖毅请示了我之后，提了把开山刀找到那家伙，砍了他六刀，每一刀都是砍在肉很多的地方，血喷着出来，但没伤筋骨。那家伙扎上绷带后，就跑到精品店门口跪下。等到跪了一个小时后，才有人过来跟他说："川哥说要你滚。"这可怜的家伙才敢起来，连声说谢谢，勾着头走了。

砍了人之后，楚小龙把肖毅带到王一川那里。王一川说："我们看了你有半年了，你表现还不错。你愿不愿意拜在我门下？"

听到这句话，肖毅心里犹豫了一下，因为拜过门后，他真的就是黑社会了。就那么犹豫了一下，等他准备开口说愿意的时候，王一川却摆摆手，说："我看你还有别的想法，这事，以后再说吧。"

肖毅没想到王一川是个这样的人，一时木在那里，作不得声。楚小龙一句话都没说，又带着他出来了。肖毅这个时候才极力解释，说自己没有什么想法，说自己很愿意。楚小龙瞄了他一眼，说:"再看你的表现吧。"

肖毅心头直冒火,但他得忍住。这些黑社会,真比狐狸还狡猾。肖毅脾气跟我一个样,很倔的。王一川这样一搞,把他的倔性子勾起来了,他非得把大川帮内部情况搞清楚不可。楚小龙还是要他到大门口站着。但一有机会肖毅就往里面跑,再加上跟里面的人关系不错,很快他就摸到了一些新情况。

宾馆很大,地下还有一层,是个赌场。能来这里赌的,都是昭市有头有脸的人物。这些人,赌完了就开房,房里有小姐陪。小姐都是公关部挑来的,个个都有点姿色,在昭市要算一流货色。就凭这两点,大川宾馆就吸引了不少表面上看起来很矜持的成功人士。连我们公检法系统的一些人,脱了那身皮之后,也跑到里面去玩。肖毅是刚从学校里出来的,怎么也想不到会有这样的事。原来他看那些人,都是带着崇敬的目光,现在呢,简直是鄙视了。年轻人嘛,不懂得掩饰。就是这点,害了他。王一川是经常在这里出入的,他是刀子眼,肖毅的表情,有两次被他瞄到了。联想起要他入帮时的情形,王一川便指示楚小龙去调查。楚小龙表面上不动声色,暗地里派了人监视肖毅,结果肖毅有次跟我在个茶馆里碰面,被他们跟踪到了。王一川晓得后,马上通过他在公安系统的关系调查。可恨我当时一点都没觉察,不然就会叫肖毅回来。等我一个月没收到肖毅的消息,觉得不对劲,去大川宾馆搜查时,肖毅已经失了踪,以后就再也没有出现过。

这伢子，是我害了他。我心里明白，出卖他的，绝对是我们内部的人，也许就坐在我隔壁。那一阵，我真的是心灰意冷。这个社会，难道真的是颠倒过来了吗？以前我总认为不管有多难，邪总是不压正。现在我才明白，有时候，邪恶比正义更有威力。尤其令我想不通的是，正道上的一些人，为什么那么喜欢向邪恶靠拢，甘愿为邪恶效力。我真的是搞不懂。

这件事过后，起码有四五年，我消沉得很，什么事都是应付一下，一有空就扎进麻将堆里。没想到这样一来，原来有些看我不顺眼的同事，觉得我跟他们一样了，倒跟我亲近了不少。他们这些人，就晓得吃吃喝喝打麻将，哪里懂我的苦？只是好汉打落牙和血吞，老子才不会跟他们谈自己的心事呢。不过话说回来，像他们这样活着，也是有道理的，起码可以落得个轻松。

这四五年里，王一川也经历了不少波折。先是他的爱将楚小龙为报私仇，杀死了底下县里的一个政法委书记，讲都不跟他讲一声，就带着马子跑了。王一川气得要死，有段时间看到任何一个手下都要训上一顿，害得人人都怕见到他。然后就是他想在开发区圈一块地，再倒手卖出去，却败在了一个高干子弟手里，气得他破口大骂那些收了他钱的人。不过总的来说，王一川还是越做越大，四处伸手，五金市场，服装批发市场，他都有份。告他的人也越来越多，但没用，上面总有人替他挡着。

在一边冷眼看着，我的心越来越凉。我甚至很悲观地想，有朝一日,真正统治昭市的,只怕不是政府,而是王一川了。记者同志,你不要笑,这并不是不可能的。好在三十年风水轮流转,王一川再雄,也有运气到头的一天。今年,市委、市政府全面换人,人大、政协也调换了一批,王一川那些关系户差不多全换了。对这些,起初我是不感冒的,心想换就换了,还不是一路货色。等到我当队长的任命书下来后,我才真正来了精神。我又没去送,我又没伸手要这个官,突然就把原来的那个下了,要我上,看来这一届班子是要动真格的了。果然,任命书下来的第二天,我就被叫去开会,书记、市长、政法委书记,全都在场,研究的就是怎么把大川帮一锅端了。我当时心里就想:"王一川啊,你的末日到了。"

　　记者同志,在中国,势力最大的还是政府。只要政府下了决心,一百个王一川也不在话下。不过王一川树大根深,我们也不敢掉以轻心。我们先是采取挖墙脚的办法,去做青龙堂堂主的工作。青龙堂堂主在帮里是个老字辈,对王一川看重白虎堂那批小字辈很不满。王一川又经常当众教训他,搞得他很没面子,心里早就窝了一股火。我们做他的思想工作,把利害关系讲明,答应他到时可以将功抵罪,又威胁说如果他不肯马上就把他抓起来,青龙堂堂主才应了这件事。他的任务就是向我们通报王一川的行踪,再就是约束好青龙堂的人,不准他们反抗。

　　我们开始动手是在江北大桥上。当时王一川开了辆车,带了三个手下。接到通报后,我们出动了三十名公安。王一川一上桥,我们就把两头堵死。王一川在车上看到这个阵势,就熄了火,面无表情地走出来。我带着一队人走上前去,对他笑了笑,说:"你也有今天。"

王一川居然很鄙视地看了我一眼。我真不明白他有什么资格鄙视我?正要喊人把他们都铐起来,王一川突然翻身就从桥上跳了下去。他似乎晓得我们不能开枪,只能抓活的。他那三个手下也想学样,被我们的人冲过去,扭麻花一样地按在地上。再去看桥下。江面离桥很远,有一里多宽。王一川水性好,潜入水中就没看到个人了,再出来时他上了一条挖沙船。船主似乎想对他说什么,两个人挨得很近,突然王一川就出手把他打下水去。我们在桥上鸣枪示警。那条船却顺流开走了。没想到王一川还有这一手,我们根本连船都没准备。等到把水上巡逻队喊来,王一川已飙得没有影子了。

船是在下游三十里的地方找到的,掌舵的人已经死在船头。我们当时就做出分析,王一川要么是潜返市区,要么就是逃入山区躲起来。两种可能性都很大。好在大川帮已经被我们瓦解得差不多了——青龙堂全体投降,白虎堂跟我们的人打了起来,被击毙了十几个,王一川的几个据点都被控制,就算他再回去,也掀不起太大的风浪。我们就把重点放在搜山上,方圆五十里的山区全部都梳了一遍,却连个影子都没找到。

我正纳闷,突然接到个报告,说又有条挖沙船失踪。我这才醒过神来,又往下游追去,在青牛滩那里找到了失踪的船。青牛滩是个古渡口，通往雪峰山脉。翻过雪峰山则可通云贵地区。如果让王一川跑到那些地方，抓起来就很有难度了。我们赶快派人把各处的路口封死，确信王一川跑不出方圆百里后，又展开地毯式搜捕。这次我们是活学活用毛泽东思想，发动群众搜山。毛家爹爹的人民战争就是管用，不到半天就有农民报告，说他那里后山上有个洞，昨天他在砍柴时看见一个生人进了洞。

我赶快调集了十个身手好的同志，带了两条大狼狗赶过去。考虑到王一川手里有枪，我们先把狼狗放进去。这也是没办法，因为我们总共才只三件防弹衣。等到里面枪声和狗叫响成一片时，我们才迅速冲进去。洞子比较深，又窄。进去三百米才有一块比较开阔的地方。狗突然就不叫了。洞里出奇地安静，我们又不敢打灯，怕暴露了目标。我进了腹地，脚下突然被绊了一下，他妈的，竟然是我们的狼狗。两条德国纯种，费了我们多少精力才训练出来的，全死在这里。我的火直往脑门蹿，心想今天抓不住活的也要抓个死的回去。

没想到王一川就躲在旁边的岩穴里，等我们再往里面走，他就从穴里滑了出来，竟往外面溜去。外面可是些农民，我们的人还在其他地方搜山，没有拢过来。王一川狡猾得很，手里拿着枪，对这些农民说："抓到了，你们快进去帮忙，可以领赏。"

那些农民真的信以为真，作势要跑了进去。幸亏那个砍柴的农民在里面，指着他喊："就是他！抓住他！"

王一川一枪就把这位农民撂倒，说："谁敢过来我就杀了谁。"然后就往山下跑。没想到农民们要是被惹毛了，是最难对付的。全村人都出动了，拿的拿铳，抡的抡扁担，把王一川围在村口。王一川就算手里有枪，但子弹也不够用。双方僵持在那里，起码有二十分钟。等我们赶到时，王一川正在跟这些农民讲好话，说只要放了他，他三天之内送一百万过来，不送的就是畜生。那些农民说："我们不要你的钱，只要你赔命。"

王一川看到我们来了，晓得大势已去，把枪丢了，说了句："我不是栽在你们手里，我是输给了他们。"

在王一川心里，他始终看不起我们这些人，他认为我们这些吃公家饭的，只不过是被他收买，替他服务的。真正让他服气的，还是乡里的农民，他也一直把自己看成是农民。在审讯的时候，他说："你们这些城里人，只晓得看不起我们农民。你们看喂，有一天把这个世界翻过来的，也就是我们农民。"我问他后不后悔，他说："我为什么要后悔？"然后就笑了一下，他笑的时候，眼睛里始终是冷冰冰，充满了怨毒。那种眼神，我想起心里就寒毛。

你想采访他？记者同志，实话对你说，王一川昨天在牢房自杀了。怎么死的？他把自己的舌根咬断了。他还用血在墙上写了一句话："生不由我死由我。"这个人，太狠，太毒，对别人，对自己，都做得绝。我以后再也不想碰到这样的犯罪分子了，再也不想了。

图书在版编目 (CIP) 数据

愤怒青年 / 马笑泉著. — 北京：北京十月文艺出版社，2018.10
ISBN 978-7-5302-1788-7

Ⅰ.①愤… Ⅱ.①马… Ⅲ.①中篇小说—小说集—中国—当代 Ⅳ.① I247.5

中国版本图书馆 CIP 数据核字 (2018) 第 021495 号

愤怒青年
FENNU QINGNIAN

马笑泉　著

出　　版	北京出版集团公司
	北京十月文艺出版社
地　　址	北京北三环中路 6 号
邮　　编	100120
网　　址	www.bph.com.cn
发　　行	新经典发行有限公司
	电话（010）68423599
经　　销	新华书店
印　　刷	三河市宏图印务有限公司
版　　次	2018 年 10 月第 1 版
	2018 年 10 月第 1 次印刷
开　　本	880 毫米 × 1230 毫米 1/32
印　　张	9
字　　数	175 千字
书　　号	ISBN 978-7-5302-1788-7
定　　价	38.00 元

质量监督电话　010-58572393
如有印装质量问题，由本社负责调换。

版权所有，未经书面许可，不得转载、复制、翻印，违者必究。